nicht unfehlbar

PETER JOSEF DICKERS

nicht unfehlbar

Geschichten in aufgeregten Zeiten

Bibliografische Information der Deutschen Nationalbibliothek:
Die Deutsche Nationalbibliothek verzeichnet diese Publikation
in der Deutschen Nationalbibliografie; detaillierte
bibliografische Daten sind im Internet über
https://portal.dnb.de/ abrufbar.

Satz, Umschlaggestaltung, Herstellung und Verlag:
BoD – Books on Demand, Norderstedt

ISBN: 978-3-7526-3268-2

Inhalt

Statt eines Vorwortes

Vergangenes, Gegenwärtiges, Zukünftiges erzählen
meine Geschichten.
Wahre und unwahrscheinliche Geschichten.
Meine Frau begleitet meine Geschichten. Es sind
auch ihre Geschichten.

Peter Josef Dickers

Von Helden und denen, die es sein wollen

Der Präsident

»Unsere Feinde werden zittern vor Angst.« Vom größten, teuersten, modernsten Flugzeugträger spricht der Präsident.

»Seht auf mich. So sehen Sieger aus.« Unfehlbar. Unbesiegbar. In seinem Glanz wird die Welt anders. Sie ist um einen Fantasten reicher geworden.

Andere klein, sich selbst groß erscheinen lassen. Die eigene Geniehaftigkeit hervorheben. Ein Präsident auf dem Weg in die Ruhmeshalle.

Ob er noch Präsident ist, wenn er angekommen ist? Weiter als zum Mond hat es bisher niemand geschafft. Entgeht der Präsident dem Schicksal der Eintagsfliege?

Mit lautem Trommeln markiert er sein Revier. Machtdemonstration, Dominanzgebaren, Grenzüberschreitung.

Einschüchtern. Drohen. Sich gebärden, als gehe es in eine Schlacht. Trotz Inkompetenz das tun, was andere besser können.

Ein Präsident im Breitwandformat. Grönland kaufen, eine kleine Immobilie. Wunderliches Weltbild? Schlechtes Theater? Zweifel an seiner Zurechnungsfähigkeit?

Ein Präsident, beschäftigt mit dem, was ihm am nächsten ist, sein Leben als Ich. Nationale Gerichte, politische Gegner, kritische Journalisten sind abscheuliche Instanzen, gefährliche Leute. Diskriminierungsfreies Miteinander unerwünscht. Sensibilität ist nicht seine Stärke.

Nicht Vordenker. Nicht Nachdenker. Der Verstand mischt sich nicht ein. Geistiges Eigentum kommt nicht abhanden. Von guten Ideen hat man nichts vernommen.

Muss man seine von wesentlichen Inhalten bereinigten Reden zur Kenntnis nehmen? Selbstinszenierer belieben zu klappern.

Als Bewahrer und Beschützer versteht er sich. Konfrontation suchender Lobbyist; so sehen ihn andere.

Gewinnen wollen, was andere verlieren. Kontakte und gute Beziehungen verzichtbar. Politische und sonstige Zwerge in seiner Gunst.

Ungültig ist, was für gut befunden und vereinbart wurde. Vertrauen zerstören, das Menschen eint.

Gestern Gesagtes heute ungültig. Gegen alles, außer gegen sich selbst. Wertegerüste, Klimaabkommen: Nichts gilt, was galt. Ob etwas zum Segen oder Verhängnis wird, ist irrelevant. Chaos mit Methode. Er muss nicht nach Feinden suchen.

»Wir leben nach unseren Gesetzen, nicht nach denen anderer Länder.« Seit 1791 geltendes Recht auf Waffenbesitz bleibt unangetastet. Ein Hoch auf die Waffenlobby.

Wenn Elefanten Liebe machen, zertreten sie Gras. Feines Porzellan taugt nicht für grobe Hände.

Geschichtsvergessen? Temporäre Ignoranz? Gestörter Wirklichkeitssinn? Wahrnehmungsprobleme? Er verschwendet keine Gedanken für Lektionen seiner Vorgänger und benötigt weder Gedächtnisstützen noch Erinnerungskultur.

»Wunderbare, saubere Steinkohle.« »Großartiges Land«, in dem wenige viel und viele wenig haben. Ein Land, in dem wenige auf Kosten vieler leben.

»Großartig. Ich wohne im Weißen Haus.« »Ich erfülle Träume.« »Ich könnte für jedes Amt kandidieren; aber ich will nicht.« Selbstgewisser Held, verliebt in Großleinwände und Auftritte. Narzisst und Twitterkönig auf dem Jahrmarkt der Eitelkeiten. Narzissten wollen gepudert werden.

Nicht jeder beherrscht Regeln des Miteinanders. Nicht jeder installiert Antennen für die Botschaften anderer.

Jene, die schmeichelnd seine Nähe suchen, sich auf die Schulter klopfen wie staubende Teppiche, um Gunst und Anerkennung buhlen, werden mit Gesten bei Laune gehalten.

Demonstrieren die Gesten Bedeutungslosigkeit? Sind sie Chiffren für seine Schrotschuss-Politik? Viele Kugeln abfeuern, damit eine trifft?

Ein Präsident mit unübertroffener Biegsamkeit, moralfreier Zuverlässigkeit, freischwebender Ziellosigkeit.

Ein Präsident ohne Prinzipien. Ein Präsident, der Narzissmus zur Staatsräson macht.

Wenn er nichts zu sagen hat, macht er viele Worte. Wenn er schweigt, sollte man ihm zuhören. Nicht Gesagtes überzeugt. »Auch Törichte sind weise, wenn sie die Lippen schließen.« Ein Weisheitsspruch aus dem biblischen Buch der Sprüche.

Muss man ihn gewähren lassen? Muss man den wankelmütigen Umgang mit Vergangenheit und Gegenwart, den Wechsel von Überzeugungen und Mitarbeitern, das geschmeidige Verhältnis zur Wahrheit hinnehmen wie verregnete Sommer und vorübergehende Unwetter?

»Unser Land produzierte besondere Helden.« Mit Großtaten und Helden, mit Glorifizieren und Heroisieren vergangener Zeiten kennt er sich aus. Wer Helden aufzählt, will selbst einer sein. Wer sagt ihm, dass Sieger von vorgestern Besiegte von gestern waren? Wer sagt ihm, dass sie wenig zu ändern vermochten am chaotischen Zustand ihrer Zeit?

Zum Nachbarn im Süden eine Mauer geplant. Schutzwall von Vielverdienern gegen rechtlose Nichtsverdiener.

Empörung im Blätterwald? Globale Aufregung? Aufruf zur Mäßigung? Diffuses Raunen. Man macht sich Gedanken. Ansonsten Schweigen. Mehr sagt man nicht oder redet so leise, dass man es selbst nicht hört. War das Land nicht Land der Verheißung, dessen Verfassung bewundert wurde?

Sind Stimmen erstorben? Sind Worte nicht vorrätig? Stockt Sprachmächtigkeit, weil genug geredet wurde? Empörungsmüdigkeit? War unbekannt, worauf man sich mit ihm einließ? Stimmt Salvador Dalís Aussage, wer andere interessieren will, ist um Provokationen nicht verlegen? Also verordnet er Stillstand. Shutdown.

Nicht jeder ist zur richtigen Zeit am richtigen Ort. Entpartnerung. Man trifft sich und begegnet sich nicht wie imaginäre Freunde. Was zu verhindern ist, wird schlimmer.

Es sind Zeiten, die vergehen, als seien sie nicht gewesen. Wie es dazu kam? Rhetorische Frage. Nicht zu pfeifen, ist genug gelobt.

Ist dem Präsidenten zu helfen?

Entdeckt der Präsident die Pfade der Realität? Erwacht er aus Träumen seiner Einzigartigkeit? Baut er Brücken in die Zukunft?

Er will als Genie in die Annalen eingehen. Wie der große Zampano in Federico Fellinis »La Strada«.

»Nur große Menschen machen große Fehler.« La Rochefoucauld. »Wenn man zu dicht ans Feuer geht, versengt man sich den Bart.« Türkisches Sprichwort. Nicht jedem ist zu helfen. Ob sich Geschichtsbücher an ihn erinnern werden?

Was ist, wenn der Wind dreht und Wohlwollen in Ernüchterung umschlägt?

Was ist, wenn Schatten fallen auf die Glitzerwelt und Wunder ausbleiben?

Was ist, wenn dem Zauberer die Kaninchen ausgehen?

Was ist, wenn Wolken den Himmel verdunkeln und das unfreundliche Gesicht der Alltäglichkeit erscheint?

Was ist, wenn zu groß Geplantes aus dem Ruder läuft?

Was ist, wenn er nicht erreicht, was er wollte und sollte?

Was ist, wenn der Anpassungsdruck größer und die Spielräume kleiner werden?

Was ist, wenn der Kater kommt und Träume ihren Glanz verlieren?

Was ist, wenn überdehnte Saiten reißen?

Was ist, wenn Illusionen in Trümmern liegen und als Fantasie-Produkte entlarvt werden?

Was ist, wenn Untertanen erkennen, was ein unberechenbarer Messias angerichtet hat?

Was hat er zustande gebracht, an das man sich erinnern müsste? Kommt Wahrheit ans Licht, lässt sie sich nicht unterdrücken.

Er wird gehört haben von der Weisheit des Alters. Ob er so alt wird? Er wirkt nicht jünger als er ist.

Erliegen Wähler noch einmal seinen bizarren Auftritten und machen ihn zu seinem eigenen Thronfolger? Je stärker der Aufschrei, desto größer der Rückhalt? Grabreden zu halten ist daher zu früh. Zwischen Anfang und Ende liegen Ewigkeiten. Die können dauern. Was kommen wird, gleicht einer leeren Winterlandschaft.

Man wünscht seinen Zeitgenossen nur Gutes. Cicero, römischer Philosoph und Politiker, stellte Fragen an Senator Lucius Sergius Catilina nach dessen misslungenem Umsturz-Versuch. Fragen, welche die Antwort enthielten:

»Wie lange, Catilina, missbrauchst du noch unsere Geduld?« »Wie lange noch wird uns dein Wahnsinn verspotten?«

Ob sich Geschichten wiederholen?

Brexit

»Ich gehe«. »Bleib«. Die Liebste geht. »Verweile doch. Du bist so schön.«

Sie kann nicht mehr. Sie will nicht mehr. Nicht »bis der Tod euch scheidet«.

Angefangen. Aufgehört. Gekommen. Gegangen. Eingestiegen. Ausgestiegen.

Brexit. Ade. Scheiden tut weh.

Die feine englische Art. Klein-England statt Groß-Britannien. Range-Rover, James Bond, After-Eight. Alles muss raus. Bringen wir es hinter uns.

Gestern in. Heute out. Vorwärts in die Vergangenheit. Jeder für sich. Keiner für alle.

Brexit. Ermüdungserscheinungen. Kurzzeit-Gedächtnis. Gehen, ehe der Abriss droht.

Schluss mit Konventionen. Ewig war gestern. Sesshaftigkeit nicht Maß aller Dinge.

Exit vom Brexit? Kein Neubeginn? Keine neuen Träume? Endgültig? Ohne Wiederkehr?

O Brexit.

Jupp

Es war zu befürchten. Sie haben dich aus unseren Archiven geholt. Ohne zu fragen, ob wir dich noch brauchen.

Sie umschwirren dich wie Motten das Licht und suchen deine Nähe. Gibst du dem Drängen nach? Du sollst ihr Komplize werden und die Lederhose wieder anziehen. Die kann nicht mehr passen nach den Jahren, in denen sie in weiß-blauen Schränken hing. Du kannst dich nicht nach damals zurückverwandeln. Du bist nicht jener, der du warst.

Du sollst die Bayern retten, nicht der Horst. Auf dich setzen sie ihre Hoffnung. Du sollst ihren Interessen deine unterordnen. Unterforderst du dich? Sie berufen sich auf Vorrechte. Als sie Teil des Deutschen Reichs wurden, behielten sie eine eigene Armee, eine eigene Eisenbahn und eine eigene Post. Jetzt wollen sie dich, beeindruckt von sich, zurückholen, statt Bußfertigkeit zu üben und eigenes Versagen einzugestehen.

Sie sind nicht verzweifelt genug, ihre Fehler einzugestehen, nicht in der Lage, mehr Hirn zu zeigen. Sie schauen von oben herab auf ihr Fußvolk, als seien sie das Zentrum der Welt.

Jede Epoche ging zu Ende. Sie sollen sich in ihren bayerischen Heimat-Museen verewigen lassen.

Sei auf der Hut, Jupp. Lass dich nicht messen an unerfüllbaren Zusagen. Lies das Kleingedruckte. Ein Leben auf dem Sprung ist in deinem Alter nicht ratsam. Du weißt nicht, was du bekommst, nur das, was du willst, aber nicht erhältst. Es kann sein, dass du dich in der bekannten, aber fremd gewordenen Welt verlierst.

Ehe du deinen Platz in unseren Andenkenläden räumst und gegen nieder- und oberbayerische Alm- und Wiesenäcker eintauschst, bedenk, was du dir und uns antust. Soll aus »unser Jupp« »unser Sepp« werden? Wirst du als »unser Depp« in unsere Vitrinen zurückkehren?

Unser Jupp, du hast dich um dich und um uns verdient gemacht. Neue Karrierestufen musst du nicht erklimmen. Den Zauber des Anfangs kennst du. Verdient hast du genug. Auf lumpige Bayerntaler bist du nicht angewiesen. Drück die Pausetaste. Widersteh den Verlockungen auf dem Markt der Unübersichtlichkeiten.

Solltest du gehen, nimm die Vitrinenschlüssel mit. Vielleicht kehrst du zurück.

Borussia

Lass mich ein paar Worte über dich äußern. Mit »dich« meine ich »unsere« Borussia. Wir sind die Borussia, nicht die allegorische Frauengestalt des Deutschen Königreichs Preußen, das den Namen hinterlassen hat.

Gänsehaut gebe es gratis, versprichst du auf der Homepage. Das bestätigen die fünfzigtausend Zuschauer, die sich alle zwei Wochen in deiner Arena einfinden.

Sie wollen deine Ballkünste erleben. Du weißt, dass die Freude zeitweise getrübt war. Du selbst bist nicht immer zufrieden mit dem jeweiligen Tabellenstand. Du willst es nicht, aber es kann sein, dass dich das ärgert und andere es zu spüren oder zu hören bekommen. Bescheidenheit war nicht immer deine Stärke, da du dich mit Blick auf die Vergangenheit zu Höherem berufen fühlst. Sehnsuchtsanwandlungen sind nicht verboten.

Nichts für ungut. Emotionen kühlen sich ab. Die Mitte der Tabelle ist ein sicherer, gepolsterter Standort. Von dort aus hast du alles im Blick, nach oben und unten.

Wirtschaftlich ist es nicht befriedigend, wenn dir Millionenbeträge entgehen, die zu verdienen sind im Schlaraffenland Fußball. Du weißt, dass sich nicht alle alles leisten können. Mitbewerber verdrängen das. Der olympische Kernsatz »Dabei sein ist alles« hat nichts an Glanz verloren trotz fußballerischer Rechenkünste.

Für ehrenrührig hältst du es, wenn du nicht durch Europa tingeln kannst, um Klubs irgendwo in Sibirien rheinische Fußballkunst vorzuführen. Nimm es nicht tragisch. Es gibt dort Bolzplätze, die sich sehnen würden nach deinem gelegentlich ruinierten Rasen. Du brauchst dich nicht mit der Spielkultur in der Taiga zu messen.

Wir mögen dich, Borussia, obwohl du nicht immer so spielst wie andere. Wir denken nicht an Abstieg, wenn wir punktelos den Heimweg antreten. Das ist das Außergewöhnliche an dir: Größe beweisen gegenüber dem Standesdünkel derer, die sich zu den Großen zählen. Welch anderer Trainer kann es sich leisten, begeistert zu sein von einem Fehlerspiel, wenn es nicht unähnlich einer Achterbahnfahrt ist? Solchen Charakter findet man selten.

Wer deine Spielkultur chaotisches Provisorium nennt, versteht nichts vom Ballspiel. Spiel das Spiel, für das du gelobt wirst und die Fans dir die Treue halten. Für uns bist du gut genug und bleibst »unsere Borussia«.

Der zwölfte Mann

Linie 1900. 440 PS Luxusbus. Marcus drängte bei der Anschaffung des Busses auf einen großen Tank.750 Liter. Für dreitausend Kilometer Fahrt reicht er. Für An- und Abreise. Für Fahrten zum Training und zu Testspielen. Für den Transfer zum Flughafen. Mehr als zweitausend Kilometer wöchentlich.

Ich treffe Marcus in der Borussia-Geschäftsstelle. Als würden wir uns seit Jahren kennen, begrüßt er mich wie einen alten Freund. »Komm, wir suchen uns eine Ecke, wo wir reden können.«

Ein Borussen-Bus mit spezieller Aura. Marcus chauffiert das Team zum Auswärtsspiel in der Fußball-Bundesliga. Die wertvolle Fracht muss hin- und zurückgebracht werden.

Kurze und mittlere Strecken legen Fahrer und Team gemeinsam zurück. Bei langen Strecken fährt Marcus die Route samt Ausrüstung allein vor. Mannschaft und Betreuer treffen später per Flugzeug ein und werden am Flughafen abgeholt.

Das Navi sei stets funktionsbereit, verrät er. Wenn er das Team zum wiederholten Mal zum selben Hotel fährt, findet er sich allein zurecht.

Der Verein, die Spieler, alle schätzen den Pragmatiker, der umsetzt, was verlangt wird. Lustiger Vogel. So nennt er sich. Für jeden Spaß zu haben. Ein Lausbub. Sympathisch und locker.

Marcus kam nicht als Busfahrer auf die Welt. Sein Sportgeschäft beweist, dass er auch über andere Qualitäten verfügt. Ehe er zur Borussia kam, war er Beton-

und Stahlbauer. Im jetzigen Umfeld fühlt er sich wohl. Seine unbekümmerte Aufgeschlossenheit, mit der er auf andere zugeht und sie an sich heranlässt, überzeugt.

Borussia sei kein seelenloser Verein, in dem nur gegen den Ball getreten werde, sagt er. »Wir sind Familie.« »Wir helfen dem, der sich helfen lässt.« Marcus weiß nicht, wie das bei anderen Vereinen ist. Für Borussia ein Markenzeichen.

Nicht zufällig betreibt er sein Geschäft dort, wo er zu Hause ist. Freunde wohnen da. Mit ihnen feiert er Schützenfest. Leider ist die Zeit knapp bemessen, seitdem er bei Borussia ist. An den Wochenenden, manchmal auch unter der Woche, arbeitet er für Borussia. Wenn Borussia nicht spielt, Sommer- bzw. Winterpause ist, wenn er Urlaub hat oder einfach daheim ist, träumt er nicht vom Fußball. »Das machen andere, nicht ich.«

Marcus pflegt seinen Garten. Und er frönt dem Krimihobby. Der Mensch lebt nicht vom Ball allein. Marcus und Borussia reiten nicht dasselbe Pferd, um sich zu verstehen.

Dennoch geht er im Fußball-Metier auf. Er ist zuständig für die Trainings- und Spielwäsche der Spieler. Ab Wochenmitte stehen Vorarbeiten an, wenn ein Auswärtsspiel ansteht. Der Bus wird mit Utensilien der Spieler bestückt, Trikots in vierfacher Ausfertigung und anderes Material werden eingepackt.

Es gibt eine verbindliche Ausrüstung: Hemd mit Ärmeln, kurze Hose, Stutzen, Schienbeinschoner, Schuhe. Torhüter dürfen lange Hosen tragen. Für jeden Spieler fünf Sätze Trainingswäsche, dazu eine Garnitur pro Spieltag.

Man verrät nichts Neues, dass Fußballspieler Ikonen der Mode und der Werbung geworden sind. Nicht nur auf dem Platz wird registriert, was die Kicker anziehen. Sie sind Werbeträger, wenn das Spiel längst abgepfiffen ist.

Obwohl es Packlisten gibt, überlegt Marcus nach dem Start des Busses, ob er etwas vergessen hat. Nie war das der Fall. Dennoch stoppt er den Bus unterwegs gelegentlich, um nachzuschauen.

Während des Spiels sitzt Borussias zwölfter, nicht auswechselbarer Mann auf der Bank am Spielfeldrand. Ersatz hält er für den Fall bereit, dass Spieler ihr Trikot wechseln müssen. Er fiebert mit, da er nah dabei ist, hält aber seine Emotionen zurück. Scheinwerferlicht mag er nicht.

Vor Spielbeginn erfolgt die Absprache mit dem Zeugwart der Gäste-Mannschaft. Es muss geklärt werden, in welchen Trikots die Mannschaften spielen. Sie dürfen farblich nicht zu ähnlich sein, damit der Schiedsrichter zustimmen kann.

Marcus spielte bei der Amateur-Mannschaft der Borussen-Jugend als zweiter Torwart, zusammen mit späteren Profis. Einige Kontakte unterhält er noch mit Ehemaligen. »Mit ihnen habe ich Siege errungen, Niederlagen erlitten, Endzeitstimmung erlebt.« Er sagt das, als sei es gestern gewesen. Mit aktiven Spielern, eine Generation jünger als er, pflegt er freundlichen Umgang in gesunder Distanz.

Marcus und Borussia. Unzertrennlich. Nicht austauschbar.

Lieber Henry Maske

Sie haben uns die Ehre gegeben. Als charmanter, blendend aussehender, redegewandter 55-Jähriger präsentierten Sie sich Ihrem Publikum. Man sieht Ihnen nicht an, dass Sie zu boxen begannen, als Sie sieben Jahre alt waren. Sie haben das offenbar unbeschadet überstanden oder intensiv an Ihrer körperlichen Instandhaltung gearbeitet.

Was ich mit sieben Jahren unternommen habe, weiß ich nicht mehr. Als braver Junge hatte ich vom Boxen vermutlich keine Ahnung. Kann es sein, dass auch Ihre Gegner im Ring nichts von Ihnen wussten, als sie sich leichtsinnigerweise auf Sie einließen?

Auf einen unterhaltsamen, zugleich einfühlsam vorgetragenen Gang durch Ihre Biografie nahmen Sie uns mit. Ihre Erzählkunst ließ uns Ihre Wege von der Kinder- und Jugend-Sportschule des Armeesportklubs »Vorwärts« in Frankfurt/Oder bis heute mitgehen. Es wäre nicht leicht gefallen, die Eltern für Ihre Box-Ambitionen zu gewinnen, gestanden Sie. Keinem wollten Sie widersprechen und zunächst mit sich selbst klarkommen.

Es war positiv für Sie, Offizier der Nationalen Volksarmee zu sein und zum Vorzeigeathleten des DDR-Sportsystems aufzusteigen. »Erfolg ist kein Zufall.« »Nichts ergibt sich von selbst.« Wie Sie das sagten, klang es selbstverständlich. Aber etliche Male ergänzten Sie, dass auch ein späterer Held Erfolge mühsam erarbeiten muss. Höhen und Tiefen erlebten Sie. Unverdientes Glück gab es nicht.

»Vom Motiv zur Motivation.« Ein Kernsatz. Ihre von anderen unterstützte Lust auf Boxen trieb Sie an. Auch die politisch bedingte Motivation spielte eine Rolle. Als DDR-Juniorenmeister, Olympiasieger in Seoul, erster DDR-Weltmeister wollten Sie und andere Ostblock-Athleten der westlichen Welt beweisen: »Was ihr könnt, das können wir erst recht.« Nach der Wende kam es zum ersten Profikampf. Sie wurden Weltmeister des IBF, der »International Boxing Federation«.

»Selbst-bewusst-sein.« Ihre Erfolgsformel.

Hand aufs Herz, lieber Henry Maske. Wenn Sie in einunddreißig Profikämpfen dreißig Mal Ihre Kontrahenten derart mürbe boxten, dass sie wie leblos in den Seilen hingen, kann das auch daran liegen, dass man Sie unterschätzte? Als Ihre Gegner in der damaligen DDR erfuhren, dass Sie aus einem kleinen brandenburgischen Städtchen stammten, glaubten sie womöglich, Ihre Eltern hätten irrtümlicherweise ein Paar Boxhandschuhe statt Socken unter den Tannenbaum gelegt.

Niemand war glücklich, dass Ihr als krönender Abschluss gedachter Kampf nicht so verlief wie geplant. »Time To Say Goodbye", sang man in der Arena, dem Ort der Schmach. Sie sangen nicht mit. Sie vertraten oft Ansichten, die andere nicht teilten.

Ihre Karriere war nicht in trockenen Tüchern. Die sahen anders aus. »Es geht wieder los.« Zehn Jahre später stiegen Sie als Box-Opa wieder in den Ring, um die Schmach vergessen zu lassen. Ihr Ehrgeiz wurde Ihnen nicht zum Verhängnis.

»Irgendetwas treibt einen an.« »Druck spüren und anderen gewachsen sein.« Das verrät eine Menge über

Sie. Eine Behauptung Werner Schneyders, Sie könnten außer Geld nichts gewinnen, straften Sie Lügen. Von Millionen Boxsportbegeisterten wurden Sie bewundert.

Einige Zuhörer wussten von Restaurant-Kontakten. Siegprämien legten Sie teilweise in Fast-Food-Unternehmen an. Das war konsequent. Wer im Boxring schnell auf den Beinen war, weiß auch einen Schnellimbiss zu schätzen.

Sie waren ein Taktiker. Wilden Faustschlachten gingen Sie aus dem Weg. Seitdem Sie Ihre Boxhandschuhe an den berühmten Nagel gehängt haben, verzichten Sie auch auf Schlachten am kalten oder warmen Buffet und freunden sich mit Fast-Food-Konzepten an.

Wir sind dankbar, lieber Henry Maske, dass Sie zu uns fanden. Sie werben für den »Henry Maske Fond«, der benachteiligte Jugendliche unterstützt. Denen, die nicht auf der Sonnenseite des Lebens stehen, sondern Schlusslichter der Gesellschaft bilden, möchten Sie Perspektiven vermitteln. Sie vergaßen nicht, wo und wie Sie aufwuchsen. Das sind keine entschwundenen Welten. Erinnerungen wollen Sie nicht auslöschen. Auch in unserer Stadt leben Jugendliche, denen Unterstützung durch die »Henry Maske Stiftung« helfen könnte.

So, wie Sie auftraten, lebendig, kommunikativ, unterhaltsam, manchmal nachdenklich, zeigten Sie, dass Sie etwas von Mitarbeiterführung verstehen. Sie trugen nicht nur Ihre Haut zu Markte. Ich wusste nicht, dass man das durch Boxen lernen kann.

Dankbar und kritisch zugleich sahen und sehen Sie Vergangenheit und Gegenwart in unserem Land.

Dankbar schauen Sie auf die »Wende« und den Mauerfall zurück. Sie gehören, betonten Sie, zu den Gewinnern der Einheit. Sie kamen in einer »neuen Welt« an. Zugleich übersehen Sie nicht, dass nicht jeder an dem Wohlstand teilhat, der selbstverständlich zu sein scheint.

Nach dem Fall der Mauer wechselten Sie ins Profilager und wurden als einer der ersten »Ossis« gesamtdeutscher Superstar. Ohne dieses Ereignis würden Sie womöglich noch für »Sabinchen, das Frauenzimmer« schwärmen und den Verehrer aus Treuenbrietzen, wo auch Sie Nestwärme erlebten.

Jetzt gehören Sie zu »Pionieren der Welt«, die eine Vorreiterrolle einnehmen und Besonderes geleistet haben. »Immer ein Ziel vor Augen und den Willen zur Leistung. Das setzt Energien frei.« »Nur wer aufgibt, hat verloren.« Ihr Erfolgskonzept.

Lieber Henry Maske, Sie haben uns überzeugt. Beehren Sie uns wieder.

Ach, Herr Seehofer

Berufst du dich auf »Extra ecclesiam nulla salus«? »Wir glauben und bekennen, dass es außer der Katholischen Kirche kein Heil und keine Vergebung der Sünden gibt.«

So beginnt ein 1302 von Papst Bonifatius VIII. verfasstes Lehrschreiben. Es ging damals um die Vorrangstellung geistlicher vor weltlicher Macht. Weltliche Herrscher hatten sich den geistlich Mächtigen unterzuordnen.

Ach, Herr Seehofer. Mehr als siebenhundert Jahre sind seitdem vergangen. Die christliche Botschaft wurde seit der Reformation hellhörig für Werte anderer Religionen und Kulturen.

Im Jahr 1965 formulierte das Zweite Vatikanische Konzil eine Erklärung der Katholischen Kirche zu nichtchristlichen Religionen. Papst Paul VI. stimmte ihr zu. Außer Passagen zu den Juden enthält das Schreiben ein Kapitel über den Islam.

Ach, Herr Seehofer. »Nostra aetate«, »In unserer Zeit«, nennt sich das Dokument. Es ist deine Zeit, wenn du mit der Gegenwart streitest.

Der verstorbene Kardinal Lehmann sah in dem Schreiben einen »folgenreichen Konzilstext«. Viele Religionen, auch der Islam, hätten gleiche Fragen wie wir: Was ist der Mensch? Was ist Sinn und Ziel des Lebens? Was ist das Gute? Was ist Sünde? Was ist der Weg zum wahren Glück?

Ach, Herr Seehofer. Ich sehe es aus meiner Sicht. Du hast eine bayerische. Aber wir gehören beide zu

Deutschland. Wir nutzen arabische Ziffern 1, 2, 3, 4, 5, 6, 7, 8, 9 und 0. Vor achthundert Jahren lösten sie in Westeuropa die römischen Ziffern ab.

Die arabische Rechenkunst kam mit den Mauren nach Spanien und fand den Weg nach Europa. Auch »Algebra« ist ein arabischer Begriff. Die Mauren wurden von Arabern islamisiert, von Moslems. Über das Einmaleins zumindest gehört der Islam zu Deutschland und wurde hoffähig. Er kam, um zu bleiben.

Beim Einmaleins blieb es nicht, zumindest nicht in meiner Stadt. Sie lässt sich politisch-kulturell vertreten durch eine islamische Mitbürgerin. Du könntest sie kennenlernen. Mit ihr können wir unsere Ängste vor Fremden minimieren. »Wir tragen Verantwortung für unser Land, in dem wir arbeiten, leben und alt werden wollen.« Das ist ihr Wahlspruch. Zu wenig Engagement für das Gemeinwesen kann man ihr nicht unterstellen.

Es gibt Islamische Kultur-Vereine und Islamisch-Türkische Gemeinden. Ihr Ziel ist »Integration«. Das dauert. Ach, Herr Seehofer. Wir verstehen uns. Es gibt keine Distanz zwischen uns, obwohl du Fremdheit spürst. Werte-Debatten müssen wir nicht führen.

Dem Heimatgefühl willst du Auftrieb verleihen, vor allem bei denen, die heimatlos herumstehen. »Ich hatte das Glück, in meiner Heimat bleiben zu können.« »Wichtig ist, dass Menschen leben, wo sie leben wollen.« Das zeigt deinen Spürsinn. Dein Heimatgefühl wird keinen ausklammern, auch wenn er etwas nicht so sieht wie du und nicht so lange bei uns lebt wie du in Bayern.

Schau dir Carsten Sanders Ausstellung »Heimat Deutschland – Deine Gesichter« an. Der Künstler porträtiert tausend Gesichter, die verdeutlichen, wie grenzenlos Heimat ist und Brücke der Nationen werden kann.

Du bist nicht mit allem einverstanden, was man Innovation nennt. »Zeitgenössische Illusionen« unterstellst du manchen Argumenten. Du liebst den Widerspruch und beugst dich nicht jedem Verlangen. Gern beweist du deine Individualität. Du willst nicht Begleiterscheinung anderer sein und fügst dich nicht jeder Mehrheit. Lösungen, die andere vorschlagen, hältst du nicht immer für hilfreich. Aber es gibt oft keine anderen.

Unkundige Zeitgenossen werfen dir Eigensinn und Aufsässigkeit vor. Du willst keine Kräuter sammeln in Gärten der allgemeinen Meinung. Du bestehst auf »Mia san mia« und verteidigst dein »Dahoam is dahoam«.

Das wird dich nicht zu Selbstisolierung verleiten lassen. Dein Widerspruchsgeist und deine Lust, querzudenken, deuten an, wie wach du bist. Du solltest aber nicht mehr Fragen stellen, als darauf Antworten möglich sind. Pflege die Regsamkeit. Lehn dich auf gegen den Rest der Welt. Damit hilfst du uns, wenn du es in Großherzigkeit tust.

Auf das Bayern-Gen bist du stolz. Das schmückst du mit Ausrufezeichen. Wenn es um Bayern geht, um das Land, in dem immer die Sonne scheint, und um den bajuwarischen Charakter, der dem Rundum-Sorglos-Paket vertraut, läufst du zur Höchstform auf.

»Vor Unwürdigem kann dich der Wille, der ernste, bewahren.« Friedrich Schiller schreibt das in einem Gedicht über das Glück. Keiner zwingt dich, Herr Seehofer, den Islam als bayerisches Kulturgut zu betrachten und dessen Tugendlehre zu verankern in der Verfassung des Landes.

Dennoch kannst du den Islam nicht abtun als feindlichen Geheimbund und mit der Abrissbirne drohen. Als Heimat-, Innen- und Bayern-zuerst-Minister weißt du, dass Islam bei uns stattfindet, wenn auch nicht bekannt ist, ob alle Muslime zu Allah beten.

An die Weihwasserbecken und in die Herrgotts-Winkel in unseren Kirchen können wir sie nicht zerren, auch wenn sie aus bayerischer Sicht nicht den rechten Glauben haben. Wir müssen ihnen die Hände zur Kooperation reichen. Subsidiär haben sie Anrecht auf unseren Schutz. Sie gaben ihre Heimat auf und verloren, was ihnen lieb und teuer war. Jetzt suchen sie eine neue Heimat und einen neuen Anfang. Irgendwo müssen sie ankommen.

Du schürst nicht das Vorurteil, es gebe in unserm Land Bürger erster und zweiter Klasse. Du willst nicht Retter des Abendlandes sein aus Sorge vor Islamisierung. Das Abendland geht schon seit Ewigkeiten unter. Ungeachtet des Niedergang-Geredes lebt das Todgeweihte.

Islamische Mitbürger kannst du nicht wie ein heimliches Laster verstecken, obwohl es für dich feststeht, wer zu den Guten und den Bösen zählt. Im tatsächlichen Leben ist das nicht zu unterscheiden. Ach, Herr Seehofer. Dich soll nichts ängstigen. Wenn dein Kopf brummt, dann deswegen, weil andere sich Gedanken machen, ob und wo du noch gebraucht wirst.

Dein Freund Markus gibt seinen Anspruch auf deine Nachfolge nicht auf. Er wird dir mitteilen, wann du die Koffer packen darfst. Das ist so wie in der Erziehung: Kinder machen das, was sie nicht machen sollen.

Es kann etwas aufhören, ehe Neues begonnen hat. Du schmiedest vermutlich Pläne. Es geht dir nicht um dein Ansehen, sondern um dein und unser Wohl. Deswegen kommt dir auf Bundesebene ein neues Amt zu. Du bist kein verbrauchtes Gesicht. Als Bundesminister kannst du zu Ende bringen, was in deinen Gedanken unvollendet geblieben ist. Schauen wir mal.

Neues Denken mit altem Profi

Dass die Partei zu ihrem neuen Slogan einen nicht neuen Polit-Profi als Gastredner geladen hatte, überraschte. Er wollte seine Fähigkeit zeigen, »den Leuten aufs Maul zu schauen«, ohne ihnen »nach dem Mund zu reden«, ohne Wahrheiten »um die Ohren zu hauen«, ohne »Moral aus der Feder tropfen zu lassen«.

Zuerst wurden Anwesende und nicht Anwesende mit Dank- und Lobreden überschüttet. Alle waren sich einig, richtige Weichen gestellt zu haben. Wichtig im Hinblick auf kommende Wahlen.

Gastredner Wolfgang Bosbach fordert etwas von sich und von anderen. Er spürt Bedürfnisse auf, trabt keinem hinterher. Geht Problemen nicht aus dem Weg. Bekannt dafür, »seine Meinung nicht blitzschnell zu ändern«, stellte er klar, es bestünde Parteien-, nicht Politikverdrossenheit.

Es würde nicht genügen, für seinen Wahlkreis direkt gewählter Bundestagsabgeordneter zu sein. Es könnte nicht genügen, als Vorsitzender einer Fraktion im Rat der Stadt berufliche Kontakte nach China zu pflegen. Bosbach nahm kein Blatt vor den Mund. Man wünschte sich, etwas von seinem Feuer würde auf die Volksvertreter mit ihrem versteckten Charisma überspringen, um Menschen »erwärmen« zu können.

An »Siebzig Jahre Grundgesetz« erinnerte der Redner. Wachstumsjahre waren es. Andere Länder würden über unser Wirtschaftswunder staunen. Sechs Jahre Rezession machten kein Minus-Wachstum daraus.

Bei Autoindustrie, Ingenieur- und Bauwesen wären wir »Weltklasse«, bei der Digitalisierung würden wir hinterherhinken. Der Zusammenhang zwischen wirtschaftlicher und sozialer Leistung wäre wichtig. Bei steigenden Energiepreisen würden Unternehmer prüfen, ob und wo es lohne zu investieren. Sichere Energieversorgung zu bezahlbaren Preisen bräuchten wir, damit nicht Kapital, Arbeitsplätze, Wachstum, Wohlstand und soziale Sicherheit ins Ausland exportiert würden. Wissen und Bildung wären unsere »Rohstoffe«. Die müssten wir investieren in die Bildung unserer Kinder.

Das war das Stichwort zum »Brexit«. Bosbach erwartet einen »klaren Schnitt«, der nicht nur auf britische Vorteile hinausläuft, sondern Nachteile in Kauf nimmt. Anderenfalls würde es zur Politik des Nebeneinanders statt Miteinanders kommen. Europa dürfte sich nicht entsolidarisieren.

Wahrscheinlich werde Großbritannien aus der Europäischen Union ausscheiden. Denkbar, dass andere Länder bei »Mehr Europa« ebenfalls an Austritt dächten. Solche Fliehkräfte gelte es zu unterbinden. Europa müsse zusammenhalten. Trotz unterschiedlicher Ziele befänden wir uns auf derselben Baustelle.

Am 9. November feiern wir »Dreißig Jahre Mauerfall«. In Amerika und Frankreich begeht man nationale Feiertage mit Festumzügen und Feuerwerk. Wenn wir Wiedervereinigung feiern, hätten wir Grund zur Feiertagsstimmung und Anlass, stolz auf die friedliche Revolution zu sein.

Dass Erhofftes und Zugesagtes später eintrafen und teurer wurden, dürfte nicht davon abhalten, das Positive zu sehen. Wer fragt, wo im Osten »blühende Landschaften« sind, sollte sich daran erinnern, wie sie vor der Wende aussahen. Mehr »Patriotismus«, »Vaterlandsliebe« täte uns gut.

Wolfgang Bosbach. Schlagfertiger, rheinischer Katholik. Er sagt, was er denkt und registriert. Nicht mehr tätig im aktiven Geschehen, aber keiner aus einer anderen Zeit. Einer, der kundig, witzig, geradlinig redet.

An den Abend wird man sich erinnern.

Tag der Deutschen Einheit. Ein Feiertag

Der 3. Oktober wurde im Einigungsvertrag 1990 als gesetzlicher Feiertag der Deutschen Einheit bestimmt, als Tag, an dem die Deutsche Einheit vollzogen wurde.

Die Deutsche Einheit feiern. Nicht für alle war und ist das selbstverständlich.

»Zwischen der sozialistischen DDR und der imperialistischen BRD gibt es keine Einheit und wird es keine Einheit geben. Das ist sicher und klar wie die Tatsache, dass der Regen zur Erde fällt.« Erich Honecker, 1981

»Berlin wird leben und die Mauer wird fallen.« Willy Brandt, 10.11.1989

»Die Legitimation der DDR als sozialistischer, souveräner deutscher Staat wird erneuert. Nicht durch Beteuerung, sondern durch eine neue Realität des Lebens in der DDR wird den ebenso unrealistischen wie gefährlichen Spekulationen über eine Wiedervereinigung Absage erteilt.« Hans Modrow, 17.11.1989

»Die Feier des 3. Oktober gilt vor allem einer Befreiung, der Lösung von Ketten, die einem Viertel aller Deutschen während eines halben Jahrhunderts angelegt waren. Die Feier will nicht bedeuten, dass alles dort schlecht war, wohl aber, dass elementare Rechte der Bürger missachtet wurden und dass sie an Fortschritten, an denen ihre Mitbürger im Westen sich erfreuen durften, keinen Anteil hatten.« Golo Mann.

»Die Forderung nach Wiedervereinigung halte ich für eine gefährliche Illusion. Wir sollten das Wiedervereinigungsgebot aus der Präambel des Grundgesetzes streichen.« Joschka Fischer, 29.7.1989

»Mit der friedlichen Vereinigung setzen die Deutschen ein Zeichen in Europa.« Staatssekretär Günther Krause, 3.8.1990

»Nach vierzig Jahren Bundesrepublik sollte man eine neue Generation in Deutschland nicht über die

Chancen einer Wiedervereinigung belügen. Es gibt sie nicht.« Gerhard Schröder, 11.6.1989

»Wenn wir die Teilung überwinden wollen, müssen wir teilen lernen. Es muss sich ein gemeinsames Lebensgefühl entwickeln.« Bundespräsident Dr. Richard von Weizsäcker, 3.10.1990

»Die Ossis wollten billig davonkommen, und so was kommt teuer.« Wolf Biermann

»Die Deutschen können würdevoll feiern. Sie haben es eindrucksvoll am Tag der Deutschen Einheit bewiesen. Dieser Tag war weder verbohrt noch verweint. Man freute sich, ohne übermütig zu werden. Stille Töne wurden bevorzugt. Man feierte die eigene Nation, ohne die anderen zu vergessen. Die Botschaft der 9. Sinfonie Ludwig van Beethovens klang selten glaubwürdiger: Seid umschlungen, Millionen, dieser Kuss der ganzen Welt.« Michael Wolffsohn

»Mir ist nicht bange, dass Deutschland nicht eins werde. Vor allem sei es in Liebe untereinander eins.« Johann Wolfgang von Goethe schrieb das in anderem Zusammenhang 1828 in Weimar.

Wir feiern am 3. Oktober Deutsche Einheit. Ein Feiertag.

Beim Bundespräsidenten im Schloss Bellevue

Über Bundespräsident Frank Walter Steinmeier wusste ich etwas aus Berichten über ihn, Reden von ihm und Interviews mit ihm. Politische und gesellschaftliche

Fakten in der Regel: »Der Herr Bundespräsident wünscht bzw. hat angeordnet.«

Gelegentlich drangen auch andere Informationen nach draußen:

- Der Bundespräsident zieht sich für ein paar Wochen aus der Politik zurück, um seiner Frau, Elke Büdenbender, eine Niere zu spenden.
- Als er als Außenminister um Mitternacht von einer Auslandsreise heimkam und anschließend noch bis zwei Uhr mit seiner Tochter Ikea-Regale aufbaute, äußerte sich seine Frau: »Dieser Mann kann nur ein toller Typ sein.«
- »Verratet es keinem«, vertraute er Kindern an. »Wenn ich in langen Sitzungen bin, male ich gern kleine Bilder. Mal Menschen und Tiere, mal Pflanzen und Häuser. Am liebsten Elefanten.«

Im Schloss Bellevue, seinem Berliner Amtssitz, traf ich ihn und seine Gattin im Rahmen einer Veranstaltung »Von Erfolgsrezepten in Ost und West«. Sie begrüßten ihre Gäste:

Vertreter von Institutionen, die sich mit der Aufarbeitung vergangener dreißig Jahre deutsche Geschichte beschäftigen. Viele Zeitzeugen der friedlichen Revolution sind alt oder tot. Es ist wichtig, aus der Gegenwart heraus die Neugier auf das Leben davor zu wecken und wach zu halten.

Bürger aus den Partnerstädten Halle und Karlsruhe. Unterstützt durch den damaligen Ministerpräsidenten von Baden-Württemberg, Lothar Späth, nahm Karlsruhe vor der Wende Kontakt mit Halle auf. Karlsruhe war eine der ersten westdeutschen Städte, die mit einer Stadt im Osten Deutschlands eine Städtepartnerschaft eingingen.

Unternehmer, , Handwerker, Schüler eines Oberstufenzentrums in Berlin-Kreuzberg.

Einige Hinweise galt es zu beachten:

»Es werden Foto- und Filmaufnahmen gemacht, auf denen Sie für Öffentlichkeitsarbeiten des Bundespräsidenten abgebildet sein können.« »Planen Sie Zeit für die Sicherheitskontrolle ein.«

Für den Bundespräsidenten als Staatsoberhaupt gilt die höchste Gefahrenstufe. Für mich hieß das: Passkontrolle an der Eingangspforte Hauptwache und Sicherheitsschleuse. Wie am Flughafen.

Formalitäten waren vorab zu erledigen. »Aus Sicherheitsgründen müssen wir im Vorfeld Vor- und Zunamen, Ihr Geburtsdatum und Ihren Geburtsort erheben und weiterleiten an die mit der Sicherheitskontrolle beauftragten Stellen, die diese im Rahmen ihrer Befugnisse verarbeiten und unverzüglich löschen, soweit sich gesetzlich nichts anderes ergibt.«

Gast im Schloss Bellevue zu sein, in dem sich Könige, Staatschefs und Gäste aus aller Welt ein Stelldichein geben, war kein alltägliches Ereignis für mich. Es war eine Ehre.

Wohlstandsdekor, Prunk und Pomp fehlen in dem frühklassizistischen Bau am Berliner Tiergarten. Im Zweiten Weltkrieg brannte er aus, wurde wieder aufgebaut und mehrmals restauriert. Prunk und Pomp,

Titel »Majestät«, »Hoheit« würden zu diesem Präsidenten-Ehepaar nicht passen.

Am Ende der großen Treppe zu den oberen Sälen, vorbei am Reitergemälde von Friedrich Wilhelm III., wartete auf uns ein zwanglos unaufgeregter Präsident. Seine Gattin, Frau Büdenbender, nahm mit den sechzig geladenen Gästen im Halbkreis vor dem Rednerpult Platz.

Der Vorgang hatte etwas Selbstverständliches an sich und verriet, warum niemand über »Regeln und Fallstricke des Benimms« uns belehrt hatte. Die angenehme Atmosphäre hatte vielleicht auch damit zu tun, dass weder »Spektabilitäten« noch »Durchlaucht« geladen waren. Man darf dem Bundespräsidenten jedoch zutrauen, Personen, die hohe Ämter bekleiden, in entsprechender Weise zu begegnen.

Darauf musste er jetzt nicht bedacht sein. Seine Begrüßungsansprache, die Wahl seiner Worte, seine Souveränität sagten etwas aus über die Person Frank Walter Steinmeier. Der aus einem kleinbürgerlichen Milieu stammende Sohn eines Tischlers und einer heimatvertriebenen Arbeiterin hat seine persönliche Geschichte mitgenommen in die vielen Stationen, die ihn bis ins Schloss Bellevue führten.

Vergleichbares ergab sich, als ich im Anschluss an die offizielle Veranstaltung ins Gespräch kam mit Frau Büdenbender. Auch sie wäre nicht in hochherrschaftlichen Verhältnissen geboren worden, betonte sie. So verhielt sie sich auch.

Den Vormittag im Schloss Bellevue werde ich nicht vergessen.

Der Mauerfall. Ein Einzelschicksal

Für mich kam er aus der »Zone«, bei mir mit negativen Assoziationen behaftet. Ich wusste kaum, wo das war. Etliche Male war ich in die ehemalige Sowjetunion gereist. Nebenan, im anderen Teil Deutschlands, war ich nie. Kurz vor dem Mauerfall kam er in den Westen, obwohl er an der Uni »drüben« eine gute Position innehatte.

Er war gekommen, weil er mit seiner Bekannten zusammen sein wollte. Bisher hatten sie sich nur auf der polnischen Seite der Hohen Tatra in den Karpaten treffen können. Er war gekommen, obwohl die DDR seine Heimat war, wo er Erfolg und Ansehen erworben hatte. Seine Mutter war »drüben« geblieben. Heimat und Mutter, Beruf und Erfolge ließ er zurück.

Ich lernte ihn kennen. Er war klug und hatte exzellente Noten. Wissen und Können hängen nicht vom politischen System ab, sondern vom persönlichen Engagement. Er lehrte mich vieles anders und überhaupt zu sehen.

Der Alltag West holte ihn ein. Andere Maßstäbe. Andere Wertordnungen. An Erfolg und Konsum orientiertes und gemessenes Wirtschaftsdenken. Überbietungswettbewerb.

Folge für ihn: Statt guter Nachrichten unerfüllt bleibende berufliche Erwartungen und Hängepartien. Er wollte verlässliche Menschen treffen. Seine Hoffnungen zerschellten an der Realität. Keine Gesten der Solidarität. Keine Möglichkeit, sein Potenzial zu entfalten.

Sein Leben schien aus einer Ansammlung von Enttäuschungen zu bestehen. Er war Fachmann-Ost. Hier suchten sie den Fachmann-West. Sie zeigten sich schwerhörig. Den von irgendwoher Kommenden, irgendwohin Wollenden verstanden sie nicht.

Er blieb. Kein Arbeitsplatz war ihm zu weit entfernt. Oft getrennt von der Bekannten, die inzwischen seine Frau geworden war. Manche behaupten, Partnerschaft funktioniere am besten, wenn man sich selten sieht und zwei Mal in der Woche essen geht, er dienstags, sie freitags. Auf Dauer ist das frustrierend. Man muss über eine große Portion Leidensfähigkeit verfügen, um diesen Zustand ertragen zu können. Er war in zehn Jahren West nicht anders geworden. Dennoch sollte er anders als bisher leben, denken und handeln.

Er hatte eine unnachahmliche Art, Probleme zu lösen. Als wir an einer Straßenbahnhaltestelle warteten, fragte ich ungeduldig, wann die Bahn endlich käme. Es könnte nicht lange dauern, erwiderte er; die Schienen lägen schon. Er machte nicht viele Worte. Dennoch sagte er viel.

Wie zufällig klangen seine Kommentare: »Auch mit alten Steinen kann man neue Häuser bauen.« »Große Leute haben auch klein angefangen.« Ich blinzelte zu ihm herüber, um sein Mienenspiel beobachten zu können. Er ließ nicht in sich hineinschauen.

Unerwartet starb er. Er brach zusammen bei einer ärztlichen Untersuchung. Fassungslos alle, die ihn kannten und schätzten. Mir war er ein vertrauter Freund geworden.

Was hatte er gelitten? Wer hatte wem nicht zugehört?

Wer hatte wen nicht verstanden? Er uns? Wir ihn? Welche Mauern wurden nicht abgetragen?

Hätte er bleiben sollen, von wo er aufgebrochen war? Waren die Gräben zwischen ehemals zwei deutschen Staaten nicht mit neuem Leben zu füllen?

Er war nicht immun gegen Ablehnung und Anfeindung. Aus dem eigenen Leben, aus den Brüchen in seinem Leben entkam er nicht.

Ich vermisse ihn. Ich weiß nur, wo sein Grab ist.

Rita Süssmuth. Frauen, Macht und Politik

Zum 70. Jahrestag des Grundgesetzes und des Gleichstellungsparagrafen sind die Türen der Citykirche geöffnet für die Ausstellung »Mütter des Grundgesetzes«.

Erfolge und Herausforderungen auf dem Weg zur Gleichberechtigung werden dokumentiert. Rita Süssmuth kommt. CDU-Politikerin, ehemalige Ministerin für Jugend, Familie, Gesundheit; dann Bundestagspräsidentin. Stolz darauf, der CDU den Feminismus gelehrt zu haben. Ihr Thema: »Frauen, Macht und Politik«.

Am 19. Januar 1919 hatten Frauen erstmals das aktive und passive Wahlrecht bei der Wahl der Deutschen Nationalversammlung. Im Bundestag gab es am 17.1.2019 eine Feierstunde. Einhundert Jahre Frauenwahlrecht wurden gewürdigt. »Wenn ihr Männer das wolltet, könnten Frauen noch viel mehr.« Rita Süssmuths Feststellung fand in der Medienlandschaft Widerhall. Um Schlagworte war und ist sie nie verlegen.

Bisherige Erfolge genügen nicht, betont die engagierte Rednerin. »Wir sind in der Gegenwart angekommen, in keiner zufriedenstellenden.« Eine gesetzliche Frauen-Quote wie in Frankreich müsste her. Besser wäre Parität. Es stünde zwar im Grundgesetz, Männer und Frauen wären gleichberechtigt. Das wäre aber erreicht worden auf massiven Druck der Frauen.

In Deutschland regiere eine Kanzlerin, mit ihr einige Ministerinnen. Der Anteil an Frauen im Bundestag wäre dennoch niedrig wie vor zwanzig Jahren. Die Vereinbarkeit von Familie und Beruf hätte sich unwesentlich verbessert, zum Nachteil der Frauen.

Der Behauptung, Frauen wollten nicht in die Politik, stellt Rita Süssmuth entgegen: Frauen hätten kein Interesse, wenn Männer an ihren Posten festhalten. Hartnäckiges Vorurteil: Chaos entstände, wenn Frauen in der Politik tätig wären. Daher bleibe »Mutter« der schönste Beruf einer Frau.

Die Rednerin spricht aus persönlicher Erfahrung. Als Seiteneinsteigerin aus der Wissenschaft, angeblich ohne Durchsetzungsvermögen, schien sie für politische Ämter ungeeignet. »Das werden wir sehen«, dachte sie, die klein von Gestalt ist.

An Frauen würden strengere Maßstäbe angelegt als an Männer. Das hätte auch Angela Merkel erfahren, als es um die Kanzlerschaft ging. »Das Mädchen kann das nicht.« Was sie geleistet hätte, gelte plötzlich nichts mehr. Ohne Ichbezogenheit hätte sie bewiesen, dass sie mithalten könne, wenn es in der Politik um Macht geht.

»Frauen müssen machtbewusster werden«, ruft die

Referentin ihren Mitstreiterinnen zu. Man ahnt, dass sie persönlich das nicht lange erlernen musste. Kämpferisch und streitbar war und ist sie.

Eine Wochenzeitschrift titulierte sie »beliebteste Außenseiterin der Republik«. In dieser Position engagiert sie sich für andere »Außenseiter«:

Gegen Ausgrenzung und Isolation von HIV-Infizierten.

Für »offene Familien«, die nicht nur mehrere Generationen, sondern auch Personen ohne Verwandtschaftsgrad umfassen.

Für die aus der autonomen Frauenbewegung entstandenen Frauenhäuser.

Für Männergruppen gegen Männergewalt.

Für Alleinerziehende und kinderlose Frauen.

Für Obdachlose und Migranten. Angela Merkel habe Grenzen für Flüchtlinge geöffnet, da sie es für notwendig hielt; auch aus menschlich-ethischer Überzeugung.

2017 feierte die verheiratete Katholikin und Mutter ihren achtzigsten Geburtstag. Sie ist dem politischen Alltag treu geblieben, wenn sie auch nicht mehr politisch aktiv ist.

Sie kämpft gegen Ausgrenzung. Sie streitet für Frauenrechte. Sie mischt sich ein. Sie schleicht sich nicht davon. Sie will etwas bewegen. Sie ist nicht auf ausgetretenen Pfaden unterwegs. »Wer nicht kämpft, hat schon verloren«. Titel eines ihrer Bücher.

Einfallsreiche, charmante »Sweet Courage« Rita Süssmuth. Sie ist eine engagierte, liebenswürdige Person geblieben.

Eine Goldene Blume für die Gräfin

Bettina Gräfin Bernadotte soll mit der »Goldenen Blume« ausgezeichnet werden.

Auf der Insel Mainau im Bodensee, wo sie groß wurde, entfaltete sie ihre Leidenschaft für Kunst und Fremdsprachen. Sie sucht und pflegt Kontakt ohne plumpe Vertraulichkeit. Sie zieht sich nicht zurück in ihre Komfortzone. Nach dem Diplom in Tourismus-Betriebswirtschaft absolvierte sie ein Praktikum im Europa-Park Rust. Das weckte ihr Interesse, die Mainau mit zu gestalten.

Seit 1974 besteht, mit Sitz auf der Mainau, die Lennart-Bernadotte-Stiftung. »Gärtnern um des Menschen und der Natur willen« ihr Motto. Bewusst tätig zu sein in und mit der Natur, war noch nicht im Bewusstsein vieler Menschen verankert, da wurde auf der Mainau bereits der Zusammenhang von botanischem Garten und Schlosspark erprobt.

Die »Goldene Blume« nimmt die Gräfin auf die Insel als Ansporn mit. Heranwachsende und Familien wirbt sie für das Blumenparadies. Wie ihre Vorfahren praktiziert sie das in ihrer Familie. Für jedes Kind wird ein Baum gepflanzt; für Bettina eine Magnolie, ebenso für die Tochter.

Die Mainau soll kein sonntägliches Seniorenziel sein. »Lust auf Natur« will die Gräfin wecken. Sie erzählt von Familien und Kindern, die auf die Insel kommen und Eindrücke mit nach Hause nehmen.

Goldene Blumen findet man nicht auf der Mainau. Die Gräfin will nicht Blumenkönigin sein. Es gibt aber die Edelrose »Gräfin Bettina Bernadotte«. Auf der Mainau kann man die rosafarbigen, intensiv duftenden Blüten bewundern.

Die Gräfin lebt mit der Familie in Konstanz. Sie ist nicht nur am Bodensee zu Hause. Sie besitzt neben der deutschen auch die schwedische Staatsbürgerschaft. Die Mainau befindet sich aus geschichtlichen Gründen im Besitz der adligen, schwedischen Familie Bernadotte. Man kann in der Schwedenschänke einkehren und dort in der Vorweihnachtszeit ein Schweden-Menü kosten.

Bewundernswert ist ihr Sprachen-Repertoire: Deutsch, Englisch, Spanisch, Schwedisch und Französisch spricht sie. Der Dalai Lama zählt zu ihren Vorbildern. Das »Buch der Menschlichkeit« schätzt sie. Ihm würde sie in ihren Lieblings-Song der Beatles »All My Loving« einbeziehen, wohl in der Hoffnung, dass er Nachsicht übt mit ihrem »Schokoladen-Laster«. Gräfin Bettina Bernadotte. Eine würdige Preisträgerin.

Die Notapotheke

Verheiratet, zwei Kinder, 62 Jahre alt. Die Daten seiner Vita besagen nichts Außergewöhnliches. Fakten hinter den Daten verraten bemerkenswerte Stationen.

Mitglied und Schatzmeister Aktion »Gemeinsam für Afrika«. Schatzmeister »Entwicklungspolitik deutscher Nichtregierungs-Organisationen«. Mitglied der Kreissynode eines Kirchenkreises. Aufsichtsratsvorsitzender in einem Kolping-Bildungswerk. Vorstandsvorsitzender

»Aktion Deutschland Hilft«. Vorstandssprecher und Chef der »Action Medeor«.

Sein Engagement will Hilfen organisieren und Helfer finden. Organisationen und Unternehmen können materielle Hilfe leisten, wenn genügend finanzielle Mittel erwirtschaftet wurden. Man kann nicht helfen mit leeren Taschen.

In Deutschland besteht die »Aktion Deutschland Hilft«. Dreizehn Hilfsorganisationen stimmen ihre Fähigkeiten und Kenntnisse miteinander ab. So werden bei Hilfseinsätzen Überschneidungen und Versorgungslücken vermieden.

Es werden Leitlinien des Handelns aufgezeigt: »Menschen, die von Naturkatastrophen oder von humanitären Krisen betroffen sind, haben ein Recht auf Hilfe und Solidarität.«

In Afrika entscheide sich, was geschieht in der Welt, formulierte ein Politiker. Afrika brauche einen »Marshallplan«. Wenn verhindert werden soll, dass Millionen Afrikaner auf dem Weg über das Mittelmeer in Europa ihre Zuflucht sehen, müssten wir handeln.

Die uns verbleibende Zeit kann schnell vorbei sein. Menschen in den Zumutungen des Daseins, mit dem Gefühl des Ausgesetztseins können wir nicht allein lassen. Sie haben nichts zu verlieren. Uns könnte die größte Flüchtlingskrise noch bevorstehen.

»In Afrika hungern mehr als 25 Millionen Menschen.« In vielen Regionen war wegen der Dürre keine Ernte möglich. Zusätzliche Konflikte verhinderten, die Felder zu bestellen und das Vieh zu versorgen.

Hungersnot trifft vor allem die Kinder. »Action Medeor« liefert Antibiotika, Schmerzmittel und Malaria-Medikamente, Spezialnahrung und Infusionen. Daher der Appell, Menschen zu Spenden anzuhalten.

»Gemeinsam gegen Hungersnot« lautet das Gebot. »Sie unterstützen mit ihrer Spende Hilfsprojekte für Menschen in Not.« Aufruf des Aktionsbündnisses.

Die größte Sehenswürdigkeit wäre die Welt, formulierte Kurt Tucholsky vor einhundert Jahren. Man könnte folgern: Vor die größte Aufgabe, die wir zu bewältigen haben, stellt uns die Welt.

Tante Ju im Flughafen-Hangar

»Am 4.8.2018 verunglückte eine Ju-52 der Schweizer Ju-Air an der Westflanke des Piz Segnas, Region Glarus, St. Gallen. Siebzehn Passagiere und drei Mitglieder der Besatzung kamen ums Leben.«

Die Meldung bestimmte die Schlagzeilen. Die Ju-52 galt als Flugzeug mit Zukunft trotz seiner Patina vergangener Zeiten. Rundflüge mit der unverwüstlichen, zuverlässigen Tante Ju, eine dreimotorige Junkers Ju-52, garantierten ein nachhaltiges Erlebnis für Groß und Klein. Ein fliegender, legendärer Star mit Wellblechrumpf und drei Neun-Zylinder-Sternmotoren. Beliebtes, berühmtestes Flugzeug Deutschlands. »Grand Dame« der Luftfahrt.

Ju-52. Zusammen mit einem Team entwickelt von Hugo Junkers. Unternehmer, Konstrukteur, Forscher und Luftfahrtpionier. Geboren 1859 in Mönchengladbach-Rheydt. Er lebte und wirkte in Dessau/Sachsen-

Anhalt und gründete 1919 die Dessauer Flugzeugwerke.

Hugo Junkers plante einen einmotorigen Frachter. Der technische Direktor der damaligen Deutschen Luft Hansa, Erhard Milch, plädierte für eine dreimotorige Version für Passagierflüge. Junkers wollte ein Flugzeug bauen, »um Menschen und Nationen einander näher zu bringen.«

Viele Jahre im militärischen und zivilen Luftverkehr eingesetzt, war die Ju-52 Standard-Flugzeug der 1930er-Jahre. Auf kleinsten Äckern landete sie und wurde zum Mythos.

In den 1930er und 1940er Jahren gehörte sie zu den meistgeflogenen und sichersten Flugzeugen. Bequem war sie. Im Zweiten Weltkrieg diente sie der Deutschen Luftwaffe als Truppentransporter.

Dienstjahre nach Kriegsende in Norwegen sowie im Amazonasgebiet Ecuadors machten sie am Ende »schrottreif«. 1984 wurde sie »heimgeholt«. Umfangreiche Aufrüstung war fällig, um sie im gewerbsmäßigen Luftverkehr einzusetzen.

Der »Flug-Dinosaurier« überlebte. Einen neuen Weltumrundungsversuch wie im Jahr 2000 wird es nicht geben. Weil russische Behörden keine Landegenehmigung erteilten, blieb es nach der Hälfte der geplanten Strecke beim Versuch.

Friedrich von Mallinckrodt, Leutnant der Fliegertruppen, sagte: »Die Lage, vor der sich Ende des Jahres 1915 Professor Junkers mit dem ersten freitragenden Metallflugzeug gestellt sah, charakterisiert am besten der Hinweis, dass kein Flugzeugführer der Fliegerabteilung und kein Pilot der Prüfanstalt und Werft bereit war, den Blechvogel Junkers J1zu fliegen. Kameraden warnten vor der Kiste.«

Eine alte »Fliegerkanone« meinte, wir würden uns das Genick brechen. »Da wir jedoch entschlossen blieben, sah man ausgemachte Todeskandidaten in uns.«

Aus dem »Abenteuer- und Kriegsgerät«, aus der »fliegenden Kiste mit todesmutigen Piloten«, die Leib und Leben riskierten, wurde ein sicheres Verkehrsmittel. Das Flugzeug aus Metall, mit hohlen Flügeln, aerodynamischer Verkleidung und dem Ziel, Auftrieb zu erzeugen, schrieb Geschichte. Die Hamburger Kulturbehörde honorierte es 2015 als »bewegliches, fliegendes Denkmal«. Es dokumentiere Deutsche Luftfahrtgeschichte, hieß die Begründung.

Sieben Maschinen sind noch flugfähig. Eine in Deutschland bei der Deutschen Lufthansa Berlin-Stiftung. Ihre Ju-52 nennt sie »Herzstück der historischen Flotte«. Drei Exemplare befinden sich in der Schweiz.

Die Ju-52 mit der Kennung HB-HOY, Schweizer Dauerleihgabe im Mönchengladbacher Hangar, möchte wieder starten. Der von Mitarbeitern des Flughafens Düsseldorf gegründete »Verein der Freunde historischer Luftfahrzeuge« ist dankbar für die Unterkunft der beschäftigungslosen alten Dame.

Damit sie sich nicht aufs Altenteil abgeschoben fühlt, konstruierte man einen »Eventhangar« aus Stahlträgern und Glas unter einem gewölbten Dach. Hier verbirgt sie mehr, als sie zeigen darf.

Den Stillstand hat sie sich nicht gewünscht, auch nicht, dass sie als Dekoration anderer Ereignisse herhält. Auf circa 1000 m² Fläche gibt es reichlich Platz für Veranstaltungen. »Tante Ju« ist selten allein und muss nicht um Aufmerksamkeit ringen.

An die Jahre, die sie auf der Besucherterrasse des Düsseldorfer Flughafens herumstand, denkt das Kulturdenkmal nicht zurück. Wunsch des Vereins ist die »Förderung des Interesses an Geschichte und Gegenwart der deutschen Luftfahrt.« Die Ju-52 und das Andenken an die Leistungen von Hugo Junkers sollen erhalten, erweitert und präsentiert werden mit dem Ziel: »Erhalt eines fliegenden Kulturgutes«.

Liebe Tante Ju. Stärke in uns die Illusion deiner Unvergänglichkeit. Unsterblich bist du, wenn auch die Zeiten über dich hinweggegangen sind. Wir werden uns nicht von dir trennen und keinen Abschiedsbesuch planen. Wir bleiben dir verbunden.

Bildhauer Tony Cragg. Pionier der Welt

Luftfahrtpionier Dr. Piccard, Extrembergsteiger Reinhold Messner, die Schimpansen-Forscherin Dr. Jane Goodall, Rennfahrer David Coulthard konnte der Initiativkreis für Vorträge gewinnen. Jetzt stellt sich Sir Anthony Cragg vor. Der in Wuppertal lebende, britische Künstler zählt zu den weltweit bedeutendsten Bildhauern. Seine Skulpturen werden in Europa, in Nord- und Südamerika, in Asien und Australien bewundert.

»Pioniere der Welt« stellt Persönlichkeiten vor, die »Besonderes leisteten und deren Engagement für andere Vorbildfunktion hat«. Kunst schafft Zugang zu einer neuen Welt. Sie öffnet »Türen in den Köpfen«, wird Cragg zitiert. Sie fordert auf, Standpunkt und Blickwinkel zu ändern. Das wird deutlich in den aus verschiedenen Materialien gefertigten Plastiken. Sein Markenzeichen: »In der Bewegung innehaltende Dynamik«. Die »unruhige Energie« in den Materialien nimmt Gestalt an. »Ich hasse Skulpturen, die Klumpen ähneln.«

Scheinbar tote Materie wird lebendig und zu Kunst. Jedes Material ist verwandlungsfähig, kunstfähig. Holz, Keramik, Kunststoff, Glas, Marmor, Bronze, Gips, Styropor, Edelstahl. Alle können sinnstiftend werden.

Es ist wie beim vielstimmigen Konzert, in dem nicht nur eine einzige Melodie den Ton angibt. Man muss in einer widersprüchlichen Welt leben können.

Fünf Jahre lehrte er an der »Universität der Künste« in Berlin, danach an der Düsseldorfer Kunstakademie, deren Rektor er wurde und Markus Lüpertz ablöste. Mit Auszeichnungen und Preisen wurde er überhäuft. An den Kasseler »documenta«, die bekannteste Ausstellungsreihe zeitgenössischer Kunst, an Kunstbiennalen in Venedig, Sydney und São Paulo nahm er teil.

Den »Turner Prize« erhielt er, ein nach dem Maler William Turner benannter britischer Kunstpreis, der jährlich an einen britischen Künstler verliehen wird. 2009 wählte man ihn in die Nordrhein-Westfälische Akademie der Wissenschaften und Künste.

Bekannt wurde Tony Cragg auch durch das Zentrum für Bildhauerei, den »Skulpturenpark Waldfrieden« in Wuppertal. Ein Museum in Trägerschaft einer gemeinnützigen Stiftung der Familie Cragg. Ausgestellt werden Skulpturen Craggs und Werke anderer internationaler Künstler.

Bildhauerei ist seine Leidenschaft. Wer ihm zuhört, erlebt einen Künstler, der selbstironisch und heiter von sich und seinem Schaffen erzählt. Unkompliziert, klug, bescheiden und humorvoll. Grund genug für die Stadt Wuppertal, ihm den »Ehrenring der Stadt« zu überreichen und die »Goldene Schwebebahn«. Grund genug, diesen Künstler persönlich zu erleben.

Profi-Abenteurer und Kletterer

Seit dem fünfzehnten Lebensjahr klettert er. Er kletterte in die Weltspitze, gewann dreimal das »Rockmaster«-Turnier in Arco/Italien, das zu den »ältesten Kletterwettkämpfen im Sport-Klettern« zählt. Die »Inoffizielle Weltmeisterschaft« für Kletterer.

Das Südtiroler Städtchen Arco schätzen Touristen wegen des milden Klimas, der Olivenbäume und der Gärten mit »Art Nouveau-Atmosphäre«. Arco verfügt dazu über einen »Familien-Klettersteig«. Die örtliche Werbung verspricht: »Zusammen mit Erfahrungen an der Wand lernen Kinder, Natur zu beobachten.«

Der »Fun Climb« bietet Klettern in sicherer und fröhlicher Umgebung an. »Für Leute mit Übung in der Welt der Klettersteige und mit einer guten Kondition« ist der »Via Albano-Klettersteig« eine Empfehlung.

Der Sportkletterer, Abenteurer, Unternehmer und Autor Stefan Glowacz kommt zu einem Vortrag »Von der Arktis in den Orient«. Er will Erlebnisse schildern zwischen der westlich von Grönland gelegenen, kanadischen Insel Baffin Island und der Durchquerung Grönlands. Dessen eintausend Kilometer langes Eisschild durchquerte er mit Boot, Schlitten und Kletterseil.

Weiter ging die Klettertour zum höchsten Berg Malaysias und der bizarren Felslandschaft. Zum Schluss zog es ihn ins Innere der Erde, in eine Höhlenkammer auf der Arabischen Halbinsel im Oman.

Seit 1993 sucht Stefan Glowacz nach dem Ende seiner Sportkletterei »neue Herausforderungen«. Er klettert an den entlegensten Wänden der Erde. Beweglichkeit, Körpergefühl, Ausdauer zeichnen ihn aus. Kurt Albert, ein Begleiter, verunglückte tödlich nach einem Achtzehn-Meter-Sturz. Stefan Glowacz klettert weiter. Auch andere begleiten ihn weiter.

Monatelange Expeditionen. Mit dem Kanu durch den Dschungel. Mit dem Jeep durch die Wüste. Zu Fuß über ewiges Eis. Glowacz unternimmt das, woran niemand sich heranwagt. Wenn er ein Ziel nach harten Anstrengungen erreicht hat, ist er glücklich und dankbar. Sein Motiv: Aufwärts zu neuen Horizonten mit Abenteuerlust, Stolz und Demut.

Sein Dank gilt den Begleitern. »Sie bauen mich auf und motivieren mich.« Dem Team habe er zu danken. Dennoch gab es Momente, in denen er fürchtete, sterben zu müssen. Traumata, die ihn nicht loslassen. Sein Eingeständnis: »Ich lebe im Chaos.«

Seine Frau, Tochter des Sportreporters Harry Valérien, und die drei Kinder, Drillinge, sind nicht in Sorge um ihn. »Er klettert wie eine Katze und ein Balletttänzer«, lobt seine Frau. Angst um ihn habe sie nur, wenn er Auto fahre.

Die wiederverwertbare Waschmaschine

Die »Goldene Blume«, eine vergoldete, stilisierte Dahlie in Medaillenform, erhalten Personen, die sich mit innovativen Ideen für Umwelt und Natur verdient machten. Auf der langen Namensliste stehen Prinz Bernhard der Niederlande, Bettina Gräfin Bernadotte, Klaus Töpfer.

Im Jahr 1967 wurde der Umweltschutzpreis vom Bürgerverein »Blühendes, schaffendes Rheydt« gestiftet. Man handelte mehr als fünfzig Jahre vor jenen, die heute für die Umwelt demonstrieren.

Jetzt wurde Prof. Dr. Michael Braungart geehrt. Sein Ziel: Produktionsprozesse und Produkte so zu entwickeln, dass sie unschädlich sind für Mensch und Natur. Zugleich sollen sie wiederverwendbar für andere Kreisläufe sein und keinen unbrauchbaren Abfall zurücklassen. Von »Nachhaltigkeit« ist die Rede. »Cradle to Cradle. Von der Wiege zur Wiege.« So betiteln Prof. Braungart und der amerikanische Architekt William McDonough ihr Konzept.

Professor Dr. Braungart ist wissenschaftlicher Geschäftsführer des von Greenpeace gegründeten Umweltforschungs- und Beratungsinstituts in Hamburg. Außerdem lehrt er an der Erasmus-Universität in Rotterdam, an der niederländischen Universität Twente, an der Leuphana-Universität Lüneburg. Er ist eine Kapazität. Und Realist. Kein abgehobener Wissenschaftler. Er ist in einem Forschungsbereich tätig, der sich dem Kreislauf von Produktionsprozessen widmet. Sein Institut arbeitet zusammen mit Akteuren und Unternehmern aus Wirtschaft, Wissenschaft und Politik.

Was streben sie an? Kompostierbare T-Shirts und Turnschuhe, erneuerbare Waschmaschinen. Und »ehrliche Lügner« will man bloßstellen und meint Recycling, worin Deutschland Weltmeister ist. Innovationsfeindlich sei es. Es fördere, was zu nicht mehr verwertbarem Abfall degeneriere.

»Wir haben Abfallwirtschaft perfektioniert, statt bessere Produkte zu entwickeln.« Wer Müll verbrenne, vernichte Materialien, die in neue Kreisläufe münden könnten. Der Konsum müsse revolutioniert werden.

Die Industrie reagiere positiv auf das Konzept. Sie soll statt »Maschinen« deren »Nutzung« verkaufen.

Das zeigt er am Beispiel »Waschmaschine«. Man habe ein Modell für dreitausend Waschvorgänge konstruiert. Fünf bis acht Komponenten würden eingebaut, keine weiteren Kunststoffe. Nach den dreitausend Waschvorgängen würden zwanzig Prozent der Komponenten ausgetauscht, um z. B. neue, wassersparende Techniken berücksichtigen zu können.

Bestimmte Plastiksorten sollte man verbieten. Die herkömmlichen Waschmaschinen enthielten hundertfünfzig verschiedene Plastiksorten. Auch patentrechtliche Gründe seien für die Plastikflut verantwortlich.

Wenn Plastik, dann müsse es wieder nutzbar sein. Reines Nylon lasse sich zurückverwandeln in die ursprünglichen, chemischen Substanzen. Schlecht verrotten Papiertaschentücher, da ein Kunststoff beigemischt werde. Joghurtbecher enthalten ungefähr sechshundert verschiedene Chemikalien, damit sie leicht und billig sind. Man dürfe uns nicht nötigen, Mikroplastik über Nahrung und Atemluft aufzunehmen.

Einige seiner Forderungen:

Listen über problematische Kunststoffe erstellen, die per Gesetz zu verbieten sind.

Keine Giftstoffe in Verpackungen. Pfand auf Verpackungen.

Auf den Verpackungen mitteilen, was sie enthalten, und nicht, was sie nicht enthalten.

Verpackungen einsetzen, die biologisch abbaubar sind.

Noch vor Jahren deklarierte man Plastikmüll als »Wertstoff« und verfrachtete ihn in Bergwerke. Mehr Ehrlichkeit sei angebracht.

Zusätzlich müsse es einen anderen Umgang mit der Thematik geben. Prof. Braungart verdeutlicht es am Beispiel der »Windeln«. Zwanzig Prozent des Hausmülls bestünden aus Babywindeln. Die Entsorgung schieben Hersteller auf Kommunen ab. Die Hersteller verdienen, die Allgemeinheit zahle. Bei verpflichtendem Rückführungssystem würden Händler sich dem Problem anders stellen.

Welche Veränderungen erleben wir? Welche Rückschlüsse müssen wir ziehen? Fragen suchen neue Antworten. Es heißt Abschied zu nehmen von Gepflogenheiten. Nicht in ferner Zukunft, sondern jetzt. Das Thema hat seine Harmlosigkeit verloren.

Weißt du noch?

Schon lange kennen wir uns. Du warst eine kluge, engagierte, lebensfrohe, hellwache Frau. Weißt du noch? Du weißt es. Du weißt, dass ich dich schätze.

Als ich dein Zimmer betrat, bemerktest du es nicht. Ich weiß nicht, ob du mich wahrnimmst. Aber ich weiß, dass ich willkommen bin.

Du hast unseren Freundeskreis ins Leben gerufen. Ihn geleitet. Du hast Treffen organisiert und uns erinnert, wenn wir uns nicht erinnerten. Du warst die gute Seele. Du hattest Zeit, wenn jemand um Rat bat.

Weißt du noch? Du darfst träumen von früher, auch wenn Vertrautes verschwimmt.

Du liegst wohlversorgt auf dem Bett. Die Augen geschlossen, der Blick nach innen gerichtet. Du bist zufrieden.

Dein Mann ist hier. Jeden Tag ist er da. Ich weiß nicht, ob du es weißt. Aber ich glaube es. Er ist zärtlich zu dir. »Meine Liebe«, sagt er. Er küsst dich und umarmt dich. Es tut dir gut.

Deine Kinder sind nicht immer hier. Die Töchter weit weg. Der Sohn am Polarmeer. Ein Foto von ihm und der Forschungsstation hängt über deinem Bett. Bald kommt er. Er wird bei dir sein und sich freuen. Auch du wirst dich freuen, wenn du es dir auch nicht anmerken lässt. Nicht alles müsst ihr in Worte fassen.

Schon lange kennen wir uns. Jedes Jahr, jeder Tag war anders. Die jetzigen Tage sind wieder anders. Aber sie gehören zu deinem Leben. Sorgen und Ängste berühren dich nicht. Sie haben nie an dir genagt. »Ich werfe

Sorgen auf den Herrn, wenn sie mich treffen sollten«, hast du gesagt. Weißt du noch?

Du bist im Glauben verwurzelt. Er hat dich stark gemacht. Du weißt es. Ich weiß es.

Jung. Orgelbauerin. Autistin

»Lea ist offen und selbstsicher. Sie kommt zu Ihnen.« Leas Mutter hatte das gesagt, jedoch hinzugefügt, als Kind habe Lea auf Zuwendung lange Zeit nicht reagiert.

Sagt man nicht, Autisten würden nicht auf Menschen zugehen und sich verschließen? Wird nicht unterstellt, sie würden nicht zuhören, fremde Argumente ignorieren, in einer eigenen Welt leben?

Ich erwartete Lea.

Eine sympathische junge Frau stellte sich vor. Sie leide nicht an Autismus, sondern dann, wenn andere sie nicht so akzeptieren, wie sie ist. »Hat jemand gesagt, dass Sie Autistin sind?« »Ich habe gemerkt, dass ich mich in manchen Situationen anders verhalte als andere.« »Belastet Sie das?« »Nein.«

Lea verbirgt nicht ihr »Anderssein«. Sie geht damit um, sieht nicht vorrangig Behinderung. Sie spürt keinen Anpassungsdruck und muss sich nicht outen, wie es andere Gruppen praktizieren. Sie muss nicht auf sich aufmerksam machen, von Anderen Toleranz fordern. Das Jungsein kommt ihr zugute. Sie ist erfrischend anders.

Lea registrierte meine Überraschung, ohne zu kommentieren. Wir waren schnell bei dem, was sie an ihren Veranlagungen und Neigungen positiv findet. Sie ist musikalisch interessiert. Über Gitarre und Fingergriffe beim Keyboard fand sie den Weg zum Klavier. Ihre Mutter sagt, Lea habe in kurzer Zeit Klavierspielen gelernt. Vom Klavier führte der Weg zur Orgel, vorerst zum Orgelbau.

Lea ist faszinierend kreativ.

Sie absolviert eine Orgelbaulehre in einer Orgelbau-Firma. Da sie im dritten Lehrjahr ist, stehen praktische und theoretische Prüfungen an. »Überfordert Sie das?« »Nein.« Ziele setzt sie sich selbst. Sie scheint sich zurücknehmen zu können, wenn sie an Grenzen stößt. Anderes könne sie sich nicht vorstellen. Davon lasse sie sich nicht abbringen.

Ich erzählte von meiner Begegnung mit einem Organisten. Er imponierte mir, da er nicht nur Orgel spielt und das Instrument beherrscht. Sein Orgelspiel verrät, dass Raum, Instrument und Organist im Spiel eine Einheit werden. Das Verhältnis muss »stimmig sein«.

Lea berichtete, dass in der Werkstatt eine Orgel im Bau ist mit Hauptwerk, Schwellwerk, Pedal. Der Architekt der Kirche wurde in die Planung einbezogen. Sie will einen Termin mit ihrem Ausbilder planen, um das im Entstehen begriffene Orgel-Positiv mir zeigen und einen Blick in die Werkstatt gewähren zu können.

»Begleiten Sie die Ausführung eines alten Handwerks, in der Kunstwerke entstehen, die durch die Musik zum Leben erweckt werden. Es würde uns freuen, wenn wir unsere Faszination für diese Arbeit weitergeben könnten.« Das steht auf der Internetseite der Orgelbau-Firma.

Ich stimmte zu. Leas Faszination wird gefördert durch den Umstand, dass sie beim Orgelbau nicht an feste Bau- und Maßvorgaben gebunden ist. Beim Orgelprospekt, der Schauseite, kann sie ihre Fantasie walten lassen.

Wenn Gesprächspartner Leas Gedanken und Gefühle akzeptieren, weiß die junge Autistin, »wo sie mit ihnen dran ist« und stellt sich darauf ein. Meine Gedankenwelt muss nicht ihre sein. Das gilt auch umgekehrt.

Es ist gut, wenn wir unterschiedliche Anlagen und Verhaltensweisen vorweisen. Wir ergänzen uns. Auch Menschen, die »anders« leben, leben »richtig«. So wie Lea. Zu ungewöhnlichen Leistungen sind sie fähig und haben spezielle Interessen. Niemand ist seelisch verkümmert.

Wenn wir allen mit ihren Fähigkeiten und Grenzen einen Platz im Leben, in der weithin standardisierten Welt überlassen, können alle profitieren. Kein Höflichkeitsgebot. Eine Forderung.

Die Begegnung mit Lea hat mich gelehrt:

Ich muss die Augen öffnen für Ereignisse und Dinge, die ich bisher so nicht gesehen habe.

Ich muss Erlebnisse und Erfahrungen neu verknüpfen. Sie werden dann wichtiger für mich.

Ich wünsche Ihnen alles Gute, Lea.

Die Autistin. Ein Nachwort

Eine Fernseh-Moderatorin wurde aufmerksam auf Lea. Sie führte ein Vorgespräch mit ihr und den Eltern. Es galt zu erkunden, ob sie bereit wäre, über ihren Autismus zu reden. »Das soll Lea entscheiden.« Reaktion der Mutter.

Es gibt Bedenken. »Als Lea klein war, habe ich Presse und TV ferngehalten«, sagt die Mutter. »Viele Sender bemühten sich um Dreherlaubnis. Die Auswirkungen konnte ich nicht einschätzen. Ich wollte nicht. Ich besorgte mir Fachbücher, studierte Therapien. Täglich arbeitete ich vier bis fünf Stunden mit Lea, bis der Durchbruch kam. Sie begann zu sprechen, nahm am Leben teil. Wenn sie jetzt mit Freunden zusammen ist, vergisst sie alles, was war. Dann wird Gitarre gespielt und über den Weltfrieden diskutiert.«

»Personen ihres Alters verhalten sich in manchen Situationen anders als sie. Auf andere wirkt das manchmal befremdlich.« Leas Mutter ist irritiert.

Ist »anders« befremdlich? Befremdlich hat mit »fremd« zu tun. Es wird über fremdenfeindliches, befremdliches Verhalten diskutiert, das nicht nur befremdlich, sondern gesetzwidrig ist. Es steht im Widerspruch zu notwendigen, bewährten Normen gesellschaftlichen Lebens.

Was ist »typisch«, was »untypisch« für das Leben in unserem Kulturraum? Was ist so befremdlich, dass wir es nicht dulden müssen? Niemand kann Leas Verhalten »befremdlich« nennen. Kürzlich rief sie ihren Opa an und bat ihn, eine Orgel abzuholen. Sie hatte eine Anzeige »Orgel abzugeben« gelesen. »Orgel« elektrisierte sie. Sie suchten den Anbieter auf, der ihr das Objekt überließ.

Jetzt steht wieder »Schule« an. Lea ist einzige Orgelbau-Schülerin unter vierzig Mitschülern. Sie macht sich auf den Weg, allein, ohne Eltern, ohne Opa. Befremdlich? Unbedacht? Mutig.

Das Fernsehen muss sich gedulden. Ob sie sich einem Interview stellen wird, weiß sie noch nicht. Sie will gefordert, nicht überfordert werden. Untypisch? Befremdlich? Ehrlich.

»Sich entscheiden, ohne es zu bedenken, ist sinnlos.« Eine Mahnung von Konfuzius.

Schützenbruderschaften zeitgemäß?

»Die St. Nikolausbruderschaft begrüßt auf der modern gestalteten Homepage ihre Besucher. Das Design wurde neu gestaltet. Wir glauben, mit dem neuen Outfit noch mehr Besucher ansprechen zu können. Die Inhalte bleiben wie gewohnt.«

So weit, so gut?

Der Mitteilung folgt eine zweite. Es sei nicht gelungen, einen neuen Schützenkönig zu finden. Bereits zum dritten Mal. »Da die Besucherzahl in den letzten Jahren rückläufig war, werden die Veranstaltungen auf den Spätnachmittag bzw. frühen Abend verlegt, damit auch Berufstätige teilnehmen können.«

Es zeigen sich Schwierigkeiten.

»Feierfreudige Schützen sind stolz, Sitten und Bräuche

pflegen und junge Menschen im Wir-Gefühl begeistern zu können.« Das schreibt der Bezirksbrudermeister. Im Schützenwesen tätige Bruderschaften »pflegen das kulturelle Erbe und traditionelle Brauchtum«. Das Brauchtum sei ein Fundament von Tradition und Moderne.

Geht es den Schaulustigen am Straßenrand um dieses Anliegen? Oder interessieren sie sich nur für »marschierende Männer in Parade-Uniform«?

Warum kommen nicht so viele Zuschauer wie vor Jahren? Warum melden sich kaum Anwärter für die Königswürde? Nur berufliche Gründe? Wann hat der Trend eingesetzt?

An vielen Fassaden bröckelt der Stuck, auch an Bruderschaftsfassaden. Müssen Bruderschaften und Schützenvereine überlegen, ob sie so, wie sie sich darstellen, in unsere Zeit passen? Muss man ihnen die Nostalgie austreiben und ein idyllisches Früher entzaubern? Sind sie vom Aussterben bedroht? Werden sie bedeutungslos trotz lokalem Interesse? Will man ihre Botschaft noch hören?

Bruderschaften müssen nicht in die Versenkung abtauchen. Überkommene Sitten und Bräuche müssen nicht aufgegeben werden. Das Leben in der Gesellschaft gelingt auch deswegen, weil kleine und große Zellen untereinander und im Austausch mit anderen Gruppen Kontakte pflegen und aneinander Halt finden.

Bindungen brauchen Zeit. Bindungen wachsen mit der Zeit. »Gut Ding will Weile haben.« Dabei geht es um die Verkettung von Vergangenheit und Gegenwart sowie um die wünschenswerte Zeit danach.

Institutionen wie Staat, Parteien, Kirche müssen

sich neu orientieren, sich neuen Prioritäten und Werten stellen. Das gelingt, wenn das Personen in Angriff nehmen, die schon einmal Krisen erlebt und bewältigt haben.

Wenn Bruderschaften sich nicht klammern an das, was gewesen und wie es gewesen ist, haben sie gute Chancen auf ein Fortbestehen.

Neue Ideen müssen nicht mit alten Gewohnheiten brechen. Es gilt, alten Wein in neue Schläuche zu füllen. Neues entsteht nicht aus dem Nichts.

Wenn Schützenpracht auf alltägliches Leben trifft, werden Emotionen geweckt, die bei vielen Menschen das Herz aufgehen lassen. Sie erfreuen sich an dem Folklore-Spiel, das die Schützen aufführen.

Wenn die Bruderschaft ein neues Design auf der Homepage erstellt, sollte sie darüber nachdenken, ob nicht auch Inhalte zu überarbeiten sind. Schützen-Gruppen öffnen sich für Schwule und Moslems. Sie sollten einen Blick über den Zaun werfen zu Bruderschaften, die auch Schützen-Schwestern aufnehmen.

Die Emanzipation des weiblichen Geschlechts erschöpft sich nicht darin, gebügelte männliche Paradehosen bereitzustellen. Will man nicht die Chancen nutzen, dass Schützen-Schwestern den Schützen-Brüdern neuen Charme verleihen? Oder soll zementiert werden, was aus der Zeit gefallen ist?

Schützenbruderschaften ist Klugheit zu wünschen und die Fähigkeit, die Fließrichtung der Realität im Auge zu behalten.

»So, wie etwas ist, bleibt es nicht«, mahnte Bert Brecht.

Herzens-Angst Hartz IV?

Die Autorin Bettina Kenter-Götte stellt ihr Buch »Heart's Fear. Hartz IV. Geschichten von Armut und Ausgrenzung« in der City-Kirche vor. Der »Rosa Luxemburg Club«, engagiert für linke Kultur und Kommunikation, veranstaltet die Lesung gemeinsam mit dem »Bündnis für Arbeit und Menschenwürde«.

»Hartz IV« wird in leuchtend roten Buchstaben »Heart's Fear, Herzensangst« zugeordnet. Hartz IV ist an diesem und jenem schuld, an allem. Das soll signalisieren, wohin die Hartz IV-Reise aus Sicht der Autorin führt. Sorgenfalten hat auch die Partei, deren ehemaliger Kanzler zusammen mit dem grünen Partner das Hartz IV-Projekt startete. »Brandgefährlich, nicht mehr wirksam«, sagt der jetzige Vorsitzende der NRW-Landtagsfraktion.

Bettina Kenter-Götte ist auf Leserreise quer durch die Republik. Den Kommentaren ist zu entnehmen, dass sie nicht nur vorliest, sondern erzählt, gestikuliert, mit dem Text spielt. Sie ist Schauspielerin.

Will sie ihre Zuhörer von Armut, Ausgrenzung und einem Tal der Tränen überzeugen? Geht es ihr darum, für das Buch zu werben? Vermutlich trennt sie eins nicht vom andern.

Sie wirbt um Unterstützung »in hartzigen Zeiten«. Zwei »Vorworte« verkünden, was die Autorin in der Folge emotional untermalen wird. Wenn man den Vorspann gelesen und registriert hat, wer der Verfasser ist, könnte man das Buch beiseitelegen, da man errät, was auf den nächsten Seiten steht.

Von »Demütigung, Entwürdigung, Entrechtung« spricht im ersten Vorwort die Vorsitzende der Links-Partei. Hartz IV-Empfänger würden »ihrer Würde und Autonomie, ihrer sozialen Kontakte, gesellschaftlichen Teilhabe und der Möglichkeit beraubt, eine eigene Person zu werden.«

»Der kleine Prinz« von Saint-Exupéry sieht in der Sprache eine Quelle der Missverständnisse. Die Sorge wird hier nicht geteilt. Im Wettbewerb um Aufmerksamkeit wird auf Reizworte gesetzt, ohne deren Mehrdeutigkeit zu berücksichtigen.

Schuldzuweisungen für die beschriebene Misere richtet die Vorwort-Schreiberin an Politiker aller im Bundestag vertretenen Parteien, nicht an die Linken, die der Hartz IV-Regelung zustimmten. Diese beinhalte die Konsequenz: »Wenn ihr nicht spurt, drohen euch Stigmatisierung, Erniedrigung, Ausgrenzung.«

Da Betroffenen grundlegende Rechte verwehrt würden, müssten sie erstritten bzw. erkämpft werden. Leistungskürzungen und Sanktionen bei den Grundsicherungen seien nicht hinnehmbar. Abzuschaffen sei die Bedürftigkeitsprüfung.

Die Satz-Kanonaden erinnern an Attacken gegen einen ehemaligen Verfassungsrichter, der 2005 Finanzminister werden sollte. Man warf ihm vor, sozial Schwache zum Arbeiten zu zwingen und den Reichen Steuervorteile zu sichern.

Er wurde nicht Minister. Gegenwärtig beziehen etwa vier Millionen Personen Hartz IV. Bringt die Vorsitzende der Linken deren Bedürfnisse zur Sprache mit ihren überspitzten Erwartungen?

Das zweite Vorwort verfasste Fred Schirrmacher, Mitglied der Marxistisch-Leninistischen Partei Deutschlands. Für ihn ist der »Kampf gegen das menschenverachtende System Bürgerpflicht«. »Unrecht zu Recht erklären.« Damit deklariert er Hartz IV als »größtes Sozialabbau-Programm der Nachkriegszeit«, »Psychoterror«, »System in den sozialen Abstieg«. »Verankerung sozialer Ungerechtigkeit«.

Muss jetzt noch Bettina Kenter-Götte zu Wort kommen? Hartz IV sei die »Schreckenskammer der Gesellschaft«, sagt sie. Wir bräuchten ein »Me-Too der Armutsgeschändeten«.

Sie verwendet, um die Hundert-Prozent-Marke an Emotionen zu sichern, griffige Schlagworte. Sie erhebt ihre Stimme gegen die »unerträglichen Lobpreisungen hartzgrausigen Sozial-Abbaus«. Dessen Folgen seien Spaltung der Gesellschaft, Niedriglöhne, Kinderarmut, Altersarmut und zunehmende Obdachlosigkeit.

Die Lebensbedingungen Betroffener schildere sie, sagt die Autorin. Von rechtswidrigen Sanktionen berichte sie. Betroffen war sie zeitweise selbst und auf das »ergänzende Arbeitslosengeld« angewiesen, das zusteht, wenn eigene Einkünfte nicht den Lebensunterhalt sicherstellen.

Man muss ihr zuhören, wenn sie Begegnungen mit Menschen schildert, die nicht glaubten, dass sie sich Lebensmittel von der »Tafel« holte. »Eine Tafel ist reich gedeckter Tisch für Wohlhabende und Restetisch für Arme.«

Niemand unterstellt Unaufrichtigkeit. Dennoch ist zu fragen, warum Hartz IV in ihrem Buch zum blutleeren Ritual mutiert, Warum deuten die Vorworte an, dass sie marxistisch-leninistische Kampfparolen und linke Ideologien nutzt? Ist ein Kirchenraum adäquater Ort für die »Lesung«?

Wer zu viel will, überfrachtet mit der Last von Erwartungen, erhält oft zu wenig.

Rat-Sucher

»Mein rechter Platz ist frei.« Die in der Mitte sitzen, machen es sich bequem und stimmen den Gruppen-Song an. Das kommt nicht bei allen gut an. Rechts von denen? Eine Provokation.

In der Mitte liegt das Glück, sagen die in der Mitte. Auf den schwedischen Weg zum guten und wahren Leben berufen sie sich. Der liege in der Mitte. Da sei das rechte Maß zwischen zu viel und zu wenig.

In der Mitte ist Macht. Hier richtet man sich ein.

In der wohlsituierten Mitte? Fortschrittsgegner, Bremser, Stillstand, Tugend. Es kracht nicht. Es blitzt nicht. Nein danke, sagen andere.

Nein, sagen die in der Mitte. Mitte ist mitten im Leben.

Links oder rechts, links außen oder rechts außen, nebeneinander oder durcheinander. Was einige erreichen wollen, geben andere nicht her. Wer es nicht nach oben schafft, will auch nicht nach unten.

Hilft ein Kurs in Farbenlehre? Grüne, schwarze, gelbe Farben in der Flagge eines Staates in einer anderen Zeitzone beflügeln die Fantasie und wecken Zuversicht.

Nicht die Kultur der ehemals britischen Kolonie weckt Interesse. Nicht die wirtschaftlich-sozialen Ungereimtheiten. Aber die Farben. Welche Farben passen zusammen? Grün und Gelb? Grün und Schwarz? Lassen sich Farben mischen? Kontraste und Harmonien seien in den Farben verborgen. Vincent van Gogh weckte Zuversicht.

Witterung aufnehmen? Neue Brüderlichkeit mit gefälligen Gefährten?

Nicht immer schätzten sich die Farben. Jeder gehörte sich selbst. Jeder sprach seine Sprache. Jeder hielt Positionen für unfehlbar.

Man beharrte auf Gegebenem und Überliefertem. Man betonte, was trennt, und bot an, wonach niemand suchte. Wenn Wahrheiten im Plural vorkommen, ist nichts nur mit Freundlichkeiten gepflastert. Brüder waren sie, Brüder im Geiste.

»Auch Farben kommen in die Jahre. Bunter werden sie nicht.« Man denkt an Zeiten, in denen die gute Laune vorbei sein könnte. Man fürchtet nicht endende Dissonanzen und ein Zerfließen von Farben im Wust von Spekulationen.

Hatte die Mitte-Links-Koexistenz nicht doch ihr Gutes? Sind Spuren alter Freundlichkeiten und Solisten erhalten? Könnte man sie reanimieren?

Soll man es mit zwei Farben versuchen statt mit bunter Palette? Erkenntnis multipliziert mit »zwei« kann nicht schaden.

Annäherungsversuche? Man kennt sich. Nicht jeder gewinnt. Nicht jeder verliert.

Wenn geklärt ist, wo die Mitte ist, und feststeht, wer

oben oder unten, rechts oder links, vorn oder hinten sitzt, haben Farben dann ausgedient?

In Griechenland wurde Pythia, die weissagende Priesterin, befragt, Deren Schicksals-Orakel missverstand König Kroisos. Er sollte ein Reich zerstören. Dass es sein Reich war, enträtselte er nicht.

Wen fragt man heute?

Die Wende

Wohin sich wenden? Wie soll das enden? Der Gejagte eilt durch die Republik. Viel Zeit hat er nicht.

Er wollte sie nicht. Er mochte sie nicht. Groko am Ende. Er war für die Wende.

Er setzte auf Einsicht. Bei andern vornehmlich. Einsicht war spärlich. Es wurde gefährlich.

Ein Bangen und Hoffen. Der Ausgang offen. War er für die Wende? Die Groko am Ende? Käme am Ende erneut eine Wende?

Der Getriebene eilt durch die Republik. Suche nach sich, Suche nach Glück. Suche nach der Wende der Wende. Suche nach dem Ende der Wende.

Am Ende ein Ende. Erneut eine Wende. Statt Außenminister Draußen-Minister.

Was nun mit ihm? Wohin mit ihm? Wer hat ihn beraten? Wer hat ihn verraten?

Goldene Regel

Gezerre um die Regierungsbildung. Starke Nerven als Grundausstattung. Ringen mit Lasten und Positionen.

Das Seil ist straff gespannt und kann reißen. »Wir haben beschlossen.« »Wir haben gesagt.« Jeder begründet, warum er wen nicht zum Verbündeten haben will.

Wer vorher viel sagte, nimmt nachher viel zurück. »Reden ist Silber. Schweigen ist Gold.« Willst du etwas gelten, rede selten. Was du auf dem Herzen hast, behalte für dich.

Ehrlichkeit statt Gerechtigkeits-Automaten. Gerechtigkeit ist nicht identisch mit Gleichheit. Wenn viele unzufrieden sind, war vieles richtig.

»Was du nicht willst, dass man dir tu', das füg auch keinem andern zu.« Goldene Regel der Bibel. Von Konfuzius wird überliefert: »Was man sich selbst nicht wünscht, tue man auch andern nicht an.«

Nichts Gutes, außer man tut es

Die Rechtslage ist klar. Die Baumhäuser sollen abgerissen werden. Jeder hat recht. Hier stehe ich; ich will nicht anders.

Was man sagt in der Moral-Republik, war so nicht gemeint. Wald-Erhaltung feiern die einen, Arbeitsplätze die anderen.

»Uns sind alle gesetzlichen Mittel recht, den heutigen Zustand zu revolutionieren.« Wer will sich an Joseph

Goebbels orientieren? Nicht alles ist jedermanns eigene Angelegenheit.

»Es gehört mehr Mut dazu, die Meinung zu ändern, als ihr treu zu bleiben.« Friedrich Hebbel mahnte es an. »Lösung« hat mit »lassen«, mit »loslassen« zu tun.

Es gibt nichts Gutes, außer man tut es.

Zusammen leben. Zusammen wachsen

»Achtjähriger Junge und seine Mutter wurden am Hauptbahnhof vor einen einfahrenden ICE auf die Gleise gestoßen. Das Kind wurde von einem Zug erfasst und starb. Die Mutter rettete sich aus dem Gleisbett. Ein Tatverdächtiger wurde gefasst.«

Kommentar eines Parteien-Sprechers: »Schützt unsere Bürger.« Anlass, Fremdenhass zu schüren, gegen »unverantwortliche Migrationspolitik« zu agieren.

In der Stadt leben Menschen aus vielen Nationen. Unterschiedliche Sprachen, Kulturen, Religionen. Sie wohnen hier, haben ein Zuhause gefunden. Kinder erhalten Hausaufgabenbetreuung und Sprachförderung und werden von qualifizierten Begleitpersonen unterstützt.

»Interkulturelle Woche« geplant: »Zusammen leben. Zusammen wachsen.« Musik und Tanz. Theater und Lebensgeschichten. Das sollte man sich nicht nehmen lassen, wenn auch nicht jedem jede Begleitmusik gefällt. Zum Miteinander gibt es keine Alternative.

Dieseleien

Es war einmal. Es dieselte auf allen Wegen und Straßen. Überall auf dem Planeten dieselt es. »Am Dieseln könnt ihr sie erkennen.« Rudolf Diesel hatte die Idee, die zur Karriere des Dieselmotors wurde.

Größe beginnt im Kleinen. Er ahnte nicht, dass einhundert Jahre später Diesel-Fluch über die Menschheit hereinbrach. Diesel als schleichender Massenmörder.

Fremde Götter empörten sich gegen Herrn Diesel, als habe er die Saat gelegt für spätere Nöte. Zum Träumer erklärten sie ihn. Er habe die Realität nicht erkannt. Enttarnung einer Illusion.

Traumdeuter reden nicht über zurückliegende Zeiten. Alte Häuser reißen sie ab, statt sie zu restaurieren. Diesel-Unsterblichkeit war gestern. »Angriff der Gegenwart auf die übrige Zeit«, sagte Alexander Kluge. Atmen wir noch?

Hundert Jahre vor Rudolf Diesel träumte ein französischer Ingenieur von der »idealen Wärme-Kraftmaschine«. Dem Tüfteln wären Taten gefolgt, hätte man es vermocht.

»Dreckschleuder der Nation« denunzierten die Kritiker den Diesel. Auf Autofriedhöfen landete er. Erdenbürger sollen an Diesel- und sonstigen Stäuben gestorben sein. Woran sie ohne Stäube zu Tode gekommen wären, wurde nicht erfasst.

Das Dilemma ist bekannt. Nach Abgasen oder sonstigen Folgen fragte man nicht. Die Diesel-Lobby entwarf Szenarien, beantwortete Fragen, die nicht gestellt wurden. Sie gab zu, was nicht zu leugnen war. Sie legte

Lösungen vor, die neue Fragen aufwarfen. Von einer Verkettung nicht vorhersehbarer Umstände sprach man. Überall auf der Welt bestünden Widersprüche, nicht bewältigte Situationen.

Wussten sie, was war, sagten es aber nicht? Kannten sie Wege und gingen sie nicht? Griffen sie nicht ein, um keine Fehler zu machen?

Jetzt unterbreiten sie Vorschläge:

Kein Diesel-Auto fahren und zu Fuß gehen. Wer will das?

Überlass mir deinen Diesel, und ich gebe dir ein paar Geldscheine. Informationskampagnen. Umwelt-Prämien. Seid dankbar; ihr werdet dieselfrei. Wiedergutmachung? Niemand machte Fehler.

Was wir mit eurem Diesel machen? Schreddern wie vergiftete Eier? Käufer finden, die nichts von Dieseleien wissen? Leichtgläubigkeit kommt uns zu Hilfe. Wir sind flexibel. Neues muss nicht neu sein, nur neu klingen.

»Lerne leiden, ohne zu klagen.« Preußischer Grundsatz. »Lerne klagen, ohne zu leiden.« Die zeitgemäße Version.

Besorgnisse

Untergangsszenarien haben Hochkonjunktur. Das Leben wird aber nicht entschieden durch Panik-Geschrei oder Hirn-Abschalt-Methoden. Auch nicht über uns in der Atmosphäre, sondern irdisch im zwischenmenschlichen Bereich.

Eine Klima- und Weltretterin segelt auf der High-tech-Yacht nach Amerika. Lange habe sie nachgedacht, wie sie ohne Kreuzfahrtschiff oder Flugzeug reisen könnte. Beim Denken hätte man zusehen können.

Dann drängt sie im Fünf-nach-zwölf-Takt zur Eile. Dem Planeten steht der Untergang bevor. Eine Angstwelle jagt die andere. Das Erdzeitalter ist ans Ende gekommen. Jeder macht sich auf seine Weise die Erde untertan.

Deutschland einig Klimaland. Rettet man so die Welt? Wer profitiert von dem Spektakel? Die es inszenieren?

Der Zustand der Erde ist verbesserungswürdig. Mängel müssen beseitigt werden, ohne falsche Hoffnungen zu wecken. Sehnsucht nach raschen Lösungen weckt waghalsige Versprechungen.

Wann wird bewusst, dass nicht Besorgnisse von außen unser Leben bedrohen, sondern Brüche und Anfeindungen von innen? Eine zerrissene Welt hat mit zerrissenen Menschen zu tun.

»Es werde Licht.« Bringt der Schöpfungsauftrag der Bibel unsere Einsichtsfähigkeit zum Leuchten?

Von denen, die »Ja« und jenen, die »Vielleicht« sagen

Zu spät, Herr Kardinal

Eine Versammlung der Katholischen Deutschen Bischöfe macht hellhörig. Die Bischöfe stellen protestantischen Partnern von Katholiken die Teilnahme am Eucharistie-Empfang in Aussicht. Eventuell.

Seelsorger stünden vor »dringenden pastoralen Aufgaben«, erklärt der Vorsitzende. Man habe ein Dokument für »verantwortbare Entscheidungen« erarbeitet. Man »prüfe Möglichkeiten«. Es sei »unabdingbar«, dass vor der Zulassung nicht-katholischer Partner zur Kommunion Seelsorger mit Betroffenen über deren Glauben sprächen. Es müsse geklärt werden, ob sie die katholische Eucharistielehre akzeptieren.

Bekannte, amtskirchliche Praxis: Recht haben und Recht behalten. Geschmeidigkeit beweisen mit »ja«, »aber«, »vielleicht«. Große Übel gegen mehrere kleine eintauschen.

Dass fassungslose Christen Verlautbarungen solcher Art ernstnehmen, glauben jene, die sich das ausdachten. Wer glaubt, wird nicht selig.

»Schwerwiegende geistliche Bedürfnisse, die es kirchenrechtlich erlauben, dass evangelische Partner zum Tisch des Herrn gehen.« Eine Stellungnahme Betroffener: Beweis kirchlicher Hilflosigkeit. Auf Ausgrenzung gerichtet. Ins Nirgendwo führend.

Das trifft auch Sie selbst, Herr Kardinal. Ein Mitbruder hatte an der Universität des Saarlandes einen Lehrstuhl für Systematische Theologie inne. Er lud beim Ökumenischen Kirchentag in Berlin Teilnehmer an der Eucharistiefeier zum Empfang der Kommunion ein.

Sie suspendierten ihn als Priester und entzogen ihm, da er »Irrlehren verbreite«, die theologische Lehrerlaubnis. Wer kirchlichem Verordnungsgebaren zuwiderhandelt, ist ein Abtrünniger.

Das, wofür Sie ihn abstraften, geben Sie jetzt als Orientierung heraus. Halten Sie sich noch für glaubwürdig, Herr Kardinal? Ihr Mitbruder hat die Kirche verlassen. Könnten Sie ihm guten Gewissens gegenübertreten?

Ob sich Gottesdienstteilnehmer erlauben oder verbieten lassen, zum Tisch des Herrn zu gehen? Sie verharren nicht im Biotop zugestandener Freiheiten. Gralshüter einer orientierungs- und führungslos gewordenen Kirche interessieren sie nicht mehr. Deren Vertreter sind nicht unfehlbar, nicht unantastbar.

Sie können sich darauf verlassen, Herr Kardinal, dass man sich nicht auf Sie verlässt. Nicht viele trauern einer im Strom der Zeit zu ertrinken drohenden Kirche nach. Viele dagegen legen ihre kirchliche Vergangenheit wie ein unbrauchbar gewordenes Inventar ab. Die Kirche wird zum Niemandsland, für das sie nicht ihre Stimme erheben.

Die Macht der Fakten spricht gegen Sie, Herr Kardinal.

Der Zug ist abgefahren

Während meines aktiven Dienstes habe ich denen die Kommunion gereicht, die darum baten. Wie katholisch oder evangelisch sie dachten, wussten sie. Ob sie »Brot« empfingen oder den »Leib des Herrn«, konnten nur sie entscheiden. Gemeinsam zum »Tisch des Herrn« zu gehen, war Ausdruck ihrer Gottesliebe und Verbundenheit.

Der Kölner Kardinal Frings hatte in seinem Beitrag »Interkommunion« formuliert, was Sie aus der Versenkung holen: »Wenn evangelische Christen katholisch denken im Hinblick auf die Eucharistie, dürfen sie kommunizieren.«

Ein Nachdenken fand statt, kein Nachforschen.

Sie laufen einem Zug hinterher, Herr Kardinal, der den Bahnhof verlassen hat. Erwarten Sie, dass sich die Teilnehmer eines Katholikentags ihre Spontaneität verbieten lassen und »ernsthaft ihr Gewissen erforschen«, ehe sie den »Leib des Herrn« empfangen? Glauben Sie, dass sich die Gottesdienstteilnehmer die Gewissensfrage stellen, ob sie »im Hinblick auf die Eucharistie katholisch denken«? Sind Sie nicht froh, wenn sie überhaupt kommen?

Ist Ihnen entgangen, dass sich die Reihen lichten und der Aderlass sich fortsetzt? Leere Bänke, leere Kirchen, trotz lauter Glocken. »Christmasonly-Kirchgänger«. Der Kirche ergeht es wie der Isolde, die in Richard Wagners Musikdrama ihren Tristan verloren hat.

Nehmen Sie die Durchblutungsstörungen eines in die Jahre gekommenen Christentums nicht wahr, Herr

Kardinal? Ignorieren Sie, dass Christen auf Distanz zu Glaube und Kirche gehen, da sie nicht Halt und Hoffnung finden, sondern vertröstet, statt getröstet werden?

Können Sie nachvollziehen, dass man leere Kirchen mit Windrädern vergleicht, die still stehen, weil man ihren Strom nicht braucht?

Entgeht Ihnen, dass nicht Pfaffen-Verächter vergangener Zeiten, sondern engagierte Christen von heute sich wie die seltsame Minderheit einer sterbenden Zunft vorkommen?

Der Schmerz derer, die sich von kirchlicher Umklammerung befreit haben, ist erträglich. Sie verließen die Kirche und kehren nicht zurück. Mehr oder weniger Glaubende entscheiden sich für ein Leben ohne Gott und ohne Kirche. An deren Stelle treten Frühschoppen und Fitnesscenter. Statt Sonntagsmesse Ausflug ins Grüne. Sie befürchten nicht, den Himmel aus den Augen zu verlieren.

Sie wurden nicht mit Aversionen gegen die Kirche geboren. Ihren Abschied hat sich auch ein Kirchen-Apparat zuzuschreiben, der, wenn auch ungewollt, Seelen erstickt.

Menschen überleben ohne Kirche. Ob das für die Kirche zutrifft, ist nicht sicher. Für einige ist es ein schmerzvoller Abschied, für andere ein Abschied ins Ungewisse. Nicht jeder weiß, wo es hingeht, weiß jedoch, woher er kommt und wohin er nicht zurückwill.

Dass sich alles zum Guten wendet, glauben nur wenige. Eine Kirche mit menschlichem Antlitz suchten sie und erlebten eine stehengebliebene, eine starre Institution, für die Fortschritt aus der Wiederkehr des ewig Gleichen besteht.

Der Vers eines alten Tauflieds »Fest soll mein Taufbund immer stehen, ich will die Kirche hören.« beschreibt zurückliegende Vergangenheit. Fragwürdige Kirchen-Gebote, wenig glaubhafte Entscheidungen, moralische Appelle werden nicht mit frommer Duldsamkeit hingenommen.

Gott und Kirche spielen, wenn überhaupt, eine untergeordnete Rolle im sogenannten christlichen Alltag. Vergessener Verwandter ist Gott für viele, der wenig von sich hören lässt. Gott und Kirche mit bedeutungsloser Vergangenheit, kläglichem Rest Gegenwart und kaum Zukunft.

Wenn die Kirche so weitermacht, wird sie nicht lange so weitermachen. Es sieht nicht nach neuen Leuchttürmen aus.

Ein Diakon, der dem evangelischen Pfarrer den Leib des Herrn spendete, dachte nicht daran, dass »Kontrollettis« anwesend sein und den Bischof ermuntern könnten, dem Querdenker den Marsch zu blasen. »Disziplinarische oder strafrechtliche Maßnahmen bei liturgischem Missbrauch« stehen zur Wahl.

Katholiken und Protestanten feiern ökumenischen Gottesdienst zum Reformationsfest. Glauben Sie, Herr Kardinal, dass sie zunächst ihr Gewissen prüfen und nach schwerwiegenden geistlichen Bedürfnissen forschen, wie sie es halten sollen mit der Teilnahme am gemeinsamen Mahl?

Eine Heiligtumsfahrt steht an. An der vorjährigen Eröffnung nahmen Presbyter und Presbyterinnen teil.

Sie taten, was andere nicht zu denken wagen. In seiner Predigt legte der Superintendent dar, was gelebte Ökumene ist. Glauben Sie, Herr Kardinal, die Ökumene machte Halt, als der Kommunion-Empfang anstand?

»Geben Sie sich nicht mit weniger zufrieden«, ermuntert ein Reiseunternehmer seine Kunden. Auch das noch verbliebene Kirchenvolk wird sich das zu Herzen nehmen. Sie kommen nicht nur zu spät, Herr Kardinal. Sie laufen einem Zug hinterher, der an keinem Bahnhof mehr hält.

Kommentar R. S.:
Sie kommen zu spät, Herr Kardinal! Im Stadtteil einer badischen Großstadt ganz sicher. Hier leben und feiern seit vielen Jahren katholische und evangelische Kirchengemeinden entsprechend dem, was sie verstehen unter Ökumene:

O – Offene Kommunion

E – Einladung an alle, die an Jesu Gegenwart im gemeinsamen Mahl glauben.

K – Keine Ausgrenzung von Christen anderer Konfessionen.

U – Für alle gilt: »Tut dies zu seinem Gedächtnis«

M –Mahl halten. Einheit und Versöhnung.

E – Eins sein ist Jesu oft wiederholte Bitte und Aufforderung.

N – Nur in dieser Gemeinsamkeit können wir ein Zeichen des Friedens in dieser Welt sein.

E – Einladung zur Wahrnehmung gegenseitiger Gastfreundschaft.

Mitglied des Kirchengemeinderates

Kommentar ehemaliger Regionaldekan:

Konfessionsscanner

Ich hätte lieber über die ersten heißen Tage des Frühlings nachgedacht. An dem, was Kardinäle der Öffentlichkeit präsentierten, komme ich als katholischer Seelsorger nicht vorbei.

Ich freute mich, dass einer die Praxis bestätigte, die ich im Studium und als Kaplan kennenlernte. Die Bischofskonferenz hatte beschlossen, unter bestimmten Bedingungen, dem evangelischen Partner in einer konfessionsverschiedenen Ehe die Kommunion zu reichen.

Der andere sperrt sich. Den Beschluss lässt er durch den Papst überprüfen. Unabhängig von möglichen theologischen Positionen weiß ich nicht, wie sein Wunsch umzusetzen ist. Muss jetzt ein Kommunikant den Taufschein vorlegen? Verweigere ich evangelischen Christen den Zutritt zur Kommunion?

Im Messbuch heißt es bei der Einladung zur Kommunion: »Kostet und seht, wie gut der Herr ist.« Wird der Kardinal vorschlagen, den Ritus zu ergänzen: »Kostet, wer kosten darf, und seht, wem zu sehen erlaubt ist, wie gut der Herr ist.« Ich zweifle, ob der Spruch im Sinne des Herrn ist.

Oma hat Jahrgedächtnis am nächsten Sonntag. Ihr Enkel, verheiratet mit einer evangelischen Frau, kommt mit seiner Familie aus dem Norden, um die Messe mitzufeiern. Die Frau ist gläubig und in ihrer evangelischen Gemeinde beheimatet. Sie bereitet die Konfirmanden mit vor. Wäre sie besser in Norddeich geblieben?

Vielleicht stellt man in Kirchen wie am Flughafen Konfessionsscanner auf, die bei evangelischen Christen piepsen. Ein Kathomat wäre eine sichere Lösung. Von einem weisen, alten Pfarrer habe ich gelernt: »Wir weisen keinen ab. Soll er kosten, wie gut der Herr ist.«

Leserbrief in der FAZ vom 17.4.2018:

Kirchenleerer, nicht Kirchenlehrer:

Nach Can. 912 Codex Iuris Canonici ist jeder Getaufte, der rechtlich nicht daran gehindert ist, zur Kommunion zuzulassen. Worin das rechtliche Hindernis besteht, sagen weder jene sieben Bischöfe, die »höhere« Hilfe suchen, noch die anderen, die allerlei Spitzfindigkeit aufwenden, um das vermeintlich rechtliche Hindernis zu umschiffen.

Schon gar nicht gibt es ein Hindernis unter theologischen Gesichtspunkten. Einen Eiertanz führt die Mehrheit der Bischöfe auf mit der »Notlage«. Beide Gruppen betätigen sich als Kirchen-Leerer, nicht als Kirchenlehrer.

Einem alt gewordenen Katholiken, der stets zu seiner Kirche gehalten hat, bleibt nur Trauer.

Kommentar eines »rheinischen Christen«:

Ich war von 1949 bis 1959 im Bad Godesberger Aloisiuskolleg und erhielt dort eine katholische Schulbildung. Unser Religionslehrer erklärte, dass Evangelische nicht in den Himmel kommen, weil sie nicht die Chance nutzten, katholisch zu werden.

Meine Mutter litt darunter, dass ihre evangelische Mutter, die ihre Töchter katholisch erzogen hatte, nach Aussage des Dorfpastors nicht in den Himmel kommen könne. Leider hat meine Mutter es nicht geschafft, die Aussagen des Pastors zu ignorieren. Sie blieb »gläubig«, ging aber nicht mehr in die Kirche.

Vor einiger Zeit erfuhr ich, dass die Eltern meines Vaters eine Mischehe führten und ihre Kinder katholisch erziehen mussten. Meine Frau und ich führen auch eine Mischehe. Wir gehen in die katholische und evangelische Kirche. Wir wurden ökumenisch getraut von einem katholischen und evangelischen Pfarrer.

Selbstverständlich geht meine Frau mit zur Kommunion, und ich gehe zum Abendmahl. Wir haben das Glück, dass die Bischöfe unseren »Missbrauch« nicht verhindern können. Für unsere jungen Familien gibt es keine Probleme. Ich glaube, dass die gefirmten Enkelkinder nicht realisieren, dass wir Böses tun und trotzdem in den Himmel kommen.

Amtsbrüder

Die Welt ist eine andere geworden. Auch die Kirche ist nicht die Kirche von gestern. Nicht nur das Vertrauen in politische Normen steht auf dem Prüfstand, auch das Verhältnis zur Institution Kirche.

Bischöfliche Brüder sehen das anders. Zuerst gaben sie in kurzzeitiger Erleuchtung ihre Einwilligung zu einem möglichen Kommunions-Empfang nicht-katholischer Partner. Sie zeigten Gute-Jungen-Mienen.

Die Harmonie war trügerisch. Auf den Lichtblick folgte ein Schwächeanfall. Seelenforscher und Panikberater hätten Kollektiv-Depressionen diagnostiziert. Den eigenen Beschlüssen nicht trauend, versteckten sie sich hinter Paragrafen-Zäunen. Bischöfliche Rhetorik applaudierte, ohne etwas ändern zu wollen. Ließ sich rückgängig machen und aus dem Gedächtnis verbannen, was sauer aufstieß? Eine lösungsresistente Koalition der Priester des richtigen Lebens warnte vor dem falschen. Die Gegenwart hatte sich auszurichten an der Vergangenheit. Die Kirchen-Oberen legten die Allwetter-Montur an und wandten sich dem kirchlichem Altbestand zu. Schaukelpferd-Spiel.

Ein sich verantwortungsvoll nennender Kardinal wird sich an den »Syllabus errorum« erinnern, an achtzig »Irrtümer«, die Papst Pius IX. verurteilte: Menschenrechte, Liberalismus, Rationalismus.

Das »einig Volk von Brüdern« war zufrieden mit sich. Das Kirchenvolk musste bewahrt werden vor drohender Gottlosigkeit. Was nicht beginnen durfte, musste beendet werden. In herzlicher Abneigung verbundene Mitbrüder waren nicht einzubeziehen. Arkan-Disziplin. Schweigegelübde. Nur Eingeweihte wissen Bescheid. »Der Starke ist am mächtigsten allein.«

Dass sich Brüder, die Gleiches verkündeten und dachten, in Selbstangleichung neutralisierten, entging ihnen. Auf den Dominoeffekt setzten sie: Wenn ein Stein fällt, fallen andere. Auch den Grippeeffekt schätzten sie: Einer infiziert den Nächsten.

Wissende Vertreter unwissender Gläubigen sahen sich zu Ordnung und Recht verpflichtet. Auf neue Fragen passten alte Sprüche. Dass Oldtimer sich als Kapitalanlage eignen, als Relikt ehemaliger Zeiten aber wertlos sind, erkannten sie nicht.

Ein Beratertross traf sich mit dem Kardinal. Dem Kommunion-Empfang nicht-katholischer Partner stellte man die lehramtlichen Sätze in den Weg. Ihr Kirchen-Verständnis beharrte auf dem Ausnahmezustand.

Kontrollverlust fürchtend, wurden Warntafeln und Verbotsschilder aufgestellt. Gemeinsamer Kommunion-Empfang blieb zulässig in Notlagen bis zur Klärung auf Weltkirchenebene. Wer auf sie wartet, schläft den Dornröschenschlaf, bis ein Prinz ihn wachküsst.

Anders lautende Erklärungen stehen nicht an. Utopien bleiben konturenlos, solange nicht der Himmel brennt. In würdevoller Zufriedenheit hüten Normen-Wächter das Erbe und sind sicher, dass der Sich-fügen-Reflex fromme Schafe tun lässt, was Mächtige befehlen. Sie gehen davon aus, dass die Schafe in der »Furcht des Herrn« verharren, auch in der Furcht vor denen, die sich als Herren gebärden. Das Meer wirft den Fluss nicht zurück.

Man erinnert sich an Zeiten, in denen die Haus-Sklaven in der familiären Rangordnung zwischen Kindern und Haustieren eingestuft wurden.

Welche Fremdheit im Denken ist es, dass Schafe um Gnade flehen vor den Zungen der Hirten? Vergisst man, dass die »Demut« der Schafe deren »Mut« einschließt, den Mut, anders zu denken und zu handeln, als die Hirten erwarten?

Schafe wissen, dass der Wolf sie frisst, wenn sie sich zum Schaf machen. Sie werden dafür sorgen, dass Hirten Kriege führen, die sie nicht gewinnen werden.

Siebzig Berater waren sprachlos gegenüber dem bischöflichen Ein-Mann-Theater und bewiesen ihre Überflüssigkeit. Sie stimmten aus Sorge um zu viel Beliebigkeit für Regeln, die zu befolgen waren. Heinrich Böll nannte es »fürsorgliche Belagerung«.

»Ach, wer kann in unseren Tagen es noch wagen, NEIN zu sagen?« Wilhelm Busch stellte die bange Frage. Bischöfliche Mitstreiter wähnen sich »im wahren Christentum« und ergötzen sich an der Heilsagentur und Größe ihrer Firma.

Bischöfe sind gute Menschen. Sie hadern nur mit der lästigen Lebenswirklichkeit. Die Wegerechte bleiben bei der ehemals triumphierenden Kirche bzw. bei denen, die damit rechnen, dass es sie noch gibt und sie dazugehören.

Schmetterlinge, Bienen und Insekten leiden Not, da sie nicht genügend Nahrung finden. »Picknickplätze für Schmetterlinge.« Das Bistum verteilt Blumensamen an Kommunionkinder. Der Bischof weiß, wer in Not ist und um wen er sich kümmern muss.

Ein Weihbischof unterstellte dem Papier der Bischofskonferenz »katholischen Imperialismus«.

Ein Weihbischof steht für Wahrhaftigkeit. Er weiß, dass sich nur etwas ändern kann, wenn man dazu beiträgt. Wie lange ist er noch Weihbischof?

Ihr Brüder:
Ihr nehmt euch sehr wichtig. Ihr scheint nichts von

uns zu wissen, wir nichts von euch. Wir sind miteinander auseinander.

Ist euch entgangen, dass die Zukunft der Kirche nicht von eurer Befindlichkeit abhängt, sondern davon, was den Menschen dient, für die ihr bestellt seid?

Wisst ihr, was die Menschen bewegt? Wann habt ihr euch zuletzt in die Niederungen des Alltags begeben?

»Ich gebe ihnen ein neues Herz und einen neuen Geist. Ich nehme das versteinerte Herz aus ihrer Brust und schenke ihnen ein Herz aus Fleisch und Blut.« Fühlt ihr euch angesprochen?

Von guten Geistern verlassen

Ein Kardinal tut, was er kann. Er ermuntert die Eheleute, »den Schmerz der Spaltung zu ertragen.« Will heißen: Beißt die Zähne zusammen. Haltet die Luft an. Ich sage euch, wenn ihr weiteratmen könnt.

Dass Kardinal und Vertraute selbst nicht aushalten, was sie beschlossen hatten, ist unerheblich. Dass die Aktion publik wurde und Geheimhaltung nicht geheim blieb, erzürnte den Hohen Herrn.

Kirchliche Kontrollorgane werden aktiviert. Das dauert. Der »Schmerz der Spaltung« kann nicht so gravierend sein, dass Behandlungsbedarf besteht.

Was sagt das Kirchenvolk, wenn es noch ein Volk in der Kirche gibt? Für die »kleine Herde« sind geistlose Erklärungen der amtlichen Kirche nicht erklärbar. Eine Kirche mit viel Gerede, die nicht begreift, dass sie nichts begreift, wickelt sich ab. Eine Kirche, die darauf setzt, niemandem möge auffallen, dass nichts geschieht, müsste tief graben, um neue Fundamente zu legen.

Erschütternde Nachricht

Der Kardinal beurlaubte den Stadtdechant von allen Ämtern. Das diesem angelastete, sieben Jahre zurückliegende Vergehen wäre eine »belastende und erschütternde Nachricht«.

Das Erzbistum leitete die Information weiter an die Staatsanwaltschaft. Ein innerkirchliches Verfahren wurde in Gang gesetzt. Man dulde keine Form sexualisierter Übergriffe und ginge Verdachtsfällen und Hinweisen konsequent nach.

Selbstjustiz gegenüber einem Priester, der das ihm vorgeworfene Vergehen zumindest bestreitet. »Bis auf Weiteres beurlaubt.« In der Gemeinde, in der Stadt kann er sich nicht mehr blicken lassen, selbst wenn die Vorwürfe haltlos sein sollten.

Vor Vorverurteilung des Priesters warnte der Kardinal. Wie ist dann die sofortige Beurlaubung zu verstehen? Freundlicher Rippenstoß? Pass auf, mein Lieber, wir haben da ein kleines Problem miteinander?

Die Vorgehensweise ist zumindest fragwürdig. In Sachen Sexualität läuten in der Katholischen Kirche plötzlich Alarmglocken. Immer wieder haben Päpste, Bischöfe und Priester trotz ihrer Verpflichtung zum Zölibat Kinder gezeugt. Inzwischen gesteht die amtliche Kirche ein, dass es Priester-Kinder gibt. Geht sie jetzt allen »Verdachtsfällen« nach?

Der Geist des Miteinanders im Erzbistum habe sich verflüchtigt. Eine langjährige Vorsitzende des Katholikenrates beklagt das.

Keine erschütternde, belastende Nachricht.

Die Zusammenlegung von Innenstadt-Pfarren geschah ohne Rücksprache mit den Gemeinden. Statt qualifizierte Laien einzubinden in die Leitung von Gemeinden, bleibt alles Aufgabe weniger verbliebener Priester.

Keine erschütternde, belastende Nachricht.

Der macht das eben anders

Der Regionalvikar ist schockiert über Ereignisse in Chemnitz. Dort wurden beim Stadtfest ein Mann erstochen und eine weitere Person schwer verletzt. Im Interview äußert der Vikar Sorgen und Ängste, wie Menschen mit Menschen umgehen und sie hemmungslos schädigen.

Recht und Würde von Mitmenschen mit Füßen zu treten, ist unverzeihlich. Dass auch Mitbrüder des Vikars ihnen anvertraute Personen »hemmungslos schädigten«, erwähnt er nicht.

Der Missbrauchs-Beauftragte der Regierung erhob den Vorwurf, Jahrzehnte hindurch sei in kirchlichen Einrichtungen sexuelle Gewalt an Kindern unter den Teppich gekehrt, bagatellisiert, vertuscht worden. Personen, die den Tätern nahestanden, sahen nichts und wussten nichts. Für den Limburger Bischof ist seine Kirche eine »Täter-Organisation«.

Worauf man nicht angesprochen wird, dazu muss man nicht Stellung nehmen, könnte sich der Vikar verteidigen. Wer den Finger auf andere Menschen richtet, sollte auch Worte finden für »schreckliche Entwicklungen« vor und hinter Kirchenportalen. Ein alarmierender Satz ging durch die Presse: »Die Kirche scheitert am Missbrauchs-Skandal.«

Er sei »Scharnier zwischen Bistumsleitung und pastoraler Tätigkeit in der Region«, erklärt der Vikar. Anliegen zu vermitteln von unten nach oben, gehöre zu seinen Aufgaben. Zählt dazu auch das Bedürfnis nichtkatholischer Partner nach Teilnahme am eucharistischen Mahl? Der Vikar äußerte sich nicht.

Auf das Unverständnis, dass er vom Bischof ernannt und nicht nach bisheriger Praxis von den Mitbrüdern gewählt wurde, antwortete er: »Der Bischof macht das eben anders. Sein Nachfolger macht das wieder anders.« Oberhirten ignorieren »kraft ihres Amtes« bewährte Vereinbarungen.

Alte Werte müssten belebt, Sekundär-Tugenden wie Höflichkeit und Anstand erneuert werden, sagte der Regionalvikar. Gelten die Tugenden auch im kirchlichen Bereich?

Diskussion um den Zölibat

Die Enzyklika »Divini illius magistri. Über die christliche Erziehung der Jugend.« von Papst Pius XI. im Jahr 1929 lehrt: »Die menschliche Natur leidet unter den Nachwirkungen der Erbsünde. Besonders die Schwäche des Willens und die ungeordneten Triebe sind davon betroffen. Damit die schädlichen Leidenschaften nicht erst im Alter erlöschen, müssen ungeordnete Neigungen von Kindheit an verbessert, gute gefördert und geordnet werden. Der Verstand muss erleuchtet, der Wille mithilfe übernatürlicher Wahrheiten und Gnadenmittel gestärkt werden.«

Eigene Verführbarkeit als Maßstab menschlichen Verhaltens. Für katholische Priester gilt daher: keine Ehe, keine Kinder, kein Sex. Unberührbar. Verpflichtet zur Lebensform, die Gott verfügt haben soll.

Zölibat. Abgeleitet vom lateinischen »coelebs, ehelos.« Zur Ideologie erhoben und Gesetz geworden seit neunhundert Jahren. Für einen Kölner Kardinal »unumstößliche Gewissheit«, über die es nichts zu debattieren gebe.

»Lasst euch nicht verführen«, steht in Bertolt Brechts »Hauspostille«.

Im ersten Jahrtausend n. Chr. waren viele Priester verheiratet. Unter Papst Innozenz II. erklärte das Zweite Lateran-Konzil 1139 den Zölibat zur Pflicht. Bestehende Ehen Geistlicher wurden für ungültig erklärt. Die spirituelle Begründung: »Um des Himmelreiches willen«.

Es gab wirtschaftliche Gründe. Güter der Kirche sollten erhalten und vermehrt werden. Kirche als Besitzstandswahrer. Verheiratete Priester gaben ihren Besitz an die Kinder weiter. Hab und Gut Unverheirateter fielen nach dem Tod der Kirche zu. Nicht alle ließen sich vorschreiben, auf wie viel gewohntes Leben sie zu verzichten hatten. Sie weigerten sich, Frau und Kinder zu verlassen.

Auch in den folgenden Jahrhunderten war keine Rede von bedingungsloser Keuschheit. Ein Bischof von Basel zeugte angeblich zwanzig Kinder, Bischof Heinrich von Lüttich mehr als sechzig. Auch Päpste befolgten nicht das Verbot. Innozenz VIII. soll sechzehn Kinder gehabt haben.

Die erste Frage, die mir gestellt wurde, als ich Rückversetzung in den Laienstand beantragte, lautete: »Wie alt ist Ihr Kind?« Die Antwort wurde mitgeliefert. Man würde sich darum kümmern.

Wann beginnt die Katholische Kirche, ehrlich zu sein gegenüber sich und ihren Mitgliedern?

Nicht nur weniger Zölibat

Der Generalvikar sah keinen Anlass zur Panik. Mangel an »Arbeitern im Weinberg des Herrn« wäre normal.« Verdrängungs-Charisma.

In manchen Ländern wäre der Priestermangel größer als bei uns. Mehr als die Hälfte aller Gemeinden auf der Erde wäre ohne Priester. Das würde sich bessern. So Gott will.

Fromme Illusion. Gott will offensichtlich nicht.

Überall werden Geschäftsmodelle hinterfragt, nicht in der Kirche. Der Generalvikar erließ systemstabilisierende Durchhalteparolen, um zu belegen, dass sich Probleme lösen, wenn man lange genug wartet.

Mit Wahrheit geht man sparsam um. Man muss auf Suche gehen, um sie zu finden. Das Schiff »Kirche«

ist eine uneinnehmbare Stadt. Es trotzt jedem Sturm. Notfalls tauscht man morsche Planken aus.

Die herkömmlichen Wege zur Sicherung des Priester-Nachwuchses waren die besten, bleiben die besten. Standardtherapien bewährten sich. Relativer Priestermangel ist zu konstatieren, schränkte der Generalvikar ein. Alternativen unnötig. Langfristig gute Wetterlage in Sicht.

Von der »Irrtum-Verweigerungs-Anstalt Kirche« spricht der Kulturwissenschaftler und Philosoph Peter Sloterdijk.

Dass die Bewerbungen für den Priester-Beruf kontinuierlich sinken, verwirrte den Generalvikar nicht. Dass keine Trendwende in Sicht ist, auch nicht. Dem Leiter eines Priesterseminars bereitet der Mangel dagegen schlaflose Nächte. Wem die Zukunft der Kirche etwas bedeute, den müssten die Prognosen aufrütteln, gesteht er.

Der Abwärtstrend hat Gründe. Der Generalvikar muss sich nicht mit ihnen auseinandersetzen. Er wurde Bischof. Bischöfe muss es geben.

Dass lebenslange Verpflichtung zu sexueller Enthaltung und Ehelosigkeit schwer zu vermitteln ist, wissen alle, nicht manche Kirchenobere. Der Zölibat sei kein kirchengeschichtliches Zufallsprodukt, sondern gottgegeben, Ob sie auch mit Papst Pius X. übereinstimmen, der zwischen Priestern und Laien einen Unterschied sah wie zwischen Himmel und Erde?

Es geht darum, ob die Kirche Priester-Kirche bleibt. Es geht darum, ob und wie die Kirche aus der Vergangenheit in die Zukunft findet. Es geht nicht um »weniger Zölibat«.

Studienabsolventinnen wurden eingeladen zu einer Weiterbildungsveranstaltung »Frauen in Führungspositionen«. Weiblichen Diakon- und Priesternachwuchs erwähnte das Programm nicht. Der Kardinal hält es mit Papst Johannes Paul II. und dessen Lehrschreiben »Über nur Männern vorbehaltene Priesterweihe«. »Die Katholische Kirche hält daran fest, dass es nicht zulässig ist, Frauen zur Priesterweihe zuzulassen.«

Das ist nicht frauenfeindlich, da Frauen in der Kirchen-Hierarchie nicht vorkommen und auch nicht vorgesehen sind. Die sind hoffentlich klug genug, sich nicht anderweitig vereinnahmen zu lassen.

Papst Franziskus bat anlässlich der »Amazonas-Synode« um »mutige Vorschläge«. Teilnehmende Ordensfrauen hatten kein Stimmrecht. Ein neues Dokument der vatikanischen Klerus-Kommission unterstreicht die römische Realitätsferne. Der Bamberger Erzbischof bedauert die Instruktion. Man hätte sie nicht veröffentlichen sollen. Sie bringe »mehr Schaden als Nutzen«. Es bestände kein Handlungsbedarf. Für die Reformbewegung »Wir sind Kirche« ist die Veröffentlichung der »letzte Aufschrei« einer »sterbenden Religions-Diktatur«. Frauen würden von allen Leitungs- und Weiheämtern ferngehalten. Gläubige sollten sich ihr Glaubensleben nicht vorschreiben lassen.

Es geht nicht um weniger Zölibat.

Ehe für alle

Das Gemeinwesen hat Trutzburg-Charakter angenommen. Kritiker reden von Leichenstarre in einer abgeschirmten Welt. Normen entstanden, die wenig Raum lassen für eigenverantwortliches Handeln. Kirche und Staat regeln das Leben und markieren Grenzen. Wir wissen, was rechtens ist und was nicht. Das Grundgesetz ordnet unser Wohl und Wehe. Persönliche Bedürfnisse rücken an die zweite Stelle.

Brüche erfolgten durch die 1968er-Proteste. Es regte sich Widerstand gegen staatlich verordnete Prinzipien und Weisungen.

Andererseits fühlen sich die meisten Bürger wohl im Normen-System. Es schützt sie vor abrupten Brüchen und Veränderungen. Kaum vorstellbar, dass Großbritannien auf eine niedergeschriebene Verfassung verzichtet. Dennoch ist uns bewusst: Es gibt keine für alle verbindliche Wertordnung.

Christen müssen zur Kenntnis nehmen, dass die in Geboten und Dogmen überlieferten göttlichen Weisungen nicht identisch sind mit weltlichen Normen. Dennoch fußt die staatliche Verfassung auf christlichen Grundsätzen. Nichtkatholiken haben den Eindruck, sie sei »im Schatten des Kölner Doms« entstanden. Der damalige Kardinal Frings habe indirekt daran mitgewirkt.

Der »Päpstliche Rat für die Familie« beklagte die steigende Zahl von »Lebensgemeinschaften« und eine Abneigung gegen die Ehe. Schlimmer noch wäre, eine institutionelle Anerkennung und die Gleichstellung mit der Ehe zu fordern.

Aus Sicht der Katholischen Kirche steht fest: Die Ehe ist legitimes Format der Beziehung zwischen Mann und Frau, »bis der Tod sie scheidet«. Sie wird vor dem Traualtar geschlossen.

Als das Bundesverfassungsgericht im Bereich von Ehe und Familie gleiche Rechte von Mann und Frau betonte, widersprach die Amtskirche. »Gleichmacherei« wäre nicht vereinbar mit dem göttlichen Naturrecht. Kardinal Frings warnte vor der Zerstörung der Familie.

Die jetzt legitimierte »Ehe für alle« bietet keine Lösung für jede Lebenslage an. Übersteigerte Wünsche und Erwartungen erfüllt sie nicht. Ob sie Zukunftsmodell ist oder dem Zeitgeist huldigt, muss sich zeigen. Für Papst Franziskus bildet homosexuelle Partnerschaft keine Familie. Die komme nur durch die Verbindung von Mann und Frau zustande.

Dennoch ist zu honorieren, dass Partner einer »Ehe für alle« ihren persönlichen Frieden finden und zur Versöhnung der Gesellschaft beitragen.

Nicht allen bunten Vögeln muss man die Flügel stutzen. Sie sind nicht jedermanns Liebling, aber auch kein Bürgerschreck. »Ehe für alle« ist kein Kulturschock und provoziert nicht den Bankrott der Partnerschaft von Mann und Frau.

Obwohl in Deutschland jede dritte Ehe scheitert und laut Statistiken die Aussicht auf harmonische und lange Ehejahre begrenzt ist, kommt Heiraten wieder in Mode. Die Lust auf Ehe und dauerhafte Liebe werden neu entdeckt. Partner versprechen sich gegenseitig Liebe und Treue und schmieden den Bund fürs Leben.

Die Pluralität der Gesellschaft sucht alternative Formen von Familie und Gemeinschaft und hat neue Vorstellungen vom Leben. Dem sollten sich Staat und Kirche nicht verschließen.

Ja-Wort im Wohlfühl-Ambiente

»Sexy Locations« müssten bereitgestellt werden, wo Heiratswillige sich das Ja-Wort geben, wird gefordert. Orientierung an dem Kaufhaus, das seine Attraktivität steigert mit prickelndem »sexy food« für erfahrungsgesättigte Kunden? Sellerie fördere die Lust auf Dessert im Schlafzimmer, glaubt man zu wissen.

Den üblichen Ja-Wort-Amtsstuben fehle die sexy Atmosphäre, die besonderen Ereignissen einen angemessenen, nachhaltigen Glanz verleihe. Ein Flugzeughangar sei ein geeigneter Ort. Auch Edelrestaurants und Fußball-Arenen kämen für Lust-Erlebnisse infrage. Der »schönste Tag im Leben« soll an »zeitgemäßen« Orten beurkundet werden, nicht in lustfeindlichen Rathausräumen.

An Vorschlägen kein Mangel. Alles kann, nichts muss. Wie wäre es mit dem Ja-Wort im Bierzelt, im Supermarkt, in der Straßenbahn? Einander die Treue versprechen, während sich Verwandte und Freunde an Sekt und Bier laben, scheint einem Bedürfnis zu entsprechen. Partner könnten sich im Wohlfühl-Ambiente wie im siebten Himmel wähnen. Publikumswirksames Zurschaustellen wäre garantiert und im höheren Preis inbegriffen.

Könnte es auch Überlegungen wert sein, eine Trauung dort gerade nicht stattfinden zu lassen, wo sie »zeitgemäß« erscheint? Könnte ein Ja-Wort an Wert gewinnen, wenn das Paar und nicht die glamouröse Örtlichkeit im Mittelpunkt steht? Könnte ein auf das Paar begrenzter Raum dazu beitragen, dass sich zwei Menschen Mut machen für den gemeinsamen Aufbruch in die Zukunft?

Erlebnis-Zeitrechnung und Eventcharakter müssen nicht gänzlich ausgeblendet werden. Fragen darf man jedoch, ob das geschehen muss in Endlosschleifen und Menschen zum Treibgut der Zeitgemäßheit werden.

Entscheiden müssen jene, die sich »trauen«.

Heiliger Vater, kommt ins Schlossbad Niederrhein

Ich habe den Eindruck, dass dir Entspannung guttäte, Heiliger Vater. Das Schlossbad bietet sich an. Die Temperaturen liegen bei zwanzig Grad, obwohl ich vermute, dass es bei euch in Rom und in deiner argentinischen Heimat ein paar Grad wärmer ist.

Da du dich seit dem Treffen mit einer Klima-Jüngerin für Erderwärmung interessierst, hast du keine Angst vor Erkältung. Dass du trotzdem ab und an verschnupft bist, berichten Medien, die dich auf Schritt und Tritt begleiten. Auch findest du es nicht gut, wenn jemand deinen Fischerring küsst. Angst vor Keimen hat die »Cathedra Petri« im Petersdom erreicht.

Im Schlossbad Niederrhein sind derartige Sorgen unbegründet. Jedes Jahr finden ein Austausch der Filteranlagen und ein Großreinemachen statt. Die Badefans mussten mit Dusche und Badewanne daheim vorliebnehmen. Ich weiß nicht, ob du das dir vorstellen kannst. Hunderttausend Besucher nutzen jährlich das Schlossbad-Vergnügen.

Komm ins Schlossbad Niederrhein, Heiliger Vater Franziskus. Der Wildwasserkanal ist in deinem Alter nicht so günstig. Schade, dass du nicht mit Frau und Kind kommen kannst. Für Kinder ist die Wasserrutsche ein Erlebnis. Wie ich dich einschätze, ist mit dir in der Kirche aber nicht aller Tage Abend.

Wenn du willst, hole ich dich am Flughafen oder am Bahnhof ab. Mit Päpsten kenne ich mich ein wenig aus. Deinen Vorgänger, der ein Einsiedlerleben in deiner Nähe verbringt, habe ich erlebt, als er noch Professor war. Ich besuchte seine theologischen Vorlesungen. Manchmal trank ich mit ihm im Seminar eine Tasse Kaffee. Er war noch nicht in weihrauchgeschwängerte Kirchenroben eingehüllt.

Bring den Mitbruder mit. Auf der Liegewiese im Schlossbad können zwei Heilige Väter über Gott und die Welt diskutieren. Du kannst in entspannter Atmosphäre erzählen, was in der Welt vor sich geht. Dem Benedikt täte es gut, wenn ihm jemand Brücken baut aus dem vatikanischen Getto nach draußen. Hinter römischen Kirchenmauern wird er zu einer von der Welt vergessenen Person. Das hat er nicht verdient.

Kommt ins Schlossbad Niederrhein, Heiliger Vater. Macht euch auf den Weg.

Das Leben neu entdecken. Gedanken zur Fastenzeit

Die Zahl »vierzig« ist symbolkräftig. Der Regen der Sintflut ergoss sich vierzig Tage und Nächte auf die Erde. Noah wartete vierzig Tage, ehe er das Fenster der Arche öffnete, um den Raben frei zu lassen. Die Israeliten sollen nach dem Auszug aus Ägypten vierzig Jahre lang durch die Wüste gezogen sein. Mose war Gott auf dem Berg Sinai vierzig Tage nahe. Die Stadt Ninive hatte vierzig Tage Zeit, um ihre Sünden zu bereuen. Jesus zog sich vierzig Tage zurück, um sich auf seine Aufgabe vorzubereiten.

Am Aschermittwoch ist nicht alles vorbei. Für Christen beginnt die bis Ostern dauernde vierzigtägige »Fastenzeit«. Auch in anderen Bereichen taucht die »Vierzig« auf. Vom französischen »quarante, vierzig«, leitet sich die Quarantäne ab. Im 14. Jahrhundert verordnete man vierzigtägige Isolationszeiten zur Abwehr von Pestepidemien.

Die Zeit, die zu Buße und Besinnung mahnt, soll Wende und Neubeginn initiieren. Zweihundert Fasttage gab es im Mittelalter, dazu Abstinenzvorschriften. Verboten waren Fleisch und Milchprodukte. Auch Eier standen auf der Negativliste; sie galten als »flüssiges Fleisch«. Papst Julius III. erteilte 1491 Dispens für Butter bzw. Öl und Eier, Käse und Milch.

Menschen sind erfinderisch, wenn Vorschriften umgangen werden können. Man förderte die Fischzucht und erfand besondere Kochrezepte. Starkbier war in Klöstern ein Fastengetränk, das Energie sicherte für die körperliche Arbeit. Tee und Kaffee gab es nicht. Wein war zu teuer.

Zu regelmäßigen Fasttagen kamen besondere hinzu. Vorgeschrieben waren Nüchternheit bis nach der Messe, Verbot von Handelsgeschäften und Feldarbeit vor Ende eines Gottesdienstes; außerdem bestand Alkohol- und Fleischverzicht. Zuwiderhandlungen wurden bestraft: Eingesperrt werden bei Wasser und Brot, Zähne ausreißen, Stockschläge.

»Mensch, denk daran, du bist endlich«, mahnt der Aschermittwoch. Deine Lebensjahre sind kostbar. Denk über deine Lebensgewohnheiten nach. Was ist dir wichtig? Wofür lebst du? Übe dich im Weglassen.

Fasten kann bereichern. Nicht mit Selbstquälerei. Es geht darum, das Leben neu zu entdecken. Daher könnte es lohnen, diese Art des Fastens zu versuchen.

Das Aschenkreuz

Es war das erste Mal, dass ich jemandem am Aschermittwoch mit Asche ein Kreuz auf die Stirn zeichnete. Mein Dienst in der Pfarre hatte begonnen. Ich musste mich vertraut machen mit verschiedenen Aktivitäten, auch mit der Erteilung des Aschenkreuzes.

Zunächst verlief alles planmäßig. Kinder und Erwachsene standen oder knieten vor mir und empfingen als Zeichen der Vergänglichkeit ein Kreuz auf der Stirn. So erklärt die Katholische Kirche den Ritus. »Altes muss vergehen, damit Neues entstehen kann.«

Traditionell nimmt man Asche von verbrannten

Palmzweigen des Vorjahres. Wir hatten überlegt, Masken und Luftschlangen zu Asche werden zu lassen und für das Aschenkreuz zu nutzen. Im Bistum Freiburg klagte man kürzlich nach dem Empfang des Aschenkreuzes über Verätzungen. Die Asche war mit Wasser vermischt worden. Das Bistum reagierte. Die Bewässerung wurde verboten.

»Am Aschermittwoch ist nicht alles vorbei.« Im Rheinland weiß man, wie das zu verstehen ist. Der Zustand von Welt und Mensch verleitet nicht zu ungebremstem Frohsinn. Zeiten, in denen man ein Bußgewand anlegte, bevor man mit Asche bestreut wurde, sind vorbei. Das Asche-Symbol ist geblieben.

Eine Ordensschwester kniete vor mir, Kopf und Gesicht bedeckt mit dem Ordenshabit. Augen, Nase und Mundpartie waren frei. Wo sollte ich das Aschenkreuz anbringen?

Ich startete einen Versuch Richtung linke Wange. Abwehrendes Handzeichen. Das wiederholte sich, als ich auf der rechten Wange das Kreuz anbringen wollte. Aus meiner anfänglichen Euphorie wurde Ernüchterung. Sollte ich mich kundig machen, wo sie es gern hatte? Oder sie auffordern: »Würden Sie bitte die Schutzfolie entfernen?« Restwiderstand hielt mich ab. Man darf nicht aus jedem Rahmen fallen.

Meine Überlegungen, wie die Festung zu stürmen war, konnte ich nicht der Fantasie überlassen. Die Ordensfrau blieb stumm, nicht wortkarg. Ein Paradies mit Verschlossenheitsgarantie. Ich blickte in ein leeres Gesicht. Kein Gedröhn der Welt hätte das zu beleben vermocht. Das Wollen kollidierte mit dem Nichtkönnen.

Im technisierten Zeitalter lassen sich Zeichen von Abwehr und Zuwendung oder Gefühlsregungen mit bunten Emojis ausdrücken. Das beschriebene Ereignis fand vorher statt.

Dann bot sie überraschend Hilfestellung an. Mit der rechten Hand wies sie nach oben. Wo war oben? Interpretationsspielraum. Ich suchte Blickkontakt … Vergeblich. Ihre Augen blieben demütig nach unten gerichtet. Sie zeigte nicht ihr wahres Gesicht.

Da die Zeichensprache nicht zum gewünschten Ergebnis führte, sie auf dem Aschenkreuz aber bestand, streckte sie einen Arm in die Höhe und wies mit der Hand auf eine Stelle hin, wo sich unter der Haube vermutlich ihr Kopfhaar befand, versteckt wie Juwelen in der Vitrine. Ich entnahm dem unverfänglichen Hinweis, dass sich in jener Gegend die angemessene Stelle für das Zeichen der Bußfertigkeit befand.

Auf der Kopf-Bedeckung musste das Kreuz angebracht werden. Welche »Tiefenwirkung« es hatte, blieb verborgen. Glaube versetzt nicht nur Berge; er durchdringt Ordenskleidung. Ob es sich so verhielt, wusste nur sie. Ob ihre Miene sich aufhellte, als das Kreuz ankam, verbarg der Schleier. Mit Sympathiesignalen war nicht zu rechnen. Über Gedankengänge einer Ordensfrau weiß nicht einmal der liebe Gott Bescheid, wird behauptet.

In der Gemeinde sprach sich der Vorgang herum als schlagzeilenträchtige Neuigkeit, statt den Mantel taktvollen Schweigens auszubreiten. Der Trottel hätte sich kundig machen müssen, wie angemessene Beziehungen funktionieren. Mit dem Makel musste ich leben.

Der Aschermittwoch dauerte vierundzwanzig Stunden. Endlose Zeitspanne. Danach blieb mir ein Jahr Zeit zum Üben.

Frohe Ostern

Kunstvoll bemalte Ostereier lagen hinter der Schaufensterscheibe. Die Verkäuferin zeigte mir einige Wunderwerke. Auferstehungsgeschichten auf Eierschalen.

»Wie bitte?«, fragte die junge Frau. Das Wort »Auferstehung« kam in ihrem Warenangebot nicht vor, nicht in ihrem Wortschatz, nicht in ihrem Leben. Bunte Ostereier und ein großes Osterhasen-Sortiment waren lebensnah und konkret, leeres Grab am Ostermorgen vage und nicht vorstellbar.

Ich verstand sie. In ihrem Leben ging es positiv irdisch, vor allem menschlich zu. »Wenn du den Himmel gewiss haben willst, tauge etwas für die Erde.« Man sah es ihr an.

Auch ich fühle mich wohl hier, trotz mancher Unzulänglichkeit. Ich hoffe mein Leben noch lange genießen zu dürfen. Aber ich möchte es einmal mitnehmen in ein Leben, in dem es, wie ich mir wünsche, ein Mehr an Gerechtigkeit und Freiheit, ein Mehr an Friede, Liebe und Glück gibt.

Nicht nur die Welt vor dem Wohnzimmerfenster besteht für mich. Wenn sie zu Ende geht, möchte ich, dass sich eine Welt öffnet, die mich und meine Mitmenschen aufnimmt. Ich will mit ihnen auferstehen.

Dass viele das anders sehen, weiß und respektiere ich.

Sie könnten sich auf Arthur Schopenhauer berufen: »Klopfte man an die Gräber und fragte die Toten, ob sie auferstehen wollten, würden sie mit den Köpfen schütteln.«

Weil ich das Leben bejahe, weil ich mich hier wohlfühle, möchte ich weiterleben. Das Leben jetzt ist nicht die einzige Art von Leben, auf die ich setze.

Für mich gibt es Ostern und die Zeit nach Ostern. Für mich gibt es etwas, für das es sich zu leben lohnt über das jetzige Leben hinaus. Ostern heißt auf einen Neubeginn hoffen. Ostern sei auf dem Markt der Hoffnungen die härteste Währung, wird der Liedermacher Wolf Biermann zitiert.

Mir gefallen die bunten Ostereier. Schön sind sie. Sie läuten den Frühling ein und neues Leben. Und sie erzählen von Auferstehung.

Himmelfahrt oder Vatertag?

Rückkehr Jesu als Sohn Gottes zu seinem Vater im Himmel. So lautet die Erklärung der Christen zum Fest »Christi Himmelfahrt«. Gesetzlicher Feiertag in allen Bundesländern. Kinder haben schulfrei. Geschäfte, Ämter und Behörden sind geschlossen.

Himmelfahrtstag. Vatertag für andere. Viele sind unterwegs, manche mit Bollerwagen. Sie feiern mit Getränken und Alkohol.

Was soll man feiern? Himmelfahrt? Herrenpartie? Nach einem Stück Himmel sehnen sich viele, vor allem einem Himmel auf Erden.

Der britische Rocksänger Freddie Mercury erkrankte an Aids und starb mit fünfundvierzig Jahren. Er verabschiedete sich mit dem Song »Heaven For Everyone«: »In den Tagen kühlen Nachdenkens kommst Du zu mir. Alles scheint gut zu sein. In dieser Zeit kalter Ereignisse sitzt Du bei mir, und alles ist gut. In dieser Welt kalter Täuschungen kann Dein Lächeln mein Leben erfreuen. Das könnte ein Himmel für jeden sein.«

»Aufgefahren in den Himmel.« So heißt es im christlichen Glaubensbekenntnis. Jesus, Gottes Sohn auf der Erde, wird unser Botschafter bei Gott. Mit ihm rückt der Himmel näher, bleibt nicht nur Sehnsuchtsort. Der Glaubende spürt Gottes Nähe.

Der amerikanische Musiker Bob Dylan versetzt sich in die Gedankenwelt von Sheriff Bakers, der im Beisein seiner Frau den Tod erwartete und an die Himmelstür klopfte. »Knockin' on Heaven's Door«.

»Himmelfahrt«. Rückkehr zum Vater. Sie kann Bereitschaft signalisieren, sich in andere Hände zu begeben. Niemand ist nur des eigenen Glückes Schmied. Dietrich Bonhoeffers Worte »Von guten Mächten wunderbar geborgen, erwarten wir getrost, was kommen mag« bringen das zum Ausdruck. An diesem Vertrauen mangelt es Menschen, für die es nur heißt: »Selbst ist der Mann. Selbst ist die Frau.«

Das mag sein, sagen Vatertags-Verfechter. Sie könnten Richard Nixon zitieren, der den Vatertag in den USA zum Feiertag erklärte. Väter und die es sein wollen, betonen, neben dem »Muttertag« müsse es »ihren« Tag geben, an dem sie Männlichkeit unter Beweis stellen können.

Oft feiern sie unter freiem Himmel wie jene, die am Himmelfahrtstag Gottesdienste draußen feiern. Dass die Spaßgesellschaft den Himmelfahrtstag zum Vatertag degradiert, verneinen sie. Dass mit »Muttertag« und »Vatertag« ein Rollenklischee bedient wird, scheint unproblematisch zu sein. Wenn von »Himmelfahrt« die »Fahrt« mit dem Bollerwagen übrigbleibt, nehmen sie das zur Kenntnis und lassen sich nicht den Spaß nehmen.

Himmelfahrt und Vatertag entfachen keine Glaubenskriege. Auch andere kirchliche und staatliche Feiertage können sich dem religiösen und gesellschaftlichen Wandel nicht entziehen.

Wenn der Himmelfahrtstag neu erfunden werden soll, um dem mehrdimensional gewordenen Leben gerecht zu werden, kann dies eine Chance sein. Wir sollten das feiern, was Himmelfahrt wirklich bedeutet.

Du sollst Abstand halten

Sonntagsgottesdienst mit Kontaktbeschränkung. Wer teilnehmen will, meldet sich telefonisch oder per Mail an. Für 120 Personen ist Platz, wenn sie auf den in zwei Meter Abstand verteilten Stühlen Platz nehmen.

Sechzig vermummte Gottesdienstbesucher sind zum »gesichtslosen« Gottesdienst erschienen. Am Eingang Desinfektionsmittel-Spender. Jede zweite Kirchenbank bleibt unbesetzt. Gelbe Kärtchen markieren freie Sitzplätze. Laufwege und Bodenmarkierungen für den Kommunion-Empfang. Gemeinsames Beten und Singen nicht erwünscht.

Sind die Plätze besetzt, können keine weiteren Besucher/innen eingelassen werden. Der Pfarrer einer anderen Gemeinde empfiehlt, »nicht auf die letzte Minute zu kommen.« Anmeldungen seien nicht erforderlich. »Wir rechnen ehrlicherweise nicht mit einem Ansturm von Gläubigen.«

Unter den genannten Bedingungen müsse jeder eine eventuelle Teilnahme prüfen, ergänzt er. Vor allem sogenannte Risikopersonen sollten genau abwägen. Dass diejenigen es in der Regel sind, die noch Kontakt zu Gottesdienst und Kirche pflegen, spielt keine Rolle. Katholische Christen seien bis auf Weiteres von ihrer Sonntagspflicht zum Gottesdienstbesuch dispensiert.

Da haben die Leute Glück, Herr Pfarrer. Gehen Sie davon aus, dass ein nicht befolgtes »Kirchengebot« noch Schuldgefühle hinterlässt? Glauben Sie, dass man ihnen irgendeine Relevanz zugesteht?

»Du sollst Abstand halten.« Schlaf dich aus. Bleib im Bett. Feiere Online-Gottesdienst. »Stell dir vor, es ist Gottesdienst, und niemand geht hin.« Bertolt Brecht wäre verstanden worden.

Ob eingrenzende amtliche Verfügungen einem Kirchenraum entsprechen, der Unbegrenztheit und Weite ausstrahlt? Dass Christen sich nicht nur versammeln, sondern Verbundenheit und Gemeinschaft erleben wollen, bleibt auf der Strecke.

Der Kirchen-Apparat will retten, was zu retten ist. Ein Industrieunternehmen schlägt andere Wege ein. Es hat »neu erfunden, wie Maschinen gebaut werden«. Arbeitsplätze wurden den veränderten Vorgaben angepasst. Ein Lebensmittelkonzern forscht an der Zukunft der Ernährung. Dagegen setzt das »Unternehmen Kirche« darauf, alles müsse so weitergehen wie bisher. Dass Notlagen Fantasien freisetzen können, scheint unbekannt zu sein.

Bertolt Brechts Zitat über den »Krieg« endet nicht mit dem Vermerk »keiner geht hin«, sondern mit der Schlussfolgerung »dann kommt er zu euch«. Das würde analog heißen: Warum bringt die Kirche die biblische Botschaft nicht auf die Straße, zu den Menschen und erkundet neue Wege?

Wer verbietet, gottesdienstliche Feiern im kleinen Kreis anzubieten, beispielsweise für interessierte Kommunionkinder und deren Eltern, wenn keine Erstkommunionfeier in der Kirche stattfinden konnte? Wer verbietet Angebote für Frauen- und Männergemeinschaften oder Bruderschaften? Geeignete Örtlichkeiten gibt es überall. Wer verbietet kirchlichen Mitarbeitern, sich um Menschen zu kümmern, die auf seelsorglichen Besuch oder den Empfang der Kommunion warten?

Ich weiß aus Feldpostbriefen meines im Krieg gefallenen Vaters von »Gottesdiensten« in Bunkern, Lazaretten und Schützengräben nach dem Prinzip »Wo ein Wille, da ein Weg«.

Gießt »alten Wein« in »neue Schläuche«. Krisen können zu neuem Aufbruch motivieren. Fragt nicht, um euch abzusichern, wer wofür zuständig ist, wer was erlaubt. Wer Gottes Geist vertraut, der Menschen in allen Sprachen reden lässt, kann »Krummes gerade machen« und muss nicht Abstand halten.

Pfingsten damals. Pfingsten heute

Aus Syrien und dem Irak, aus Afghanistan und Griechenland, aus der Türkei und von überallher kamen sie. Nicht in den vergangenen Monaten und Jahren, sondern damals.

Das biblische Pfingst-Ereignis kennt Menschen, die von einem Geist beflügelt waren, der sie aufbrechen, Träume träumen ließ. Vielsprachig waren sie. Menschen mit unterschiedlicher Hautfarbe und kultureller Prägung.

Das hinderte sie nicht, sich auf fremde Menschen einzulassen, sie in ihrer Nähe zu dulden. Gegenseitiges Verstehen-Wollen trieb sie an. Sie waren füreinander Feuer und Flamme.

Damals war das so.

Heute fällt es nicht allen leicht, sich so zu äußern, dass sie verstanden werden. Kirchenvertreter und Politiker reden in unverstandenen Sprachen. Sie entzweien Menschen, statt sie einzustimmen aufeinander. Untersuchungsausschüsse werden eingesetzt.

Der Pfingst-Bericht nennt Eigenschaften, die dazu beitragen könnten, sich zu verstehen und miteinander auszukommen, unabhängig davon, woher man kommt und wer man ist:

Freude und Frieden, Freundlichkeit und Geduld, Bescheidenheit und Treue, Selbstbeherrschung und Güte. Gaben des Heiligen Geistes sind das. Die befreiende Kraft dieser Gaben führte damals Menschen bis an die Grenzen der bekannten Erde.

Und heute?

Löscht den Geist nicht aus

Auf einem österreichischen Katholikentag formulierte Karl Rahner, einer der bedeutenden Theologen des vergangenen Jahrhunderts, die Sorge, »es könne der Geist ausgelöscht werden«.

»Uns alle muss die Sorge quälen, dass wir es sein könnten, die den Geist auslöschen: Durch den Hochmut des Besserwissens, durch Feigheit, Unbelehrbarkeit und Herzensträgheit, womit wir neuen Impulsen und neuem Drängen in der Kirche begegnen.«

Rahner ermahnte seine Kirche. Die vernahm den Ruf, erweckt aber nicht den Eindruck, dass sie ihn verstanden hat und Konsequenzen zieht.

Das Gezerre um ein gemeinsames Abendmahl der christlichen Kirchen, der Widerstand gegen eine Priesterweihe für Frauen zeugen von dem Un-Geist, der vorherrscht. Kirchliche Oberhäupter scheinen »von allen guten Geistern verlassen zu sein«

»Pfingsten«. Fest des Heiligen Geistes. Anlass, nachzudenken, wie wir mit den Geistesgaben umgehen und wofür wir sie nutzen.

»Löscht den Geist nicht aus.« Rahner sprach nicht nur als Kirchenvertreter. Er war Staatsbürger. Wer sich an politische Entscheidungen oder das Brexit-Chaos erinnert, vermag kein geistvolles Handeln zu entdecken.

»Dem Volk muss man aufs Maul schauen«, riet Martin Luther. Sprachforscher Hartmut Günther deutet das wie folgt: »Wenn du als Pfarrer etwas über Schreinereien sagen willst, musst du wissen, wie ein Schreiner spricht. Bei Krankheiten musst du wie ein Arzt reden. Sprich so, dass die Leute dich verstehen.«

Sir Winston Churchill, ehemaliger britischer Staatsmann und Premierminister, wusste: »Mit dem Geist ist es wie mit dem Magen: Man sollte ihm Nahrung zumuten, die er verdauen kann.«

»Löscht den Geist nicht aus.«

Eltern und Erzieher. Helft euren Kindern und Schutzbefohlenen, jenen Geist zu entdecken, der sie zu geistbeseelten Menschen macht.

Kinder und Heranwachsende. Traut denen, die euch Wege in die Zukunft weisen wollen, zu, dass sie das im Geist des Verstehens und Vertrauens tun.

Arbeitgeber und Unternehmer. Betrachtet eure Mitarbeiter als Menschen, die ihr begeistern sollt für das, was sie bei euch und für euch leisten.

Allen, die sich engagieren in Familie und Beruf, in Vereinen, Gruppen und Staat sei es ans Herz gelegt: Möge guter Geist euer Reden und Tun prägen.

Pfingsten. Die Gaben des Geistes, nicht nur des Heiligen Geistes, stehen uns in reichem Maß zur Verfügung. Löscht diesen Geist nicht aus.

Fronleichnam. Mut zum Experiment

Fronleichnam. Hochfest im katholischen Kirchenjahr. Erinnerung ans »letzte Abendmahl«, das Jesus nach Aussage der Bibel vor seinem Tod mit seinen Jüngern abhielt. In den Gestalten von Brot und Wein wollte er mit ihnen verbunden bleiben.

Seine bleibende Gegenwart feiert die Katholische Kirche im Sakrament der Eucharistie. Das soll die bei der Fronleichnamsprozession mit der in der Monstranz mitgeführten Hostie zum Ausdruck bringen.

Wegen der derzeitigen Pandemie müssen in diesem Jahr Pfarreien experimentieren, da Prozessionen nicht möglich sind.

»Wir können nur begrenzt, im kleinen Rahmen, im Fragment, feiern«, schreibt der Pfarrer einer »Gemeinschaft der Gemeinden«. Das Fest falle deswegen nicht aus. Es bleibe »öffentliches Zeichen dafür, dass Jesus gegenwärtig ist in der Welt und wir als Kirche da sind, nicht nur in der Sakristei.«

Also lädt er zur Fronleichnamsfeier auf dem Kirchenvorplatz ein, fügt aber hinzu: »Beachten Sie, dass nur siebzig Stühle zur Verfügung stehen und auch Stehplätze nicht beliebig ausgeweitet werden können. Wägen Sie ab, ob Sie dabei sein möchten, vor allem, wenn Sie zu Risikogruppen im Sinne der Pandemie gehören.«

Sollte es regnen, findet aus räumlichen Gründen kein Gottesdienst statt; auch nicht in der Kirche.

Wer dachte sich das aus? Zu der Gemeinschaft der Pfarreien zählen mehrere Tausend, zumindest Kirchensteuer zahlende Katholiken. Nicht alle fiebern Fronleichnam entgegen. Dennoch die Frage: Wer hat Aussicht auf einen Sitz- oder Stehplatz?

Wenn die örtlichen Verhältnisse begrenzt sind, sollte man ehrlicherweise sagen: »Es tut uns leid. Unter den gegebenen Umständen verzichten wir und empfehlen die Teilnahme in einer anderen Pfarreien-Gemeinschaft.«

Ob eine Fronleichnamsfeier möglich ist unter ökumenischem Aspekt, müsste Überlegungen wert sein. Ökumenische Gottesdienste und Gemeindefeste haben Tradition.

Einen mit Rom besonders vertrauten Ober-Hirten würde das in Alarmbereitschaft versetzen und ihn veranlassen, Warnboje zu spielen. Undenkbar, dass einer am Fronleichnamsmahl teilnehmen könnte, der aus seiner Sicht nicht dazugehört. Dass Zeiten vorbei sind, in denen Kontrollen geholfen haben, ist ihm entgangen.

Auch katholische Christen dürfen Martin Luthers »Freiheit eines Christenmenschen« beherzigen. Das Leben, auch das religiöse Leben, war immer Experiment mit offenem Ausgang. Verordnungen dürfen nicht den »Geist auslöschen«, sagte Karl Rahner.

Als den aus ägyptischer Gefangenschaft befreiten Israeliten auf dem Marsch durch die Wüste die Vorräte ausgingen und sie deswegen murrten, »regnete es Manna, Brot vom Himmel«. Israels Gott war ein erfinderischer Gott. Daran dürfen wir uns ein Beispiel nehmen.

Habt Mut zum Experiment in der Pfarreien-Gemeinschaft, damit Fronleichnam Hochfest im Kirchenjahr bleiben kann.

Allerheiligen

Es geht rund auf der »Allerheiligen-Kirmes« in Soest. Die St. Petri-Kirche wurde an einem Allerheiligentag eingeweiht. Gelegenheit, ein Fest zu feiern. »Für einfache Leute Abwechslung, für Betuchte Möglichkeit, gute Geschäfte zu machen.« Zitat aus der Brauchtums-Geschichte

Mehr als sechstausend Personen, Männer und Frauen, sprach die Katholische Kirche in der Vergangenheit heilig. So viele Tage hat das Jahr nicht. Sie schuf einen Feiertag, um sie gemeinsam würdigen zu können.

Wie wird man »heilig«? Ursprünglich, wenn man sein Leben für die Botschaft des Christentums opferte. Außer diesen »Märtyrern« konnten seit dem achten Jahrhundert »heilig«, »zur Ehre der Altäre erhoben« werden Menschen, »die ihren Glauben und ihr Christsein verwirklichten.«

Damit steigen auch unsere Chancen, »heilig« zu werden, auch wenn wir ein ereignisloses Leben führen. Wir müssen nichts »Besonderes«, nichts »Ungewöhnliches« leisten, um in die Schar der »Verehrungswürdigen« aufgenommen zu werden.

Kamillus von Lellis, Sohn eines kaiserlichen Offiziers im 16. Jahrhundert, war so einer. Ein leidenschaftlicher Spieler, schließlich bettelarm. Er wurde in Rom als Hilfskraft für unheilbar Kranke angestellt, wegen Streit- und Spielsucht wieder gekündigt. Dann half er beim Bau eines Kapuzinerklosters. Er wurde Laienbruder. Man entließ ihn wieder.

Kamillus ging zurück nach Rom und wurde Krankenpfleger. Wegen seiner Zuverlässigkeit und Geduld wurde er Hospitalmeister. Mit Gleichgesinnten gründete er 1582 die »Regular-Kleriker der Diener der Kranken«, die »Kamillianer«. Sie wollten Kranke pflegen, auch Pestkranke.

Allerheiligen. Fest vieler Alltags-Heiliger. Papst Franziskus sprach die Schneiderin und Bäuerin Marguerite Bays heilig. Daher stehen unsere Chancen nicht schlecht, selbst wenn wir das Leben genießen, gute Geschäfte machen und in Soest Allerheiligen-Kirmes feiern.

Die Marienkapelle

»Mehr als zweihundert Kindergartenkinder brachen zur Sternwallfahrt auf in den Marien-Wallfahrtsort.« »Betgang von sechshundert Schützen und Gästen zum Marienheiligtum.«

Religiöses Brauchtum wird in »gutem Glauben« gepflegt. »Heute in glaubensarmen Zeiten, prangt Marias Wunderbild im traulichen Kapellchen.« Nicht von jetzigen glaubensarmen Zeiten ist die Rede. Leonard Küppers erwähnt sie im Jahr 1896 in seiner Schrift »Gründung des Heiligen Peschs«.

Die Katholische Amtskirche tut sich schwer mit dem Brauchtum. Sie verfasste »Richtlinien zur Volksfrömmigkeit« und erklärt, »dass kulturelle Ausdrucksformen mit Gesetzen und Formen der Kirche im Einklang und in Übereinstimmung mit der Liturgie stehen.«

Pilger und Pilgerinnen wissen davon selten etwas. Ihre Anliegen richten sie nicht an den »lieben Gott«, sondern an Maria. »Maria hat geholfen.« »Dank für glückliche Heimkehr aus russischer Gefangenschaft.« »Dank der lieben Gottesmutter für Hilfe in schwerer Krankheit.« »Innigen Dank der Gottesmutter für Erhörung.« An den Wänden im Innenraum der Kapelle hängen viele

Dank-Tafeln, unabhängig davon, ob kirchliche Instanzen den Wahrheitsgehalt überprüft haben.

Frömmigkeit lässt sich nicht »verordnen«. Man muss es nicht gut finden, wenn Marien- und Heiligen-Figuren und gesegnete Rosenkränze in möglichen und unmöglichen Ausführungen angeboten werden. Regelkonforme Christen sind besorgt, wenn Marien- und Heiligen-Verehrung in »Anbetung« umschlägt. Gott müsse keine Götter neben sich dulden. Zwar wissen sie nicht genau, was Pilger erbitten, die hierherkommen, aber sie sind dagegen. Maria habe geholfen? Dafür sei sie nicht zuständig.

»Habt keine Angst« hieß das Leitwort einer Nachtwallfahrt. Um persönliche Ängste und Sorgen ging es, um das Gefühl allgemeiner Verunsicherung durch Terror und Krisen. Diese Thematik zu gestalten und in Formen zu gießen, die Pilger verstehen, gelingt ohne amtskirchliche Vorgaben.

Vielleicht schmückt einmal eine Tafel die Kapellenwände: »Dank der Gottesmutter, die uns Bevormundung überhören ließ.« »Hier an diesem stillen Ort, Jahrhunderte verehrt, Liebe Frau vom heilgen Pesch keinem ihre Hilf verwehrt.«

Marienfigur und die bunten Glasfenster erzählen von Menschen, die Maria ihre Sorgen und Nöte anvertrauten. Sie kennen Wunder-Geschichten, die es kirchenamtlich nicht geben durfte. Die Kapelle erlebte kleine und große Pilger, die auf ihre Weise erhört wurden in einer unübersichtlich gewordenen Welt. Guten Glaubens waren sie, auch wenn das nicht ins Konzept derer passte, die ihre Prinzipien verteidigen.

Sonntag. Ein Ankerplatz

»Wenn die Seele keinen Sonntag hat, verdorrt sie. Mahnung Albert Schweitzers. »Alles, was ruhestörend ist, ist an Sonn- und Feiertagen zu unterlassen.« Eine Rechtsverordnung. Das kann Staubsaugen in der Wohnung betreffen und Aktivitäten, von denen hohe Lärmbelastung ausgeht: Rasenmähen, Bohren, Hämmern, Sägen.
Sonntag. Sich bewusst machen, dass unser Leben nicht nur durch Verpflichtung, Arbeit, Leistung, Hektik, Lärm und Konfrontation definiert wird.
Sonntag. Aus der Alltagsroutine herausgehobener Tag.
Sonntag. Vor Anker gehen.
Sonntag. Ein Tag, auf den man kein Recht, aber Anspruch haben kann. Zwischenmenschliches Verhalten ist nicht paragrafenabhängig.
Sonntag. Ein Kulturgut. Geschützt durch Artikel 140 im Grundgesetz.

Warten

Warten ist lästig, unnütz, nervig.
Wartezeit. Vergeudete Zeit. Aufgestaute Langeweile.
Ich hoffe, dass Warten nicht lange dauert.
Ich hasse Warteschlangen an der Kasse im Supermarkt.
Ich ärgere mich über Hotline-Warteschleifen.
Ich zähle die Sekunden vor der roten Ampel.
Ich mag keine Wartezimmer.
Jetzt oder nie. Schnellkochtopf-Zeit. Fast-Food-Zeit. Fertigprodukte-Zeit.

Es ist nicht Advent, sondern schon überall Weihnachten.

Muss ich warten? Fordert es heraus? Macht es das, worauf ich warte, wichtig und wertvoll?

Im Wachstumsprozess der Pflanzen hat alles seine Zeit. Wenn Krokusse im Frühjahr zu früh aus der Erde sprießen, überstehen sie nicht die Nachtfröste. Sie müssen warten, bis ihre Zeit gekommen ist.

Muss ich das Warten üben? Muss ich Pläne zurückstellen, die nicht ausgereift sind?

Muss ich Weihnachten er-warten?

»Alles nimmt ein gutes Ende für den, der warten kann.« Leo Tolstoi, russischer Schriftsteller, schrieb das.

Ich werde mich mit dem Warten anfreunden. Es ist Advent.

Weihnachten im Advent

Obwohl Advent und noch nicht Weihnachten ist, weihnachtet es. Nikolausparty. Christkindlmarkt. »Es kommt ein Schiff beladen« mit Glühwein und Bratwurst. Nicht »Stille Nacht«.

Dem entkomme ich nicht bei meinem adventlich-vorweihnachtlichen Bummel. Es weihnachtet, wo ich es nicht vermute. Die Kneipe an der Ecke preist ein Weihnachtsbier an. Nirgendwo steht, was Bier mit Advent und Weihnachten verbindet. Soll sinkender Bierdurst angekurbelt werden? Der Wirt wehrt ab. Gut verkauft, ist gut gemacht. Laut sagt er es nicht.

Bald ist Weihnachten. Lauter die Glocken nicht klingen als jetzt schon. Aus Sorge, zu spät zu kommen? Weil es im Kalender steht? Zentrum der Aufmerksamkeit ist es nicht. Hoffnung und Trost kein Thema. Menschen, denen ich begegne, erwecken nicht den Eindruck, danach zu suchen.

In der Gegenwart und mit ihr versteht sich das Leben, wird Unterhaltungsbedürfnis befriedigt. Man wird nicht satt davon. Mark Twain erklärte es: »Vergangenheit ist, wenn sie nicht mehr wehtut.«

Aus dem Lautsprecher scheppert »Jingl Bells«. Gemeint sind die Schellen am winterlichen Pferdegeschirr. Wer weiß das? Klimpern sollen sie. Das passt zur plätzchensüßen Stimmung. Und hört sich gut an.

Klimpern ist religionsneutral, muss nicht islamkompatibel sein, nicht auf christlich begründete Selbstverständlichkeiten Rücksicht nehmen. Ein bisschen Spaß muss sein. »Deutsche Weihnacht« feiert man daheim.

Advent und Weihnachten mit neuer Identität. Nicht Strohsterne und Kerzen, sondern Plastik-Kirschen, Plastik-Tannenbäume. Man muss nicht froh, aber munter sein.

Weihnachten im Advent braucht Erleuchtung, Flutlicht, schattenlose Helligkeit überstrahlt alles und macht die Nacht zum Tag. In dem Gefunkel würden die Heiligen Drei Könige ihren Stern nicht finden. In der Welt ewigen Leuchtens, in der die Nächte ihre Dunkelheit verloren haben, bräuchten sie ein Navigationsgerät.

Dass Leben im Verborgenen entsteht und auch Geheimnisvolles zum Leben gehört, weiß man. Ist es die Angst, aus dem Dunkel nicht ans Licht zu finden?

Lähmende Belehrung ist fehl am Platz. Nicht alles, was nicht gefällt und Vorstellungen nicht entspricht, ist verwerflich. Die Welt, das Leben, Traditionen ändern sich. Auch die Art und Weise, wie wir Advent und Weihnachten feiern. Für Unterschiedliches ist Platz in der Vielfältigkeit des Lebens. Was Feste bedeuten, müssen die Menschen jeder Zeit neu klären.

Ähnlich erging es den Weihnachtstexten. Die biblische Erzählung ist eine nach und nach gewachsene Geschichte. Es dauerte lange, bis sie die heute vorliegende Form gefunden hatte.

Es wird noch oft Advent und Weihnachten gefeiert werden. Es steht ja im Kalender. Feste lässt man sich nicht nehmen. Sie lediglich als Weltkulturerbe in Erinnerung zu halten, will niemand.

»Schenken Sie Denkanstöße«, empfiehlt eine Tageszeitung. Ein Geschenk für den Gabentisch.

Gleis eins. Die Krippe im Bahnhof

Krippen. Futterstellen für Nutzvieh in Ställen und für das Wild im Freien.

Krippen. Betreuung von Kleinstkindern.

Bettler-Krippen. Milieu-Krippen. Romantische Krippen. Neuzeitliche Krippen.

Welche Krippe ist das Original?

Ein Binsenkörbchen? Ein ägyptischer Pharao ließ neugeborene, männliche, jüdische Kinder in den Fluss werfen, da er um seine Zukunft fürchtete. Eine junge Mutter versteckte ihr Kind in einem Binsenkörbchen am Flussufer. Es trieb mit dem Kind davon. Eine Pharao-Tochter spürte es auf und zog es an Land. Das Kind »Mose« wurde gerettet.

Krippen-Original?

Viele Kulturen und Religionen erzählen Geschichten von der Errettung eines Kindes. Krippen-Geschichten. Auch die Krippe der Bahnhofsmission »Gleis eins« im Hauptbahnhof erzählt Geschichten. Krippe mit Anzeigetafel, Sitzbank, Bahnhofsuhr, Figuren in Dienstuniform. Bahnhofsleben als Krippe.

Diese Krippe erzählt von Menschen,

die entgleist sind,

deren Leben zusammengebrochen ist,

die ihr Alleinsein nicht aushalten,

die ungeduldig mit sich und andern geworden sind,

deren Leben aus der Spur geriet.

Wenn hungernde, durstende, kranke, schwache, wohnungslose, süchtige, verzweifelte Menschen Hilfe suchen, kann »Gleis eins« Auffangstation, Zufluchtsstätte, Lebensraum werden.

»Gleis eins«. Die Krippe im Bahnhof.

An der Krippe im Hamburger »Michel«

Sankt Michaelis. Der »Michel«. Dem Erzengel Michael geweihte, bedeutendste norddeutsche Barockkirche. Wahrzeichen der Hansestadt Hamburg.

Weihnachten im Michel. Unübersehbar viele Kerzen. Angezündet von unübersehbar vielen Besuchern. Christvesper für Kinder und ihre Eltern. Der Pastor trägt ein Jesuskind in die Krippe. Ein Krippenspiel schließt sich an, nicht der Beginn des Gottesdienstes, aber es gehört dazu.

Niemand kann sich der Atmosphäre entziehen. Alle haben darauf gewartet, stimmen in die alten weihnachtlichen Lieder ein, hören die Botschaft aus dem Lukasevangelium: »Es begab sich zu der Zeit, dass ein Gebot von dem Kaiser Augustus ausging, dass alle Welt geschätzt würde.« Die Menschwerdung Gottes wird gefeiert.

Die symbolische Darstellung dieses Ereignisses, die Krippe im Altarraum, ist von Kindern und Erwachsenen umlagert. Sie wurde geschaffen von der Puppenmacherin Barbara Runschke. In der Presse las ich, die Figuren seien restauriert worden, weil sie durch Umstände gelitten hatten. Mutter Maria hatte einen gebrochenen Arm. Auch bei anderen Mitgliedern der Heiligen Familie war orthopädische Hilfe angebracht: Arme und Beine mussten eingerenkt, Gelenke stabilisiert werden. Die Bekleidung der Figuren war ausbesserungs- oder erneuerungsbedürftig.

Ohne die seit Jahren fälligen Maßnahmen konnte die Familie nicht auftreten. Es war nicht sicher, ob sich die Gottesmutter wegen der genannten Handicaps in der Lage sah, in der Krippe Platz zu nehmen.

Besucher aus aller Welt würden kommen und zumindest aus Neugier einen Abstecher von der Reeperbahn zu Sankt Michael machen. Niemand konnte sich eine Krippe vorstellen, bei der die Mutter des Kindes durch Abwesenheit glänzte.

Inzwischen hatte ich mich nach vorn gedrängt und

warf aus relativer Nähe einen Blick auf das wundersame und zugleich menschlich-alltägliche Geschehen. Gelassene Ruhe ging von den Figuren und dem Hintergrund aus, im Gegensatz zur Betriebsamkeit im Kircheninnern.

Himmel und Erde trafen aufeinander. Vor der Kirchentür realitätsferne Allianz. Drinnen nicht nur geduldet, sondern Andeutung einer doch nicht so heillosen Welt.

Verschiedene, im Leben selten harmonisierende Zugehörigkeiten boten sich dem Betrachter an: zwei irdische Menschen zusammen mit einem himmlischen Kind. Nach unqualifiziertem Tun und Alltag aussehende, nicht in die gehobene Gesellschaft passende Hirten. Kulturelle und migrationsbedingte Unterschiede verratende Personen aus fernen Kontinenten.

Die sich über das Kind beugten, hatten vor der Kirchentür wenig miteinander gemein. Drinnen verband sie ein gemeinsames Ziel: Persönliche Befindlichkeiten beiseitelassen, sich befreien von Ängsten, wenn neue Orientierung nötig ist.

Die Weihnachtskrippe im »Michel«. Zwischen Reeperbahn und Flaniermeile Jungfernstieg. Heillose Welten gibt es nicht.

Die Sternsinger kommen

Sternsinger sind unterwegs. Das Brauchtum des Dreikönigsfestes nach Weihnachten weckt Erinnerungen an die Sternsinger-Zeit in der Pfarrei meines Heimatortes.

Mütter hatten mit den Kindern Königs-Kronen aus Pappkarton gebastelt, Königs-Gewänder aus Stoffresten und Vorhängen genäht.

Da eine Person des Dreigestirns den »schwarzen« Erdteil verkörperte, musste Ruß aus dem Kamin herhalten, um einen Blondschopf zum »Neger« zu machen. Was heute als verleumderisch und ehrverletzend gilt, war noch kein strafwürdiges Vergehen. Der »Weckmann« mit Pfeife im Arm verstieß in jenen arglosen Zeiten nicht gegen den Nichtraucherschutz. Man wusste, dass mit ihr der Bischofsstab des Heiligen Nikolaus gemeint war.

In der Schule hatte ich heimlich Kreidestücke eingesteckt. Auf Türen und Tore sollten wir Segenssprüche kritzeln. Unsere Klasse war nicht mit Computern und Internetzugang gesegnet. Wir nutzten Schiefertafeln. Auf Kreide warf ich ein Auge. Das eine oder andere Objekt wanderte in meine Hosentasche.

Den Leuten im Dorf wurde nicht mitgeteilt, dass Sternsinger unterwegs waren. Sie wussten es. Kinder benötigten keine Besuchserlaubnis. Sie wurden erwartet. Niemand fragte nach Gründen für bewährte Traditionen.

Der Segensgruß »Christus segne dieses Haus« traf nicht auf Geringschätzung von Menschen, für die er heute vielfach seine Üblichkeit verloren hat.

In einigen Häusern war der Tisch gedeckt für das Dreigestirn. Heiße Schokolade gab es, sogar Kuchen. Das Leben kannte keinen Überfluss. Dennoch landeten süße Gaben in Taschen und Tüten. Marschverpflegung. Der Nachmittag ging viel zu schnell zu Ende.

Sternsingen war fröhliche Begegnung zwischen Sternsingern und Familien. Es war ein heiteres, frommes Spiel.

Heute ist das anders.

»Seit 1959 haben Sternsinger bundesweit mit einer Milliarde Euro mehr als siebzigtausend Projekte unterstützt. Vergangenes Jahr sammelten sie fünfzig Millionen Euro.«

»Die Bundeskanzlerin empfing die Sternsinger. Über hundert Jungen und Mädchen übermittelten der Regierungschefin den Segen.«

Der Vorsitzende der Sternsinger-Aktion mahnte: »Sternsingen soll dem Zweck der Aktion dienen. Kinder müssen wissen, was Kinderarbeit in vielen Ländern für ihre Altersgenossen bedeutet.«

Sternsinger sind zweckorientiert unterwegs. Familien, die von Sternsingern besucht werden wollen, wenden sich an das zuständige Pfarramt. Sternsingen auf Bestellung.

Gerechtigkeitsgefühle, die der Armut in der Welt zu Leibe rücken, werden geweckt. Sternsingen dient der Rettung des Planeten vor dem sonst nicht abwendbaren Untergang. Kinder dürfen andere Kinder nicht hungern lassen, ohne dass sie Gewissensbisse bekommen.

Nicht alle Sternsinger verstehen den aufgezeigten Wahnsinn. Identifikationsschwierigkeiten sind nicht relevant.

So bringen die Sternsinger zu Gottes Lob und der Menschen Nutzen Segenssprüche an Haustüren an. Nach Ende der Kreidezeit nicht mit Kreide, sondern mit maschinell gefertigten Klebestreifen.

Der Segen soll sich in Münzen auszahlen, besser in großen Scheinen. Vorjährige Rekorderlöse gilt es zu übertreffen. Bettellieder statt Segenssprüche entsprächen dem Zweck der Aktion.

Seit ferner Vergangenheit ist viel Sand durch Sternsinger-Uhren gelaufen. Gut, dass ich eine Zeit erlebte, in der Sternsingen nicht allen möglichen gesellschaftlichen und sonstigen Zwecken untergeordnet wurde. Süßigkeiten, die man uns zusteckte, waren für uns gedacht. Wir mussten sie nicht wegen der Armut in der Welt, die damals nicht geringer war als heute, mit jedermann teilen.

Ich bin nicht sicher, ob ich heute mitziehen würde.

Die rebellische Nonne

Start einer neuen Gesprächsreihe. Benediktinerin Teresa Forcades i Vila, bekannt als »rebellische Nonne«, hält einen Eröffnungsvortrag. Die in Barcelona geborene katalanische Theologin und Ärztin engagiert sich für feministische Theologie. Aus der kirchlichen Frauenbewegung entstanden, verarbeitet sie Erfahrungen von Frauen und prüft, wie sich Gesellschaft, Glaube und Kirche auf die Beziehung der Geschlechter auswirken.

Schwester Teresa studierte Medizin. Sie erwarb einen Doktorhut in Gesundheitswissenschaften. Dann begann sie an der amerikanischen Elite-Universität Harvard ein Theologie-Studium. Nach ihrer Rückkehr fand sie im Benediktiner-Kloster Montserrat nordwestlich von Barcelona ihre Heimat.

Da sie feministische Theologie vertrat und an der protestantischen Fakultät der Harvard studiert hatte, erkannte man ihr Studium nicht an. Daher wurde sie ein zweites Mal promoviert am katalonischen Institut für Fundamentaltheologie.

Eine Zeit lang war sie als Vizepräsidentin und Schatzmeisterin der Gesellschaft für theologische Forschung von Frauen, ESWTR, tätig. Was sie tue, unternehme sie aus dem christlichen Glauben heraus, betont sie.

Sie lebt im Kloster Montserrat nicht in entrückter Region. Sie kümmert sich nicht nur um eigene Belange, sondern stellt sich unbequemen Fragen und Aufgaben. Sie fordert gerechte Renten und Löhne, kürzere Arbeitszeiten, menschenwürdige Wohnungen. Sie verlangt Zahlungen an Eltern, die ihrer Kinder wegen zu Hause bleiben.

Wenn es um antikapitalistische Initiativen und Verstaatlichung von Energieunternehmen und Banken geht, berufen sich parteipolitisch Linksintellektuelle gern auf sie. Wenn Kapitalismus von »Freiheit« redet, so Schwester Teresa, meine das Freiheit für Einzelne, die sie als ihr Privileg betrachten.

Sie möchte keinen hirntoten Patienten am Leben halten und meint damit ihre Kirche, die nicht als Untote zwischen tot, halb tot und unnütz durch die Zeiten wandeln soll. Fehlentwicklungen müssten bekämpft werden. Sie dürfe nicht zum Ankerplatz überschaubarer Bedächtigkeit verkommen. Nicht alles sei rechtens, was rechtens klingt.

Die Klerikalismus-Struktur sei nicht zeitgemäß. Kein »Alles muss weg«, aber Kernsanierung sei angebracht.

Die Kirche stehe zwischen Abbruch und Neubeginn. Bei Vorsätzen dürfe es nicht bleiben.

Es genüge nicht, die Pferde zu wechseln, um verlorenes Terrain zurückzugewinnen. Dem Gerechtigkeitsauftrag müsse die Kirche sich stellen. Sie solle sich nicht für machtloser erklären, als sie es sei. Kompetenz und eine Lektion in Optimismus sei ihr zu empfehlen. Auf Veränderungen »von oben« könne man nicht warten. Der Papst solle Räume öffnen für Ideen »von unten«.

Die Ordensschwester gesteht jedem ein Recht auf den eigenen Körper zu. Frauen seien für eine eventuelle Abtreibung selbst verantwortlich. Sie müssten ihr Leben frei gestalten dürfen. Teresa bezweifelt, dass Sexualität und Fortpflanzung untrennbar zusammengehören.

Unter Hinweis auf die evangelisch-lutherische schwedische Kirche, die homosexuelle Ehen akzeptiert, spricht sie sich gegen die katholische Ehe-Lehre aus. Für die ist eine sakramental geschlossene Ehe mit dem Willen verknüpft, Nachkommen zu zeugen.

Teresa sieht in der christlichen Ehe ein Zeugnis der Gottesliebe, unabhängig vom Kinderwunsch. Sie plädiert dafür, homosexuelle Ehen wie heterosexuelle einzustufen und sie zu segnen. So könne man die Gottesliebe besser verstehen. Sexuelle Eindimensionalität lehnt sie ab und will Wege für eine feministische Orientierung der Kirche ebnen.

Sie unterstreicht, an welchen Kirchentüren sie rüttelt. Sie widerspricht, wenn man sagt: »Dass sich nichts ändert, daran ändert sich nichts.« Die Sprengkraft ihrer Ideen und Forderungen gefällt nicht allen.

Sie bewundert Mahatma Gandhi, den ehemaligen

indischen Pazifisten, Widerstandskämpfer, Asketen, Revolutionär, Morallehrer und Publizisten. Sie bewundert Hugo Chavez, den verstorbenen Staatspräsidenten Venezuelas und Gallionsfigur des südamerikanischen Sozialismus. Sie schätzt den ehemaligen bolivianischen Präsidenten Evo Morales, Führer der Bewegung für die Rechte der Coca-Bauern.

Da sie Medizin studierte, bewegt sie sich nicht auf fremdem Terrain. Sie ist gegen privatisierte Gesundheitsfürsorge, damit die Betreuung von Kranken kein Geschäft wird. Den Missbrauch von Pharmaunternehmen spricht sie in ihrem Buch »Verbrechen großer Pharmafirmen« an, die ihre Interessen der allgemeinen Gesundheitsfürsorge überordnen.

Die »rebellische Nonne« vertritt Thesen, vor denen man sich nicht wegducken kann. Bei ihren Zuhörern setzt sie Kritikfähigkeit voraus. Es dürfte eine spannende Begegnung mit ihr werden.

Erlebnis Orgel

Hinter Kirchenmauern scheint sich eine Welt mit eigenen Gesetzen zu verbergen. Wer sich auf sie einlässt, dem erschließen sich neue Perspektiven. »Orte erleben, die man nicht immer so erfährt«, versprach ein »Forum Kultur«, das einlud auf die Orgelempore der Kirche.

Die Begegnung mit der Orgel begann nicht auf der Empore, sondern im Kirchenraum. Musik und Raum bilden eine Einheit, begründete der Kantor und Organist den überraschenden Einstieg. Es ging nicht nur darum, ihm über die Schulter zu schauen und der »Königin der Instrumente« zu lauschen. Die Orgel erzählt Geschichten. Auch die aus ehemals zwei Kirchen bestehende Kirche, in der die Seifert-Orgel ihren Platz fand, knüpft an eine leidvolle Vergangenheit an.

Der Organist verband Stationen daraus mit seiner eigenen Geschichte. Dem Kirchenraum ist er verbunden. Er ist nicht sein Zuhause, aber wie ein Zuhause. Die Orgel zu spielen, ist für ihn keine leidenschaftslose Angelegenheit.

Er verkörpert, was der Geiger Isaac Stern von der Musik generell sagt: Kunstvoll vorgetragenes Spiel an der Seifert-Orgel ist nicht einfach Beruf. Er lebt und erlebt, was er zu Gehör bringt.

Die Gruppe traf sich am Taufbecken im Osten des ehemaligen Langhauses, anschließend an der Truhenorgel im Chorraum. Den weichen Klang verdankt die kleine Orgel den hölzernen Pfeifen des Orgel-Positivs.

Wie aus heiterem Himmel ertönten von der großen Orgel auf der Empore Flötenklänge in den Kirchenraum. Nicht himmlische Heerscharen waren am Werk. Die Gattin des Organisten, die zusammen mit ihrem Mann das Lob der Orgel verkündet, begleitete das Orgelspiel.

Die Internetseite der Pfarre zitiert Victor Hugo: »Musik drückt aus, was nicht gesagt werden kann und worüber zu schweigen unmöglich ist.« Etwas nicht in Worte fassen und doch kundtun wie die wortlose und dennoch tönende Orgel, die »zur Ehre Gottes und Freude der Menschen« erklingt.

Die Zuhörer spürten die Spannung und befolgten

unbewusst Martin Luthers Mahnung: »Wenn man lauscht, dann schwatz nicht; spar deine Weisheit für andere Zeiten auf.« Wir erfuhren Neues, ohne belehrt zu werden. Wir erlebten die Klangfülle des Instrumentes, das Eindrücke vermittelt, die in der laut gewordenen Welt übertönt und überhört werden.

Das »Forum Kultur« hatte nicht zu einer frommen Feierstunde eingeladen. Niemand musste religiös sozialisiert sein. Ein Teilnehmer gestand, das Gefühl zu haben, bei einem liturgischen Akt dabei zu sein. Orgelerlebnis im Sakralraum Kirche. Nicht alle, die am Altar standen, hatten von hier aus schon eine Kirche erlebt.

An der Truhenorgel und auf der Empore ging es nicht um Orgelliteratur. Die Orgel fungiert mit ihren Registern wie ein Orchester und entfaltet eine Klangfülle, die Zuhörer in Bann ziehen kann. Etwas von den Klängen und Emotionen in der Kirche und auf der Empore nahmen viele mit auf den Heimweg.

Nicht nur Halleluja

Der Organist war mehr als fünfundzwanzig Jahre in der Pfarre tätig. Während einer Abendmesse zeigte die von ihm bediente Liedtafel nicht das »Lobet den Herrn« im Gebet- und Gesangbuch an. Sie informierte Gottesdienst-Besucher über den Auswärtssieg der »Borussia« und deren Teilnahme an der Fußball-Champions-League. Der Kirchenmusiker, Organist und Chorleiter ist ein frommer Mensch, der auch Himmlisches mit irdischen Augen betrachtet.

Organisten und Organistinnen spielen die Orgel, zumeist Pfeifenorgeln oder digitale Sakralorgeln in Kirche und Gottesdienst. Bei Konzerten und in der Unterhaltungsbranche erklingen ebenfalls Orgeltöne. Orgeln können auch Jazz. Rhein- und Weinlieder auf Elektroorgeln und ein »Halleluja« schließen einander nicht aus. Wenn »So ein Tag, so wunderschön wie heute« vom Organisten intoniert wird, kann ein Karnevalsgottesdienst Anlass sein. Oder ein Pfarrer, der einen »kölsch-katholischen Gottesdienst« feiert, motivierte ihn.

Der Organist schwärmt nicht nur für Organisten wie Johann Sebastian Bach und Georg Friedrich Händel. Er schätzt den »Gregorianischen Choral«, die einstimmige Kirchenmusik.

»Gaudete in domino semper. Freut euch immer im Herrn.« Der Eingangschoral zur Liturgie am Zweiten Adventssonntag ist so etwas wie sein Leitmotiv. »Wenn ich sterbe, müssen Sie das spielen«, bat ein Freund. Es war der Song von Dorothee Müller »Dein Wort ist ein Lichtstrahl. Es schützt mich in Gefahren im Dunkel der Welt.«

»Wir sind in Not. Kannst du einspringen?« Ein Organist, ein Chorleiter ist erkrankt. Ersatz wird gesucht. Er hilft. »Wenn man nichts tut, tut sich nichts.« Auch einer seiner Leitsätze.

»Ein evangelischer Pfarrer rief an«, schaltet sich seine Frau ein. Keine Frage, welche Antwort er erhält. Orgelspiel ist Lebenselixier. Es wirkt wie der in Alkohol gelöste Auszug aus Heilpflanzen.

»Wo lernt man das?« Die Frage hätte ich nicht stellen

müssen. In seiner Geburtsstadt ging man an Werktagen um sieben Uhr morgens in die Messe. Er stand als junger Bursche neben dem Spieltisch und schaute zu. Gleiches wiederholte sich beim Nachfolger. Der bat ihn, bei einer Andacht die Orgel zu spielen, da er verhindert wäre. Der junge Mann traute es sich zu. Als er am Schluss einen Blick in den Kirchenraum warf, sah er den »verhinderten« Lehrmeister in einer Bank. Organisten-Prüfung.

Natürlich hat er sich fachlich qualifiziert. Das Orgelspiel schließt Grundkenntnisse im Orgelbau, Registerkunde, liturgische Kenntnisse, Intonieren und Begleiten des Gemeinde-Gesangs, Vor- und Nachspiel, Improvisationskunst ein.

Die Funktion des Organisten ist oft verknüpft mit der des Chorleiters. Dirigieren bei Chorproben und Aufführungen, Auswahl der aufzuführenden Stücke, Stimmschulung der Chormitglieder sind damit verbunden.

Nicht vorstellbar für ihn, Organisten durch Orgel-Automaten zu ersetzen, bei denen Orgeltasten von Maschinen-Stößeln gedrückt werden statt von Hand. Klaus Holzapfel konstruierte solche Automaten.

Organisten und Chorleiter gehören in Zeiten des Personalmangels und der Technisierung einer vielleicht aussterbenden Zunft an. Dennoch ist ihm nicht bange. In seiner Familie, vor allem bei den erwachsenen Kindern, tragen sein Können und Engagement Früchte.

Musizierkunst ist unsterblich.

Rumänisch-orthodoxes Gottesdienst-Erlebnis

Die Liturgie beginne um neun Uhr, sagte der Pfarrer der rumänisch-orthodoxen Gemeinde. Zu meinem Erstaunen saß ich um neun Uhr allein im großen Kirchenraum, während am Altar die Proskomidie, erster Teil der Liturgie, begann, bei der die Gaben für die Feier vorbereitet werden.

Eine Stunde später erschienen erste Gottesdienstbesucher. Mütter mit Kindern auf den Armen, Familien, Einzelpersonen. Im Vorraum hatten sie eine Kerze erworben, zündeten sie an einer Kerze in Altarnähe an und überreichten sie dem Pfarrer.

Brachten sie zum Ausdruck, dass sie jetzt einen heiligen Raum betraten? Wollten sie in seinem Licht Alltägliches hinter sich lassen und Gottes Hilfe und Erbarmen erbitten?

Auch Engel und Heilige wurden in die sich entwickelnde Feier einbezogen. Ikonen an der Altarwand erzählten von ihnen. Engel und Menschen, bildlich dargestellt, werden für den gegenwärtig, der sie verehrt. So wie eine Ikone, ein Bild und ein heiliges Buch auf dem Ambo berührt und geküsst wurden, spürte man: Hier feierte man Gottesdienst und das Leben. »Mit allen Sinnen.«

Erlebte ich bei einem Gottesdienst meiner Kirche solche Zeichen von Zärtlichkeit? Ich kann mich nicht erinnern.

»Warum küsst man Bilder und den Fußboden?« Das fragen rational Denkende und Handelnde. Ikonen und heilige Gegenstände sind Abbilder der Gegenwart dessen, von dem sie verkünden. Geschichten von Engeln und Heiligen und die Geschichten eines Buches werden zur eigenen Geschichte durch leibhaftige Berührung.

Der Pfarrer nahm jeden Neuankömmling wahr. Er küsste seine bzw. ihre Stirn und setzte dann den gottesdienstlichen Ritus fort. Zum wiederholten Mal beweihräucherte er heilige Geräte, Ikonen und Altarraum. Das Weihrauchfass schwingend, ging er durch die Kirche. Der Weihrauchduft sollte die Sinne beflügeln und öffnen für Überirdisches.

Alle Aktivitäten, das Sehen, Hören, Riechen und Berühren, haben das Ziel, Menschen in die Nähe Gottes zu führen. Es wird »Göttliche Liturgie« gefeiert.

Auch Kinder waren inzwischen anwesend. Begriffen sie, was vorging? Verstand ich, was geschah? Von den gesungenen und gesprochenen Worten oder Sätzen erfasste ich das »Amen«, »Alleluia«, »Doamne miluieste. Erbarme Dich, Herr«. Von Ektenie und Fürbittgebet, von der Doxologie, dem Lob der Dreifaltigkeit, von den Antiphonen und Lesungen wusste ich nur, dass sie im Gottesdienst ihren Platz haben.

Die rumänisch-orthodoxe Kirche, »Biserica Ortodoxa«, ist eine romanisch-sprachige Kirche. Das rührt daher, dass Rumänien römische Provinz war. Bis heute richten sich rumänische Sprache und Kultur nach Westen aus. Rumänien gehört zu Mittel-, nicht zu Ost-Europa.

Mir wurde klar, warum es nicht eigene Kindergottesdienste gibt. Kinder wachsen hinein in das Erleben und

Verstehen der Liturgie. Was man nicht versteht, muss man nicht wissen. Das gilt nicht nur für Kinder.

Die heiligen Gaben, die beim Empfang der Kommunion ausgeteilt werden, waren verhüllt mit einem Velum. Der Einzug Gottes in den Gaben von Brot und Wein ist mit Sinnen nicht begreifbar. Nicht alles, was unser Leben bereichert, muss hinterfragt werden. Vieles bleibt verborgen und ist dennoch wichtig.

Der Kommunionempfang kündigte sich an. Nach orthodoxer Tradition steht man im Gottesdienst. Stehen ist eine Form der Gottesverehrung. Jetzt kniete der Priester am Altar nieder. Dem Beispiel folgten fast alle, vor den Stühlen, auf dem Boden. Eine vor mir auf dem Boden kniende Mutter mahnte ihre Tochter zu schweigen. Der Priester teilte die in Wein getauchten Brotstücke, Leib und Blut Christi, an die Gläubigen mit dem Kommunionlöffel aus. Alle nahmen teil, auch das Baby, das in den Armen der Mutter lag.

Ich dachte an katholische deutsche Bischöfe, die ein Papier zur »verantwortbaren Entscheidung über den Kommunion-Empfang« verfassten. Wären sie doch anwesend gewesen.

Beim gemeinsamen Essen nach dem Gottesdient sprach ich mit rumänischen Teilnehmern. Die meisten waren hier geboren und aufgewachsen. Sie haben aber eine »rumänische Seele« behalten, sagte einer. Die Kirche hätte nicht nur Bedeutung im sozial-caritativen Bereich, sondern auch bei ihrer Integration. Hier möchten sie erleben, was zu ihrem Person-Sein gehöre. Ikonen zählen dazu. Nur Gott wird angebetet; aber die Ikonen ebnen Wege zu ihm.

Die Gemeinde ist auf Suche nach neuen Räumen, in denen Ikonen und sie selbst eine Bleibe finden. Räume mit offenen Türen, in denen sie die Welt des Alltags hinter sich lassen und himmlische Welten erfahren kann.

Früher nannte man dich Gott, lieber Gott

Sprache lebt und ist in Bewegung, unmerklich oft. Jetzt wurde es am Text der Nationalhymne deutlich.

Geschlechtsneutral, gendergerecht müsse der Text sein. Der Gender-Hammer schlägt zu. Es müsse gendergerecht geschrieben, geredet und gelesen werden. Unsere Sprache verstricke sich in Ungerechtigkeiten. Männlichkeit betonende Begriffe »Vaterland« oder »Brüderlichkeit« widersprächen dem Gerechtigkeitsempfinden, klagen Gender-Verfechter.

Sie machen auch nicht Halt vor dem Buch der Bücher, der Bibel. »Bibel in gerechter Sprache« bräuchten wir, sonst verkomme sie zur Totgeburt. Bei einem Evangelischen Kirchentag ließ eine »Herrgöttin« Lesben-Lieder singen von Gender-Chören.

Neue Namen suchen sie für dich, lieber Gott. Dein Bekanntheitsgrad lasse zu wünschen übrig. Dein Name sei nicht konkurrenzfähig, nicht weiblich genug, klagen sie. Es gelang Wort-Akrobaten, in dir das Weibliche zu entdecken. »Du alles in Ordnung haltende Haushälterin.« »Du stillende Mutter.« Der Erfindungsreichtum ist grenzenlos.

Du wirst staunen über den weiblichen Hofstaat, lieber Gott, der dich umgeben soll. Warum bist du keine Göttin, keine Artemis, keine Diana wie damals in Griechenland oder in Rom? Was hast du gegen Frauen? Die Bibel erwähnt sie nicht. Bei der Brotvermehrung sollen fünftausend Männer anwesend gewesen sein. Keine Frauen? Stehen sie nicht in deiner Gnade?

Hast du über die entwürdigende Bezeichnung »Christen« nachgedacht? Warum unterscheidest du nicht Christinnen und Christen, Beterinnen und Beter, Nachdenkerinnen und Nachdenker?

Das Ewig-Weibliche darf nicht verschwiegen werden. Frauen wollen zur »stillenden Mutter« beten, die auf dem himmlischen Thron sitzt. Die »gütige Geburtshelferin« spendet verwundeten weiblichen Seelen Trost und Labsal. Du musst die Bibel neu erfinden, Gott.

Gut, dass du nicht unsere Nationalhymne kennst. »God save the Queen«, singt man in Großbritannien. »Hosiangela«, würden wir erwidern. Kannst du dir das vorstellen?

Ich weiß nicht, wie ich dich in Zukunft nennen muss. »Leuchtende Kerze« ist mir zu romantisch. »Du gütige Geburtshelferin« bleibt den Frauen vorbehalten.

Neuer Begrifflichkeit verschließe ich mich nicht, obwohl ich mich mit der neuen Sprechweise noch nicht anfreunden kann. Gendersüchtigen Sprach- und Wort-Künstlern könntest du einige Portionen Pragmatismus verabreichen.

Solange mir nichts Besseres in den Sinn kommt, sage ich »Gott« zu dir. Auf »Herr-Gott« will ich verzichten. Sollte ich demnächst das Jüngste Gericht verschlafen, das in »Endabrechnung« umbenannt werden soll, weck mich bitte.

O Gott.

Vergelt's Gott

Wir kannten uns. Und doch wussten wir nicht viel voneinander. Ab und zu wechselten wir ein paar Worte. Ich wusste, dass er auf dem Bahnhofsvorplatz anzutreffen war. Sein Hoheitsgebiet. Dort hatte er einen Stammplatz.

Er hockte auf einem Schemel, den Kopf vornübergebeugt, sodass man nicht sein Gesicht sehen und ihm nicht in die Augen schauen konnte. Um nicht ans Licht gezerrt zu werden, befremdliche Blicke abzuwehren, seine Verletzbarkeit zu verbergen? Unklar blieb, was in ihm vorging. Anwesend war er abwesend.

Hätte ich unbemerkt vorbeigehen können? Sollte sich jemand dem Becher mit den Münzen vor seinen Füßen in unlauterer Absicht nähern, hätte er es bemerkt.

Auf Suche nach Daseinsvorsorge oder einem Zuhause war er nicht. Er plante nicht über den Tag hinaus und schien keine feste Zuflucht zu benötigen. Dem »Woher komme ich? Wohin gehe ich?« stellte er sich nicht. Regelmäßigkeit in sein Leben zu bringen, dafür opferte er keine Zeit.

Er mied geregelte Lebenswelten, ohne panische Besorgnis, nicht alles sein und haben zu müssen.

Einsam fühlte er sich offenbar nicht. Er führte aus seiner Sicht kein unvollständiges Leben und sah es nicht als minderwertig oder misslungen an. Fragen, die man ihm stellte, beantwortete er nicht, oder er reagierte mit einer Gegenfrage.

Von mir wusste er, dass ich ihm etwas zusteckte. Er nahm an, mich nötige das Gebot christlicher Barmherzigkeit, gut zu ihm zu sein. Daher wäre ich zu grenzenloser Güte verpflichtet und müsste Güter mit ihm teilen. Vom eigenen Leben nicht viel zu erwarten, hieß nicht, auch von anderen nichts zu bekommen.

»Fröhliche Geber hat Gott gern.« Das stünde in der Bibel, belehrte er mich. Damit spielte er auf meine Biografie an, über die er sich kundig gemacht hatte. Oder vertraute er darauf, alle Welt müsste Mitleid haben und dürfte Ungerechtigkeit nicht dulden? Wenn er auch vor vielem und vielen geflohen war, stand ihm ein Platz in der zivilisierten Welt zu. Darauf verließ er sich.

Eines Tages war es der hungrige Magen, der ihn zu mir trieb. Vom Dasitzen am Bahnhof wurde er nicht satt. Seit Tagen hätte er nichts gegessen. Das bedauerte ich, obwohl er sich auskannte mit Notsituationen. Er könnte für ein paar Euro den Hunger stillen, formulierte er sein Begehren.

Ich verstand. Aber es kann sein, dass ein paar Euro aufgebraucht sind, ehe der hungrige Magen sein Sättigungsgefühl erreicht hat. »Wohltaten am falschen Ort gleichen einer Übeltat.« Das gab vor zweitausend Jahren Marcus Tullius Cicero zu bedenken.

»Du hast Glück«, erwiderte ich. »Eine Gaststätte bietet eine preiswerte Mahlzeit an. Ich kenne den Wirt und sage ihm, die vier Euro würde ich für dich zahlen.«

Verlockend war mein Angebot nicht. Der Freund

mit dem knurrenden Magen war kein Sammler und Jäger, aber ein Genießer. »Umständlich«, hörte ich. Er machte sich davon. »Wer für andere nichts tut, tut nichts für sich.« Den Spruch bezog ich auf mich und lobte mich für mein Gut-Sein.

Sporadisch tauchte er bei mir auf. Er badete im Weltschmerz und zählte alle Übel auf, die es zu bekämpfen galt. Laut beklagte er seine unerfüllt gebliebenen Wünsche. Anzeichen dafür, dass die selbstgewählte Isolierung nicht ohne Probleme verlief. Nichts in Händen zu haben außer den eigenen, machte den schmalen Grat zwischen zufrieden und nicht zufrieden bewusst.

Einige Zeit später fiel mir mein Versäumnis ein, dem Wirt Geld zu schulden. Das lag wohl daran, dass der Hungrige lange nicht aufgetaucht war. Ich beschloss, mir in der Gaststätte eine warme Mahlzeit zu gönnen und die Schulden zu begleichen. Der Wirt ist ein gutmütiger Mensch. Er hat ein Herz für »kleine Leute«. Güte, die nicht grenzenlos ist, ist keine Güte. Was er hungrigen Gästen serviert, kennt keine Maßeinheit. Zehn Euro, die ich ihm für zwei Mittagessen hinschob, reichten nicht. Vierundvierzig Euro wollte er kassieren, meinen Verzehr mitgerechnet. Ich bat um Klärung. Zehnmal zu je vier Euro hätte der Gast gespeist. Ohne nachlassendes Sättigungsbedürfnis. Kein Konsumverächter. Aber immer ein »Vergelt's Gott« zum Abschied. Zu unwahrscheinlich, um wahr zu sein? Sprach Cicero von Wohltaten am falschen Ort? Der Wirt verließ sich auf meine Zusage, alles begleichen zu wollen.

Meine Beziehung zu Gott muss ich auf den Prüfstand stellen. Gottvertrauen ist eine Tugend, wenn sie nicht im Übermaß zuteilwird. Aber Gott könnte Gefallen finden an Lebenskünstlern, die ihre Gönner haben und nicht im Niemandsland umherirren müssen. Sie schätzen die Vorzüge des Müßiggangs. »Schnorren« ist ein ihnen zustehendes Recht. Von irgendetwas müssen sie leben. Der angestammte Platz am Bahnhof ist seit Wochen verwaist.

Eine Schöpfungsgeschichte

Am Anfang schuf Gott Himmel und Erde. Und die Erde war wüst und leer.

»Was soll ich in dieser unbewohnten. trostlosen Gegend?«, fragte eine kritische, vor der Zeit existierende Person. »Hast du bedacht, wie viele Bauplätze hier brachliegen? Ich fertige eine Skizze an. Wann soll ich sie dir vorbeibringen?«

Gott wunderte sich, dass jemand in seinen Schöpfungsplan eingriff. Das war unüblich. Die Erde befand sich im Rohzustand. Er hatte Zeit und nahm sich Zeit. Was zu tun war, entschied nur er.

Er tat so, als hätte er nichts gehört.

Und er sprach: »Es werde Licht.« Und es wurde Licht.

»Muss ich bei dem schummrigen Licht meine Bauzeichnungen anfertigen?«, rief die Stimme wieder.

Der Herr hörte und überhörte.

Und Gott schied Licht von der Finsternis. Er nannte das Licht Tag, die Finsternis nannte er Nacht. Und es wurde Abend, und es wurde Morgen.

»Willst du nicht Rücksicht nehmen, Gott, dass ich

nachts nicht schlafen kann?«, folgte ein erneuter Einwand. »Wenn es Morgen ist, war ich noch nicht im Bett. Im Bad habe ich die Armaturen ausgetauscht. Um alles muss ich mich kümmern.«

Gott dachte an seine Eigenschaften: Gleichmut zeigen und nichts sagen. Er schwieg.

Nach einer Pause sprach er:

»Es sollen sich Wasser unterhalb des Himmels an einem Ort sammeln, und es werde das Trockene sichtbar.« Gott nannte das Trockene Erde. Die Ansammlungen der Wasser nannte er Fluss und Meer. Gott sah, dass es gut war.

Leider hatte er nicht bedacht, den Wasserlauf des Flusses zu regeln, der in einer Schleife durch das Gelände der kritischen Außerirdischen floss. Dort brauchte der Betonmischer Wasser. Blumenkübel benötigten Wasser. Und Blumentöpfe riefen nach Wasser.

Für Gott nebensächlich. Für sie ein Auftrag, in die Schöpfung einzugreifen, die Mängel zeigte. Durch den Schlauch, mit dem sie überall gießen konnte, hatte sie ein Telefonkabel gezogen, um von jeder Stelle des Grundstücks aus mit dem Baumarkt telefonieren zu können.

Gott sah seinen Irrtum ein. Dennoch setzte er sein Schöpfungswerk fort und sprach:

»Die Erde lasse Gras sprossen, Kraut, das Samen hervorbringt, und Fruchtbäume, die Früchte tragen.« Er hatte nicht bestimmte Terrassen, Balkone und Fensterbänke berücksichtigt. »Ich will keinen Rasen mähen«, korrigierte eine inzwischen bekannte Stimme den göttlichen Kraut- und Samenplan.

Gott hatte nicht bedacht, dass sie die Geranien-Kollektion aufgekauft hatte, die gerade lieferbar war.

Und er sprach: »Es sollen die Wasser wimmeln von lebenden Wesen. Und Vögel sollen über der Erde fliegen.«

Und Gott schuf Seeungeheuer und alle sich regenden, lebenden Wesen, von denen die Wasser wimmeln, und alle geflügelten Vögel nach ihrer Art. »Seid fruchtbar und mehret euch«, fügte er hinzu.

Das rief Widerspruch hervor. »Es ist nicht zu ertragen, was hier fleucht und kreucht. Sieh dir die Menschenansammlung an. Sollen es noch mehr werden? Mit deinem Segen?«

Gott sagte nicht, dass alles gut war. Aber er war geduldig, erfahren im Ausharren, obwohl er sich an den Rand seiner Schöpfung gedrängt sah.

Sein Werk war noch nicht vollendet. Wichtiges fehlte. Daher sprach er:

»Lasst uns Menschen machen nach unserm Bild und uns ähnlich.«

»Nein, lieber Gott«, rief die Stimme. »Lass mich das machen.« Gott hatte gegen übermäßigen Redefluss einen Staudamm geplant. Aber es gab zu viele Nebenflüsse.

Die Person hatte überlegt, wofür die Mörtelreste der Baustellen zu verwenden waren. Sie formte Modelle, die zu ihr passten. Die meisten verwarf sie. Dann entschied sie sich für ein Sondermodell und fertigte Exemplare an. Kritisch prüfte sie das Werk. Ein Modell war zu üppig, ein anderes zu dürr. Ein drittes Modell kam in Betracht, von edler Gestalt.

Doch es kamen ihr Bedenken. Menschen würden das Modell bewundern. Was würde dann aus ihr? Sie wollte nicht die eigene Motivation sabotieren und entschied sich daher für Modell »vier«, ein unauffälliger Entwurf mit Ecken und Kanten. Den stellte sie Gott zur Begutachtung vor.

Gott, der für alles Geschaffene zuständig ist, fühlte sich überrumpelt. Die Erschaffung des Menschen hatte er sich aus den Händen nehmen lassen. Die Grenzen des Zulässigen hatten sich verschoben. Seit jener Zeit sind Menschen nicht Abbild Gottes, sondern ähneln einem Vorbild wider göttlichen Willen.

Gott vermied zu sagen, alles wäre gut. Er spürte keinen weiteren Handlungsbedarf. Daher ruhte er am siebten Tag. Es war Ruhe nach dem Stress. Das Leben auf der Erde sollte in Gang kommen.

Gott war froh, dass er aufhören konnte, und segnete alles Geschaffene. Auch die Urperson, obwohl Welten sie trennten.

Was blieb ihm anderes übrig?

Von denen, die glücklich sind, und jenen, die davon träumen

Jagd nach dem Glück

»Don't worry, be happy. Sorge dich nicht, sei glücklich.« Der amerikanische Musiker Bobby McFerrin belegte mit seinem Song Spitzenplätze auf der Beliebtheitsskala.

Wie »happy« ist er? Gibt es Messgrößen für das Glück? Wie geht »glücklich sein«? Wie kommt man dem Glück auf die Spur? Kann man sich seines Glücks versichern?

»In den Niederlanden nehmen wir alles locker.« Nachzulesen in den sozialen Netzwerken. Der melancholische, grantelnde Wiener Schmäh, der auch heikle Themen augenzwinkernd angeht, würde beipflichten.

In seinem Song unterstreicht McFerrin: »Es gibt Probleme im Leben. Wer sich Sorgen macht, verdoppelt sie. Daher sei glücklich.« Ist man also glücklich, wenn einem immer die Sonne scheint? Auch der buddhistische Dalai Lama verkündet auf seinen Reisen die Botschaft vom Glück. Für Epikur, den altgriechischen Philosophen, streben Menschen nach Zufriedenheit, Lust und Glück.

Welcher Deutung soll ich mich anschließen? Besteht der Lebenssinn darin, sich keine Sorgen zu machen und alles »locker zu nehmen«? Das Leben so leicht wie möglich zu nehmen und zufrieden zu sein, hört sich nicht verwerflich an.

Andere halten es bei der Glückssuche mit dem verstorbenen niederländischen Schauspieler und Sänger Johannes Heesters: »Man müsste Klavier spielen können. Wer Klavier spielt, hat Glück bei den Frauen.« Verheißt auch das Fledermaus-Motiv »Glücklich ist, wer vergisst, was doch nicht zu ändern ist.« Glück?

Nach Duden handelt es sich beim Glück um das »Ergebnis des Zusammentreffens günstiger Umstände«. Das würde heißen: Bewusst nach dem Glück zu suchen, führt ins Leere. Glück ereignet sich, stellt sich ein, begegnet einem oder nicht. Unverbraucht liegt es plötzlich vor einem.

Von »bonheur«, dem Glückszustand einer »guten Stunde«, sprechen Franzosen. Lebenslanges Glück gibt es demnach nicht.

»Vanitas vanitatum. Alles ist eitel«, warnt das biblische Buch Kohelet. Indirekt fragt es: Kann man überhaupt glücklich werden? Zumindest sollten wir uns nicht auf Vergängliches, sondern Bleibendes ausrichten. Goethes Faust ergänzt: »Da steh ich nun, ich armer Tor, und bin so klug als wie zuvor!«

Die Glücksgeschichte vom Aschenputtel, das einen Prinzen trifft und sich in ihn verliebt, ist kein Maßstab. Inseln der Glückseligkeit gibt es nicht wie Sand am Meer. Eine Welt, in der es allen gut geht, gibt es nicht einmal im Märchen.

Nicht jedes Glückserlebnis scheint kompatibel zu sein mit dem Geschmack der Zeit. Der Philosoph und Dichter Dante Alighieri verübelte Liebenden die wilden Lüste des Liebeszaubers. Für Glücksmomente durch »Sünden des Fleisches« sollten sie in heftigen Stürmen umhergewirbelt werden.

Bei einem Bekannten hängt über der Haustür ein Hufeisen. Zur Silvesterparty erhielten die Gäste ein Marzipan-Glücks-Schwein. Ob es dem Glück auf die Sprünge half?

Dass Menschen, denen das Leben nicht nur Glück brachte, auf bessere Zeiten hoffen, erwähnt keine Statistik. Ratgeberbücher beschreiben oft ein Tal, das von Bergen voller Sorgen umgrenzt ist.

Pech, murmelte mein Freund. Er hatte ein Los in die Trommel geworfen, aber nicht gewonnen. Kein Glückspilz. Hätte er die Sterne befragen sollen, ob dem Glück etwas im Weg stand? Er war dennoch froh, nicht überlegen zu müssen, was er mit einem Millionenbetrag unternommen hätte. Glück gehabt? Auf die Wohltemperiertheit des Lebens setzt er. Er zahlt mit Kleingeld statt mit großen Noten.

Man erträgt Glück schlechter als das Gegenteil, behauptet Roman Bucheli in einem Artikel der »Neuen Züricher Zeitung«. Begabung zu ewiger Zufriedenheit gebe es nicht. Er hoffe auf das Glück des Paradieses, doch fürchte er nichts so sehr wie dessen Langeweile.

Drohende Unerträglichkeit des Glücks brachte »Hans im Glück« zu der Einsicht, besser zu leben, wenn er leichter lebte. Seine Geschichte endet nicht mit einem Goldklumpen. Den tauscht er gegen ein Pferd ein, für das er eine Kuh erhält, die er für ein Schwein hergibt.

In Johann Wolfgang von Goethes Briefroman »Leiden des jungen Werther« vergeht Werther an seiner Sehnsucht zu Lotte. Er fühlt sich um sein Lebensglück betrogen. Unerfüllt bleibende Liebe bringt ihn um. Goethe beschreibt das tragische Geschick eines Menschen, der ausbricht aus den Herausforderungen des Lebens, aus Defiziten und wenigen Glücksmomenten. Es gibt für ihn nichts Wertvolles, nur das Warten und Hoffen auf eine vage Zukunft mit Lotte.

Ist nicht auch jetzt öfter von Sorgen die Rede als von Glückserlebnissen? Sorgentöne sind lauter als Glücksnachrichten. Michel de Montaigne, französischer Philosoph, ermuntert uns, trotz scheinbarer oder tatsächlicher Finsternis heiter zu bleiben. Dann könne geglücktes Leben gelingen.

Wenn das Glück anklopft, sollte man zu Hause sein, empfiehlt ein Sprichwort. Es löst keinen Großalarm aus, sondern schleicht sich auf leisen Sohlen heran. Mein Freund war nicht daheim. Ihm sei viel geschenkt worden, wenn auch nicht alles. Er genieße momentanes Glück, das er nicht für spätere Zeiten aufhebe. Auf kleiner Bühne führe er große Stücke auf.

»Der Herr ist mein Hirt. Mir mangelt an nichts.« Der Beter eines biblischen Psalms ist ein Glücksgenie. Er kann nicht anders, als glücklich sein. Er benötigt kein Glückskonzept. Fernab vom Radar der Öffentlichkeit ist er zufrieden mit der Litanei des kleinen Glücks.

Welch ein Glück.

Nimm ihm einige von seinen Wünschen

»Ich habe einen einfachen Geschmack und bin mit dem Besten zufrieden.« Oscar Wilde sagte, was andere nicht denken. Würde er zu Corona-Zeiten leben, verhielte er sich vermutlich nicht anders.

Ob sich jene an ihm orientieren, die zunächst mit denen sympathisierten, die sich in der Bedrängnis mit Wünschen und Forderungen zurückhielten, jetzt aber ihre Münder spitzen und Versäumtes nachholen wollen? Sie sagen, was sie immer sagten. Privilegien dürfen nicht beschnitten, Planungen nicht über den Haufen geworfen werden. Demut war gestern.

Jedes Bild hat eine Rückseite. Man will belohnt werden für Entbehrungen, zu einer Gesellschaft gehören, der das Glücklichsein zusteht. Die meisten sind in Narzissmus gut. Vor Viren sind nicht alle gleich.

Egoistisch ist das nicht. Man warnt vor nicht absehbaren Folgen, wenn Fenster und Türen geschlossen bleiben. Jetzt müsse ans eigene Wohlbefinden gedacht werden. »Hör auf, für Menschen Ozeane zu überqueren, die für dich über keine Pfütze springen«, argumentieren sie.

»Gut zu handeln ist schwer, Gutes zu fordern leicht«, mahnte der chinesische Philosoph Lü Buwei. Ansprüche sind die beliebtesten Sprüche. Sie bestätigen Friedrich Nietzsche: »Der Mensch verspürt Lust, übertriebene Ansprüche zu stellen.« »Erfüllte Wünsche kriegen Junge«, würde Wilhelm Busch hinzufügen.

Unter »verzichten« verstehen viele die Pause zwischen zwei Wünschen, kritisiert Mario Adorf. Dass durstige

Ochsen auch trübes Wasser trinken, wie es in einem ungarischem Sprichwort heißt, kommt ihnen nicht in den Sinn.

René Descartes, ein auf Vernunft vertrauender Rationalist, mahnte: »Wir dürfen nicht glauben, alle Dinge würden unseretwegen geschaffen.« Gerhard Schröder, ehemaliger Bundeskanzler, verwahrte sich gegen eine Plünderung des Sozialstaates: »Wir werden Leistungen kürzen, Eigenverantwortung fördern und Eigenleistung verlangen.«

»Wenn du einen Menschen glücklich machen willst, nimm ihm einige von seinen Wünschen.« Epikur schlug das vor.

Karnevals-Vergütung

Besonderen Kunden unterbreitet die Bank besondere Angebote. Jetzt ein Karnevalsangebot mit außerordentlicher Verzinsung. Zu Beginn eine Grundverzinsung. Das ist normal. Geld verschenkt man nicht, auch nicht meine Bank.

Grundzinsen sind niedrig, weil sie sich am Grund, am Boden bewegen. Sie steigen rasant, wenn die Karnevalsumzüge auf Resonanz stoßen. Plus 0,125 Prozent, plus 0,250 Prozent, wenn die Sonne scheint. Meine Bank geht behutsam mit ihren Kunden um. Wenn einem solches Glück zuteilwird, fühlt man sich wie ein Lotto-Held.

Vorher muss ich Geld einzahlen. Das schüttele ich nicht aus dem Ärmel; vorher muss ich etwas hineingetan haben. Ich ließ es liegen, weil ich auf hohe Grundverzinsung und Zinsgalopp wartete.

Das Restaurant um die Ecke verfährt ähnlich. Es gibt ein leckeres Grundmenü. Fleischbrühe. Pro Tag ein 0,125% größerer Teller. Findet wegen besonderer Umstände kein Karnevalsumzug statt, verkleinern sich die Portionen. Wo habe ich das Geld?

Nicht viele Worte

Sie wollten heiraten. Mit gut vierzig Jahren hielten sie sich für erfahren genug für ihre Entscheidung.

Ihre Eltern, solide und bodenständig, würden es anders sehen. Davon gingen sie aus. Partnerschaft im fortgeschrittenen Alter einzugehen, würden sie mit Skepsis betrachten.

Die Heiratswilligen schmiedeten Pläne, entwarfen ein Frage- und Antwort-Puzzle. Welche Fragen und Bedenken waren zu erwarten? Was würden sie erwidern? Die Liste wurde lang. Strategie kleiner Schritte.

Sie trafen sich zum Nachmittagskaffee, tauschten Freundlichkeiten und Komplimente aus. Dann informierte man die künftigen Schwiegereltern über die getroffene Entscheidung: »Wir heiraten.« Wie Rechtfertigung klang es.

Atempause auf der gegenüberliegenden Seite der Kaffeetafel. Dann von dort die Frage: »Wann?« Atempause auf der anderen Seite. Überrumpelt. Wertlos gewordener Frage-Antwort-Katalog. Fehleinschätzung eines an Jahren und Erfahrung überlegenen Paares.

»Komm«, wies der Vater seine Tochter an; »die Arbeit ruft.« Am Abend saßen sie zusammen und unterhielten sich über Gott und die Welt, nicht über Heiratsvorbereitungen. Später machte Schwiegervater beiläufig eine Bemerkung: »Wichtige Entscheidungen treffe ich sofort.«

Es bedarf nicht vieler Worte, wenn weniges zu sagen ist.

Lesen Sie den Beipackzettel

»Eine Tablette pro Tag«, sagte mein Arzt und schickte mich mit dem Rezept in die Apotheke. »Sagte der Arzt, wie die Tabletten einzunehmen sind?« »Gibt es Ärzte, die das nicht tun?« Der Apotheker überhörte die Gegenfrage.

Was eindeutig erschien, da ärztliche Verordnung vorlag, war komplizierter, als gedacht. Bescheid wissende Helfer setzen ärztliche Anweisungen aus ihrer Sicht in die Tat um.

Mit der Einnahme des Medikamentes musste ich sofort beginnen. Zehn Tabletten, eingeschweißt in eine zehn Mal vier Zentimeter kleine Folie. Als Beilage ein sechzig Zentimeter langer Beipackzettel. Die Entfernung vom Arzt zum Apotheker zu mir war vermutlich so lang, dass ich vergessen konnte, wie krank ich war, was verordnet wurde und welche tausendfachen Konsequenzen sich ergaben.

»Lesen Sie den Beipackzettel. Informieren Sie sich über Einnahme und Nebenwirkungen.« Das mehrfach gefaltete, eng bedruckte Papier wollte gelesen werden. Da ich eine Lupe benötigte, vergrößerten sich die Anweisungen über die angegebenen Maße hinaus. Mir leuchtet jetzt die Warnung ein, das Lesen eines Beipackzettels könne Arthritis verursachen.

Ich hätte Gründe gehabt, nicht zu lesen. »Die Zeit dafür sollten Sie sich nehmen.« Ich schloss nicht aus, dass ein Selbstheilungsprozess in Gang kam, ehe ich zu Ende gelesen hatte. Vorabendserien hätte man damit bestreiten können.

Ich tat mich schwer. Mir standen keine Lexika zur Verfügung, um alle Fachbegriffe verstehen und einordnen zu können. Da dies zu depressiven Verstimmungen führen kann, verordnet der Arzt antidepressiv wirkende Medikamente. Natürlich mit Beipackzettel.

Ich schlug mich auf die Seite Verzichtender und ignorierte den Beipackzettel. Wenn ich gesund werde, berufe ich mich darauf, ein Naturprodukt zu sein. Abweichendes Verhalten ist natürlich.

Der Ehrenfriedhof

Die Kreuze sind nicht zu übersehen. Drei hohe Massivholz-Kreuze wurden 1951 errichtet. Nicht Triumphkreuze, vielmehr mahnende Erinnerung an das Leid, das Herrenmensch-Gehabe auf Europa und die Welt abgeladen hatte.

Mahnmale waren sie an ein aus den Fugen geratenes Leben, an eine zertrümmerte Welt, an begrabene Hoffnungen. Erinnern sollten sie an jene, deren Treiben tausend Jahre überdauern sollte, nach zwölf Jahren aber Geschichte war.

Natürlich gab es Ungenannte und Unbekannte, die jüdische Mitbürger vor Deportation und Gaskammer bewahrt hatten. Der Grat zwischen Mitmachen und Widerstehen war schmal.

Viele sahen sich als Opfer der Verhältnisse, als Opfer einer fremdbestimmten Vergangenheit. Befehlsempfänger. Meinungslos. Konfliktscheu. Sie entkernten ihr Gedächtnis. Sie vergaßen ihre Geschichte. Sie wollten nicht konfrontiert werden mit dem, woran sie geglaubt und was sie gehofft hatten. Männer und Frauen mit zurechtgelegter Vita, ohne nachprüfbare Fakten.

Zeitzeugen schwiegen, verdrängten Wahrheiten, schliefen den Schlaf des Vergessens, beriefen sich auf Erinnerungslücken, gingen gegenseitig auf Distanz. Sie entzogen sich, wie William Faulkner schrieb, einer Vergangenheit, die nicht weggegangen war.

Vieles blieb daher unerzählt. Widersprüchliche, verlorene und unverlierbare Geschichten waren darunter. Die scheinbare Zwangsläufigkeit der Ereignisse zu widerlegen und eigene Deutungen nicht zum Maß aller Dinge zu machen, war ein schwieriges, selten gelingendes Unterfangen.

Der Vorsitzende des Kreisverbandes »Volksbund Deutscher Kriegsgräberfürsorge« würdigte die »stillen Helden, die in treuer Pflichterfüllung und Liebe zur Heimat ihr junges Leben hingaben«. »Zeichen der Versöhnung und der Liebe« seien die Kreuze.

Die Kreuze streben aufwärts, nicht den Himmel stürmend, sondern Bodenhaftung behaltend. Man muss die Jahre nach dem Krieg berücksichtigen, als das Konzept entstand. Unheilszeiten, die den Himmel und die Seelen verdunkelten, lagen nicht lange zurück. Nicht jeder hatte Souveränität über sein Leben zurückgewonnen.

Das als Niederlage empfundene Ende des Krieges nach dem anfänglichen Fanatismus warf Fragen auf, die unbeantwortet blieben. Wie sollte es weitergehen?

Die Welt war leer geworden. Zerstörte Städte und zerstörte Seelen. Täuschung und Selbsttäuschung kaum voneinander zu trennen. Wer befreite die Menschen in den Niederungen des Wahnsinns von empfundener Machtlosigkeit?

Man wusste nicht, ob alles anders, vor allem besser würde. Sollte man denen glauben, die einen Neubeginn in Gang setzen wollten, oder raubten sie verbliebene, letzte Hoffnungen?

Kirchentreue entdeckten in der Entchristlichung während der Kriegsjahre, in Kirchenaustritten und im Nichteinhalten göttlicher Gebote Gründe für Zerstörung und Leid.

Dagegen sollten Zeichen gesetzt werden. Jede Zeit macht Menschen zu dem, was sie sind. Die Welt musste vielleicht untergehen, um besser werden zu können.

Die Stadt war in den letzten Kriegswochen Frontgebiet. Gefallene Soldaten konnten nicht von der Truppe beigesetzt werden. Nachrückende Amerikaner bargen die Toten, brachten sie aus dem Umkreis nach hier und begruben ungefähr neunhundert Gefallene in einer Sammelanlage. Ein Drittel der Toten unbekannte Soldaten.

Anwohner umliegender Häuser beobachteten, dass man Leichname in Feldplanen bestattete. Auf den Gräbern wurden weiße, amerikanische Holzkreuze errichtet. 1953 ließ die Kriegsgräberfürsorge Gräber von unbekannten Soldaten öffnen, um die Toten zu identifizieren. Es stellte sich heraus, dass eine Flasche mit ins Grab gelegt worden war mit Angaben zu Waffengattung, Dienstgrad, Todestag und Ort des Todes. Dazu Hinweise zu Körpergröße, Gewicht, Augen- und Hautfarbe. Da Flaschen jedoch undicht geworden oder zerstört waren, konnten nicht alle Angaben ausgewertet werden.

Der Friedhof liegt einen Steinwurf weit von meiner Wohnung entfernt. Hin und wieder suche ich Gräber auf. Manchmal verharre ich. Soldaten scheinen aus langem Schlaf zu erwachen und wissen zu wollen, was mit ihnen geschehen sei und wer sie nach hier brachte. Vor einigen Grabsteinen brennt eine Kerze oder steht ein Blumenstrauß. Sträuße sind verwelkt in der Sommerhitze, Kerzen erloschen. Erinnerungen lassen sich wachhalten, sind aber zeitgebunden.

Das Archiv der Pfarrei überließ mir Kopien von Schriftstücken und Urkunden. Darin lese ich:

Heute erschien Herr Major Kirklang, Vertreter des Gräberdienstes im Hauptquartier der USA, in Fulda mit seinem Dolmetscher Gumpurtz. Er erklärte:

»Ich übergebe den Ehrenfriedhof im Gebiet der Gemeinde in die Obhut des Oberbürgermeisters der Stadt. Dieser übernimmt von dem Augenblick an die Sorge für den Friedhof. Gleichzeitig übergebe ich eine Liste über die beerdigten Toten.«

Bürger und Bauern pflegten die Gräber. Der Leiter der Verwaltung kümmerte sich um die Gestaltung des Friedhofes. Im Laufe der Jahre wurde er zur würdigen Ehrenstätte. Holzkreuze wurden durch Kreuze aus Sandstein ersetzt. Gleichförmige Steine. Geordnete Gräber.

Für wen opferten junge Menschen ihr Leben? Anfangs galten Soldatenfriedhöfe als Orte des »Heldengedenkens«. Heldenbegriffe haben sich relativiert. Wir sind uns unserer Mittelmäßigkeit bewusst geworden, obwohl nicht alle Träume von damals ausgeträumt sind, nicht nur die Träume der üblichen Verdächtigen.

Kriegsgräber-Stätten entwickelten sich zu Orten der Mahnung zum Frieden, gegen Krieg und Gewalt. Die Kreuze fordern, sich mit ihnen auseinanderzusetzen.

Die Umzäunung des Friedhofs weist auf einen schutzwürdigen, zugleich begehenswerten Ort hin. »Kommt und seht«, flüstert der Zaun den Vorübergehenden und Vorbeifahrenden zu. Kommt und überzeugt euch, dass jene, die hier ruhen, zu euch gehören, zur Gemeinschaft der Lebenden und der Toten.

Zwei Sonntage vor dem ersten Sonntag im Advent ist Volkstrauertag. Er erinnert an die Gefallenen der Kriege und die Opfer der Gewaltherrschaft. Die Kreuze sind nicht nur Zeichen der Trauer. Sie wollen Anstöße geben für eine lebenswerte, gewaltfreie, menschenwürdige Zukunft.

Wenn der Eindruck nicht täuscht, leben wir wieder in einer Welt, in der die Hoffnung auf Frieden schwindet. Hass und Gewalt vernebeln die Sinne. Die Friedhof-Kreuze können daher nicht hoch genug sein.

Sechzig Paar Schuhe. Erinnerung an die Juden-Pogrome

Die gegen Juden in Deutschland und Österreich vom nationalsozialistischen Regime organisierten und gelenkten Gewaltmaßnahmen belasten bis heute. Sie waren Auftakt zur systematischen Vernichtung der jüdischen Bevölkerung. Nach der NS-Machtübernahme wurden jüdische Geschäfte, Rechtsanwalts- und Arztpraxen boykottiert, jüdische Friedhöfe geschändet, Synagogen in Brand gesteckt.

Die Barbarei endete nicht an den Grenzen des Deutschen Reiches.

Vor dem Holocaust lebten achthunderttausend Juden in Ungarn, zweihunderttausend allein in Budapest. Im jüdischen Viertel »Elisabethstadt« herrschte pulsierendes Leben. Es gab Cafés und Bars, Theater und Geschäfte. Menschen fühlten sich sicher. Auch Juden aus anderen europäischen Ländern waren nach hier geflüchtet.

Dann kamen der Krieg und der Holocaust. Die Nationalsozialistische Bewegung »Pfeilkreuzler« betrieb zwischen 1935 und 1945 einen radikalen Antisemitismus. Blutiger Terror sperrte Juden in Ghettos und transportierte sechshunderttausend jüdische Bürger nach Auschwitz.

»Liebster Karczi, bin leider ohne Nachricht. Hoffe euch gesund. Bitte schreibe sofort über euch.« Die Mitteilung entnahm ich einem Dokument des Ungarischen Roten Kreuzes in Budapest. Sechzehntausend Juden wurden am Donauufer erschossen. Vielleicht auch Karczi. Der Fluss trug ihre Leichen fort.

Vor ihrem Tod mussten sie die Schuhe ausziehen. Sie hatten einen Wert. 2004 stellte der Künstler Gyula Pauer sechzig eiserne Schuhpaare ans Donauufer. Die Schuhe stehen oder liegen wie zufällig da, als seien sie übrig geblieben von damals.

Und heute? Es wäre nicht leicht, Präsident einer jüdischen Gemeinde in Budapest zu sein, sagte András Heisler, Leiter der Föderation ungarischer Gemeinden in Budapest. Das Magazin »Figyelő« beteiligt sich an Hetzkampagnen gegen George Soros, den amerikanisch-jüdischen Investor und Kritiker des ungarischen Ministerpräsidenten Viktor Mihály Orbán. »Manche Leute wollen die Gefahren nicht wahrhaben, denen wir ausgesetzt sind«, beklagt Heisler.

»Glücklich ist, wer vergisst, was doch nicht zu ändern ist?« Was wir »vergessen«, holt uns wieder ein.

Plüsch

Habe ich das verdient? Plüschsofa am Straßenrand. Entsorgen wolle sie mich, hat sie gesagt. Wer sorgt sich jetzt um mich? Ich habe einen guten Kern.

Sie werde depressiv, wenn sie mich sehe, hat sie gesagt. Plüsch rege sie auf. Plüsch könne sie nicht mehr sehen.

Als Oma starb, nahm sie mich mit. Erbstück, hat sie gesagt. Oma hat sie geliebt. Ich war wie Oma. Über mir hing ein Bild von Oma. Oma und ich waren eins. Ich glaubte für immer.

Als sie auf mir schlief; als sie mit ihm auf mir schlief, hat sie mich geliebt. Gestreichelt hat sie ihn.

Mich hat sie gestreichelt. Schöner Plüsch. Himmlischer Plüsch.

Als das Baby kam, war ich ein kuscheliges Bett, hat sie gesagt. Wir drei waren eins. Ihr Kind an der Brust auch für mich eine Lust. Es war wie für immer.

Wenn sie müde von der Arbeit kam, war ich ein ruhender Pol, hat sie gesagt. Auf mir schlief sie ein. Ihre Arbeit war hart. Ich war ganz weich. Sie spürte es gleich.

Jetzt stehe ich hier. Lebensabschnittssofa. Getrennt hat sie sich, von ihm und von mir. Ich habe einen guten Kern. Aber ich werde entsorgt.

Habe ich das verdient?

Dann eben doch

Schulferien ignoriere ich. Ich habe immer Ferien. Gelegentlich schicken ehemalige Schüler Grüße oder Heiratsanzeigen.

Im vergangenen Jahr war es anders. Während der Sommerferien wollte ich verreisen. Ein paar Tage vorher erhielt ich einen Anruf. Anita hätte eine Ann Marie zur Welt gebracht. Ob ich das wüsste.

Ich wusste es nicht. Ich wusste auch nicht, dass sich Anita an mich erinnern würde. Unsere gemeinsamen schulischen Erfahrungen waren nicht unproblematisch.

Jetzt war Ann Marie da. Anita erinnerte sich. Sie hätte ein Problem. Ob ich Zeit hätte. »Ich fahre in Urlaub.« »Haben Sie keine Zeit?« »Eigentlich nicht.« »Dann eben nicht.«

»Dann eben doch«, beschloss ich. Das Leben macht nachsichtig. Ich fuhr hin und hörte mir ihre Geschichte an. Ich hatte Zeit.

Nur ein Versehen

Das Angebot passte. Die Frühlingsblüher für den Vorgarten kamen wie gerufen. Das Stück sechzig Cent. Zu dem Preis konnte ich zehn Exemplare erwerben oder auch fünfzehn, wenn das Angebot unbegrenzt war.

Die Verkäuferin zeigte sich entgegenkommend und stellte fünfzehn blühende Primeln zusammen. Ich war zufrieden und reichte ihr zehn Euro. Die waren mir meine Zufriedenheit wert.

Die junge Frau war nicht zufrieden. Fünfzehn Euro verlangte sie, vom Computer bestätigt. Ich war überrascht; glaubte ich doch, den richtigen Preis ermittelt zu haben für fünfzehn entzückende Primeln.

Darauf ließ sich die Verkäuferin nicht ein. Das freundliche Gesicht nahm leicht spöttische Züge an. Abwehrreaktion. Ich, der unwissende, ältere Herr, was Kenntnis und Verlässlichkeit moderner Computer betraf, war damit nicht vertraut. Ein hoffnungsloser Fall. Sie forderte mich auf zu zahlen oder nicht rechtens erworbene Pflanzen zurückzugeben. Das wollte ich nicht. Die Primeln blühten gedanklich bereits in meinem Vorgarten, zu meiner und anderer Menschen Freude.

Ich entschied, mein Schulwissen zu aktivieren. Multiplizieren als Grundrechenart würde der jungen Frau bekannt sein. Überall wird gerechnet. Manche Rechenkünste ähneln Milchmädchenrechnungen. Ich wollte den Preis schrittweise und nachsichtig verdeutlichen.

Es gelang nicht. Der Gärtnerei-Computer zeigte einen anderen Preis als den von mir behaupteten. Er blieb Maß aller Dinge. Sollte ich mich fügen oder ihr vorschlagen, die Eingaben auf ihrem Gerät zu überprüfen? Sie mit meinem Wissen einzuschüchtern widersprach pädagogischem Verständnis. Gegen Technikgläubigkeit, einer zeitnahen Form des Wunderglaubens, war ich machtlos. Gegen eine junge Frau mit viel Herz und etwas weniger Verständnismöglichkeit musste ich meinen Widerstand aufgeben.

Der Inhaberin des Ladens waren die Rechenversuche nicht verborgen geblieben. Sie lobte mein Wissen gegenüber technisch errechneten Fakten. Dennoch nahm sie ihre Angestellte in Schutz. Deren Verhalten wäre nicht ehrenrührig, daher entschuldbar. Die junge Frau wäre erst im zweiten Lehrjahr und hätte auf ihre Weise korrekt gehandelt. Nur eine Liederlichkeit. Ich sollte daher Nachsicht walten lassen gegenüber einem kleinen Versehen.

Die Primeln wussten nicht, was ihnen blühte. Sie blühen dem Frühling entgegen.

Willis Kleingarten. Sein zweites Zuhause

»Macht euch die Erde untertan. Nach diesem Schöpfungsauftrag machten Mitglieder des Kleingartenvereins aus unfruchtbarem und sumpfigem Gelände blühendes Kulturland.« Eine Zeitungsnotiz.

Die Anlage feierte ihr fünfzigjähriges Bestehen. Willi hat in verschiedenen Funktionen als Ideensammler, Berater, Vorsitzender und Organisator diese Jahre mitgestaltet.

Ich sitze mit ihm in seiner Gartenlaube. Einfach klingt es, ein brach liegendes Gelände in eine blühende Anlage zu verwandeln, die ein Kleinod geworden ist. »Die Arbeit macht mich kaputt«, erwähnt Willi, ein Mitglied des Vereins, der die Anfänge miterlebte.

Er erzählt von dem Kraftaufwand, mit dem der Platz für die Platane vorbereitet wurde, um die Voraussetzungen für das Wachsen des Baumes zu schaffen. Die Anlage erhielt bereits drei Jahre nach ihrer Gründung die Bronzeplakette beim Bundeswettbewerb der Kleingärtner. Stadtsieger beim Kleingarten-Wettbewerb war sie. Den Pokal für die umweltfreundlichste Gartenanlage erhielt sie. Das ehrt alle, die im wahrsten Sinn hier Hand angelegt haben.

Die Hilfsbereitschaft eines Landwirtes sei zu erwähnen, sagt Willi und rühmt das Engagement in höchsten Tönen. Mit seinen Fahrzeugen und Maschinen leiste er unschätzbare Dienste. Nicht schwer zu erraten, wer die tonnenschweren Findlinge in die Anlage hievte.

Wer hierherkommt, wird auf den »Natursteinweg Vorster Busch« geleitet. »Siltstein/Eifel, 380 Millionen Jahre alt.« »Grauwacke mit Quarz-gefüllten Klüften, 380 Millionen Jahre.« »Quarz-Sandstein, 20 Millionen Jahre.«

Die Anlage will nicht heile Welt jenseits der Realität sein. Gestern und heute verbinden sich. Alt und Jung treffen sich zu Arbeit, Fest und Feier. Die kleine

Oase vermittelt einer lauten, überlärmten Welt Impulse. »Ich fahre möglichst jeden Tag hierher, um zu schauen, ob alles in Ordnung ist«, sagt Willi. Früher fuhr er sonntags mit Frau und Töchtern an die See. Dort packten sie die Klappstühle aus und genossen die Natur. Jetzt freut er sich über seinen Gartenteich, den er anlegte. Er zieht Ziersträucher und Pflanzen heran. Wissen und Können eignete er sich an. Fuchsien und Rosen, Perücken- und Hibiskus-Stauden brachte er zum Blühen.

Einen Feigenbaum-Setzling erhielt er von einem Gartenfreund. Ein großer Baum wurde daraus, an dem Feigen reifen. In Gärten von Nachbarn und Freunden wachsen mittlerweile Feigenbäume. Sie haben die Reise durch Nordrhein-Westfalen angetreten, schmunzelt Willi.

Auch die Gemüseecke kann sich sehen lassen. Willi ist Selbstversorger und sein eigener Koch. Statt Obst und Gemüse zu kaufen, die viele Flugkilometer hinter sich haben, erntet er Kartoffeln und Bohnen aus eigenem Anbau. Ranken sich Bohnen nicht so um die Stangen wie gewünscht, hilft Willi nach. Fällt die Ernte üppig aus, findet er dankbare Abnehmer.

Willi erlebt, wie etwas wächst. Wachsen braucht Zeit. Auch er nimmt sich Zeit und kommt zur Ruhe. Dennoch hat er Pläne: Kann er einen Imker gewinnen? Er selbst kümmert sich um Insektenvielfalt in der Anlage. Blumenbeete kommen der Natur zu Hilfe.

Willi hat Lebenszusammenhänge sehen gelernt. Das Gespräch mit ihm beeindruckte mich. Es hat mich vieles neu sehen gelehrt. Ich verstehe, dass Willis Garten kein Ort für verträumte Stunden ist, sondern sein zweites Zuhause.

Der Uhrentüftler

Dass er achtzig Jahre alt ist und noch lange leben will. Dass er Volleyball spielt in der Sportgruppe und reaktionsschnellster Mitspieler ist. Dass er bei der Gartenarbeit vom Baum stürzte und das nicht dramatisiert. Das sagt viel über ihn aus.

Er hat sich seine körperlich-geistige Kondition erhalten. Und er pflegt sie. Dass Zeiten und Jahre Spuren hinterlassen, trifft auf ihn anscheinend nicht zu. »Ich habe immer zu tun«, schränkt er ein, als ich um ein Gespräch bitte. Ich möchte etwas über seine Uhrenkünste erfahren, seine Lieblingsbeschäftigung.

Wilhelm ist Pensionär. Fünfundzwanzig Jahre war der gelernte Kunstschmied an einer Schule als Hausmeister tätig. Zu Lehrern und Schülern pflegte er gute Beziehungen. Ein Metallschild im Hobbyraum verrät seinen hintergründigen Humor, der ihn umgänglich machte für Lehrer und Schüler. Niemand konnte ihn gegen sich aufbringen.

Der Hobbyraum ist Arbeitsraum, nicht Uhrenmuseum. Einige Modelle bewundere ich. An manchen arbeitet er, bestellt Ersatzteile, bastelt Stunden- bzw. Minutenzeiger. Er sorgt dafür, dass die Uhren auf der Höhe der Zeit bleiben.

Manchmal muss er eine Uhr mehrmals in ihre Einzelteile zerlegen, schrittweise »verstehen« lernen. Jedes

Rädchen und Teilchen gehört an eine dafür vorgesehene Stelle. Das macht ihn zum Tüftler, Bastler und Teilchenbeschleuniger. Das Gehäuse einer Uhr gewährt begrenzte Einblicke in ihr Inneres.

»Guck mal«, bitten Leute, die ihn kennen und ihm ihr Uhren-Schätzchen anvertrauen. Auch um die Kirchturmuhr kümmerte er sich. Welcher Uhrmacher klettert auf Kirchtürme? Zumindest würden andere auf Gefahrenzulage bestehen.

Wilhelm versteht seine Tätigkeit als Hobby. Er kooperiert mit einer Uhrmacherin, die in der Nachbarschaft ein Uhrengeschäft betreibt. Eine Hand hilft der anderen. »Wenn eine Arbeit zu kompliziert ist, erledige ich das für sie.« Beide wissen, was sie aneinander haben.

Auf Uhren wurde der Tüftler während seiner Schulzeit aufmerksam. Einen Lehrer ärgerte die Uhr im Klassenraum. Er wollte sie gegen ein Bild austauschen. Willi legte ihr Innenleben frei. Seit dieser Zeit lassen Uhren ihn nicht mehr los. Er lernte einen Händler kennen, der Geschäfte mit Möbeln und Uhren betrieb. Als ein Kollege eine Uhr auseinandernahm, aber nicht zusammenzufügen wusste, war der Tüftler zur Stelle. Versuch und Irrtum erweckten sie zum Leben. »Hinsehen und die Bewegungen der Uhr studieren.« »Zunächst nicht Gelingendes ist der Anfang des Gelingens.« Willis Philosophie. Uhren sind keine Altertümer für ihn, die Uhren in seinem Arbeitsraum kein Bilderbuch vergangener Zeiten. Sie ticken wieder oder noch. Einige sind nicht zu »überhören«.

Die Menschen orientieren sich am Uhrzeiger-Rhythmus, erwähnt der Tüftler. Als es noch keine tickenden

Uhren gab, richtete man sich nach der Sonne. Da sie im Osten aufgeht, nach Süden wandert, im Westen untergeht, erhielten die Uhrzeiger Rechtsdrehung.

Ich könnte Wilhelm lange zuhören. Von den Familien seiner Töchter und den Enkelkindern könnte er erzählen. Davon, dass er mehr als dreißig Mal mit der Matthias-Bruderschaft quer durch die Eifel zum Grab des Apostels Matthias nach Trier pilgerte.

Aber die Uhren warten. Zusammen mit ihnen und seiner Frau bleibt er im Takt. So gelingt ihm das Leben.

Wundersame Schätze

Coblenz, den 28.1.1881

Geliebte Eltern, Oheim und Geschwister
Jetzt nach vergangenem Weihnachtsfeste will ich euch mal schreiben, wie es mir überhaupt mit Weihnachten gegangen ist. Es sind viele in Urlaub gefahren, weit über die Hälfte, alle die gefragt haben, haben fast Urlaub erhalten.

Als sein Großvater den Brief schrieb, leistete er in Koblenz seinen Militärdienst ab. Er schien nicht unbedingt auf Urlaub zu warten. Indiz für seine »Bauernschläue«. »Unter dem Christbaum lagen Brieftaschen, Hosenträger, Notizbücher und andere Sachen. Verlosung von Geschenken fand statt. Dazu ein Abendessen, wie ich es lange nicht gehabt habe. Und Bier genug.«

Heinz besitzt und pflegt Schätze, nicht nur den in Sütterlin-Schrift verfassten Brief. Wem er einen Blick gewährt hinter das Gemäuer der Fachwerk-Hofanlage, gerät ins Staunen über wunderbare und wundersame Objekte.

Die meisten landwirtschaftlichen Aktivitäten auf dem Hof übertrug er inzwischen einem Sohn. Trotz seines Alters ist er hellwach und erledigt per Fahrrad seine Erledigungen. Statt sich in die Hängematte zu legen, begibt er sich mit der »Zweitausführung« seines Hofladens in eine Nachbarstadt, um Obst und Gemüse aus eigener Ernte anzubieten.

Sein Familienname leitet sich von »Vinzenz« ab. Namen haben eine Geschichte. Leicht erkennbar ist sie, wenn ursprüngliche Berufsbezeichnungen dahinter ablesbar sind wie Schumacher, Müller, Jäger.

»Geliebte Eltern«. Die Briefe sind wertvolle Dokumente und Zeugnisse für Gegenwart und Vergangenheit seiner Familie und Ahnen. Dazu gehört auch ein Schriftstück aus den Jahren der Befreiungskriege, die Napoleons Herrschaft über Europa beendeten.

Was treibt den Landwirt an, im Internet zu stöbern, Museen aufzusuchen, Geschichten über seine Schätze nachzuspüren, nach neuen Schätzen Ausschau zu halten? Weil, was gestern war, noch heute wichtig ist. Geschichten gehen nicht zu Ende.

Er bedauert, dass die junge Generation das anders sieht und den Eindruck erweckt, es gebe weder gestern noch morgen. Er hofft, dies möge kein endgültiger Befund sein.

Wir stehen vor einem Gefäß mit Blumen im Innenhof. Kein überdimensionaler Blumentopf, sondern ein Kupferkessel für eine Krautpresse. Äpfel, Birnen, Zuckerrüben wurden zu »Kraut« verarbeitet. Begehrter Brotaufstrich.

Krautpressen gehörten zu landwirtschaftlichen Einrichtungen. Der genietete Kessel, von außen mit Mörtel verkleidet, stand eingemauert im Hof und wurde über offenem Feuer erhitzt. Aus meiner eigenen Familiengeschichte weiß ich, wie schnell eine Krautmasse anbrannte, wenn das Obst nicht umgerührt wurde.

Auf Bauernhöfen wurde gewogen. Das setzte Kenntnis voraus über Futterzukäufe für das Vieh und das Verteilen der Düngermengen. Heinz trug unterschiedliche Waagen zusammen: Waagen mit Schiebegewichtseinstellung, Apotheker-Waagen, Balkenwaagen, Kaufmannswaagen. Er zeigt mir eine Papierwaage, die Papiergewichte in Gramm pro Quadratmeter berechnet. Die aus dem 19. Jahrhundert stammende Flüssigkeitswaage mit gedrechseltem Holzköcher bestimmte die Dichte einer Flüssigkeit.

Zum Wiegen benötigte man Gewichtssteine. Der Sammelexperte besitzt etliche aus verschiedenen Materialien, in unterschiedlichen Maßangaben und Größen. Besonders erwähnenswert die um 1918 hergestellten »Porzellangewichte«.

Der Zollverein besaß das Hoheitsrecht über Maße und Gewichte. Die Absicht: Es sollte ein von Handelsschranken freier Wirtschaftsraum entstehen. Ein Gesetz von 1816 schuf innerhalb Preußens erste Handelsvereinfachungen in der Form eines einheitlichen Messwesens. Es war noch nicht das französische, metrisch-dezimale Maß- und Gewichtssystem wie in den anderen deutschen Ländern. Um Verwechslungen zu vermeiden, stand auf Preußischen Gewichten neben der Gewichtsangabe ein »Pr.« für Preußen.

1818 fielen die Zollschranken. Das führte zur Preußischen Freihandelszone. Ihr schlossen sich nach und nach andere deutsche Länder an. So kam es am 1. Januar 1835 zur Gründung des »Deutschen Zollvereins« unter Führung Preußens.

Inzwischen lösten Eichämter den Zollverein ab. Sie sind zuständig für das gesetzliche Messwesen, konkret für die Eichung sowie Verwendung und Marktüberwachung von Messgeräten.

Was nicht gewogen wurde, musste gemessen werden mit Scheffel oder Malter, zwei alte Getreidemaße. Die Kartoffelschälmaschine musste nicht messen. Sie schälte, was rund war. Mit Augenzwinkern betont der Sammler, es funktioniere ohne Strom und sei klimafreundlich. Erfindergeist kennt keine Grenzen.

Heinz ist trotz seiner Sammelleidenschaft ein Landwirt geblieben. Mit wachem Geist verfolgt er Fragen und Probleme heutiger Landwirtschaft. Er verkennt nicht Fehlentwicklungen, verweist aber auf regelmäßige Kontrollen von Produkten und Ackerflächen, die verantwortliches Handeln sicherstellen sollen.

Heinz ist, was auch auf seine Schätze zutrifft: eine Rarität.

Ein Jubiläum

»Fünfzig Jahre, ach du Schreck, der Lack und der Zauber des Anfangs sind weg.«

Das muss nicht zutreffen. Dass wir es fünfzig Jahre miteinander ausgehalten haben, liegt am Verständnis, das wir füreinander aufbrachten. Auch nach langer Zeit ist die Frage »Wie geht es dir?« ehrlich gemeint.

Wenn gesagt wird, ein Geschäft zu eröffnen sei leichter, als es offen zu halten, stimmt das, auf uns bezogen, auch. Situationen gab es, die im Drehbuch nicht eingeplant waren. Riskante Überholmanöver brachten uns ins Schlingern. Von unberechtigten Hoffnungen und irrealem Wunschdenken verabschiedeten wir uns, wenn das Leben Geschwindigkeit aufgenommen hatte. Erfahrungen von gestern taugten nicht immer für die Gegenwart.

Manche Begebenheit verblieb bruchstückhaft im Gedächtnis. An einige Fakten erinnern wir uns. Wir sehnen uns nicht zurück nach einer »guten alten Zeit«. Wir planen die Zukunft.

Wir stimmten nicht immer überein mit unseren Ansprüchen und machten Frusterfahrungen. Wir wurden kompromissbereit und öffneten Räume für versöhnte Verschiedenheiten.

Es soll Menschen geben, die keine Freunde brauchen, da sie auf Durchreise sind. Das gilt nicht für uns.

Aus dem Lot gerieten wir nicht, weil wir nicht nur den irdischen, sondern auch überirdischen Mächten vertrauten. Wir wussten, wo die nächste Kirche stand. Wir brachten nicht nur unseren Verstand in Begegnungen und Gespräche ein, sondern auch Glaube und Herz.

Uns kam zugute: Wenn Türen sich schließen, öffnen sich andere. Erfahrung von Nähe und Solidarität ist uns geblieben.

Wir sind nicht mehr voller Tatendrang. Aber wir verabschieden uns nicht in den Altersstau. Kein »Über allen Gipfeln ist Ruh«. Neugier auf Neues ist ungebrochen. Wir gehen jedoch nicht irgendwo hin, wo wir nicht erwartet werden.

Das Laufen und Denken wird uns hoffentlich nicht schwerer fallen als bisher. Auch alte Organe können gute Führungszeugnisse erhalten. Positives Denken sei die wichtigste Kleidung, die man tragen könne, sagt man.

Möge uns solches Denken und Handeln weiter gelingen, damit die uns noch verfügbare Zeit nicht ziel- und sinnlos bleibt.

»Celebrari«. Es darf gefeiert werden.

Zur Achtzig

Dass wir diesen Geburtstag feiern, verdanken wir deinen Eltern. Du erblicktest als viertes von neun Kindern das Licht der Welt. Aus heutiger Sicht ein leichtsinniges Abenteuer, das deine Eltern eingingen. Über solchen Kindersegen freuen sich in unseren Tagen Menschen, die angeblich vom Kindergeld leben wollen.

Kindergeld gab es auch damals. Es war Geld, das Kinder verdienten, wenn sie erwachsen waren und den Lebensunterhalt ihrer Eltern sichern mussten. Ehe Kinder jetzt Geld verdienen und sich selbst verwirklicht haben, leben die Eltern oft nicht mehr.

Ein Minister spottete, früher wären Menschen mit »fünfunddreißig« fröhlich gestorben. Heutzutage würden sie sich ins Jammertal verirren, ohne die »Achtzig« zu schaffen. Er hätte ergänzen können, nicht alle würden »achtzig«, weil sie zu lange »vierzig« bleiben wollen.

Achtzig Jahre sind Anlass, mit Freunden und Verwandten zu feiern. Gastfreundschaft ist ein hohes Gut. »Mein Haus ist dein Haus«, lautet ein lateinisches Sprichwort.

Oma ist neunzig

Die Sippe versammelt bei Suppe und Semmel. Man kann es kaum glauben, wie fit Oma ist, froh und gelassen den Jubel genießt. Sie ist es, die Beachtung verdient. Woran es liegt? Frische Landluft und morgens ein Ei.

Sie hat viel durchlebt in all diesen Jahren. Bürden des Lebens hat sie getragen. Sie kennt ihre Grenzen. Sie ist nicht vollkommen. Das macht sie sympathisch. Das macht sie menschlich. Woran es liegt? Sie fühlt sich behütet.

Oma schätzt besondere Werte. Bescheidenheit ihr Fundament. Sie weiß, wer sie ist. Sie weiß, was sie will. Sie weiß, was sie tut. Woran es liegt? Ein bisschen an ihr. Ein bisschen an uns.

Ihr Leben lohnte in all ihren Jahren. Es könnte, wer wollte, mit ihr daher beten: Ich danke dir Gott für all meine Jahre und jene Zeit, die du doch noch schenkst.

Silberlinge

»Der Schatz im Silbersee«. Abenteuerroman von Karl May. Ein Bösewicht zieht raubend und mordend mit Kumpanen durch das Land. Sie sind auf dem Weg zum Silbersee, um in den Besitz eines Schatzes zu kommen, der im See versteckt sein soll.

Man muss sich nicht solcher Methoden für eine Schatzsuche bedienen. Viele haben ihren Schatz gefunden und ihn nicht mehr hergegeben. Das ist nicht selbstverständlich in Zeiten zerbröselnder Partnerschaften, in denen man heute lächelt und morgen sich nichts mehr zu sagen hat.

Zunächst Harmonie. Dann Zerrüttung für immer. Lebensabschnitts-Stückwerk, das sich auflöst in Wohlgefallen. Leidenschaften erkalten, Liebesschwüre verstummen. Ausreden erfinden. »Wir bleiben für unsere Kinder da.« »Danke für euer Verständnis.«

Man übersieht: Silber ist ein bewährtes Metall. Andere Metalle übertrifft es an Helligkeit und Glanz. Wenn Silberhochzeitler ihr Silberstück hüten, können sie eine Wertsteigerung erleben, die es im Laufe der Jahre erlangt. Silberpreise stürzen an Rohstoffbörsen manchmal ab. Spekulanten vertrauen anderen Werten. Aus Silberlingen könnten Goldstücke werden. Aber es dauert, ehe eine Silbergrube zur Goldgrube wird.

Seit dem Verrat des Judas an Jesus von Nazareth haben Silberlinge keinen guten Ruf. Der Halunke verriet seinen Chef für dreißig Silberlinge. Sie hätten für den Kauf eines Esels gereicht. Wer hat ihn beraten?

Silberlinge können ein Silberstreif am Horizont sein.

Gelegentlich sieht man Kondensstreifen, Hoffnungsstreifen am Himmel. Sie nähren die Zuversicht, mit Herausforderungen des Lebens fertigzuwerden. Die Welt ist nicht so intakt, wie wir es uns wünschen. Man trifft Menschen, die sich schwertun, ihr Leben mit den Vorstellungen anderer in Einklang zu bringen.

Wenn es dunkel ist, kriechen aus Ecken und Ritzen kleine Lebewesen hervor und gehen auf Jagd. Wer hat sie Silberfische genannt? Sie dürfen einem die Lebensfreude nicht madig machen. Zudem steht fest: Sobald es hell wird, verziehen sie sich.

Seit der Vertreibung aus dem Paradies müssen wir uns mit Dornen und Disteln abgeben, statt paradiesische Zustände zu genießen und uns auf die faule Haut zu legen. Es könnten Silberdisteln sein, aber auch die pieken. Lasst die Disteln stehen. Sie erinnern daran: Das Leben ist kein Wunschkonzert.

Vermutlich wurden Menschen aus dem Paradies nicht vertrieben, sondern verließen es aus freien Stücken. Nicht, weil sie von verbotenen Äpfeln aßen, sondern erlebten, dass nichts schwerer zu ertragen ist als viele gute Tage. Der Paradies-Verlust war ein Glücksfall.

Pflegt eure Silberschmiede. Lasst sie im Laufe der Jahre zur Goldschmiede werden. Wer im silbernen Bett schläft, darf goldene Träume haben.

Generationentreff

»Generationen im Dialog. Erinnerung an die Schulzeit« in einer Begegnungsstätte der AWO. Das Gebäude beherbergte einmal die »Graf-Haeseler-Schule für Haushaltungsunterricht und Gartenbau«. Graf von Haeseler. »Paladin«, mit besonderer Würde ausgestatteter Adliger von Kaiser Wilhelm II. und Generalfeldmarschall.

Die Schule verfügte über eine Küche mit Doppelherden. Erzeugnisse aus dem Garten wurden verarbeitet. Jugendliche sollten auf ein Leben im Haushalt und im heimischen Garten vorbereitet werden.

Heutige Studenten haben andere Lebens- und Berufsvorstellungen. Dennoch sind sie daran interessiert, was »früher« war und was daraus geworden ist. Pädagogische und wirtschaftliche Interessen sind geblieben.

Ehemalige Schülerinnen der Schule waren anwesend. Eine erzählte ihre Geschichte vom Brotbacken. Der Brotteig wurde in der nahe gelegenen Bäckerei abgebacken. Dort holte sie das Brot nach Schulschluss ab. In der Regel gelang es ihr, das Brot auf die zweite Etage ihrer Wohnung zu befördern. Einmal machten Brot und Trägerin auf halbem Weg schlapp.

Die heiter gestimmte Runde lachte. Da man sich damals selbst versorgte, war dieses Malheur vermutlich nicht zum Lachen gewesen.

Erinnerungsgegenstände wurden gezeigt. Ein »Maßstab« darunter, mit dem das Verhältnis einer Länge zur Entsprechung in der Realität berechnet wurde. Straßenbau hatte der rüstige Rentner erlernt, den Maßstab erworben im zweiten Lehrjahr. »Höhere Schule« konnten sich seine Eltern nicht für ihn leisten. Hauptziel der Schule war es, »Kräfte zu sammeln, die zu einem guten Arbeiter befähigen«, hatte Bürgermeister von Groote gesagt. Sein Besitzer hält den Maßstab in Ehren. Er erinnert ihn ans Schul-Internat. Nicht das Internat war ihm wichtig, sondern das Essen.

Praktischer Unterricht beschäftigte sich mit Nährstoffen und Nährwertgehalten. Schon damals war »Gesundes Essen« Thema. Nicht alle hatten »genug zu essen«.

Was ist heute Maßstab, lebensgerecht? Einige gaben persönliche Antworten. Angeregt durch die beiden Studenten, wurden Schule und Alltag wieder lebendig.

»Stricken, das ich in der Schule erlernte, war Ersatz für das Lesen«, erzählte eine Dame. Das gelte immer noch, allerdings nicht immer mit gewünschtem Ergebnis, räumte sie ein. Dass sie Socken versehentlich an der Couch annähte, entsprach nicht deren Verwendungszweck.

Schulische Jonglierkurse konnte sich niemand vorstellen. Für die »Künstlerin« fiel die Schule daher positiv aus dem üblichen Rahmen. Ein anderer Gast, der eine Bioklausur über den Sperling schreiben sollte, musste zunächst vom Lehrer informiert werden, was für ein Vogel das war. Der Lehrer zeichnete ihm einen Spatz auf den Klausurbogen.

Die Begegnung von Alt und Jung entwickelte sich zur unterhaltsamen, zugleich nachdenklich stimmenden Erzählrunde. Eine Teilnehmerin hatte ihre alte Blockflöte dabei, Erinnerung an eine Schulzeit, die ihr zum immer noch gehüteten Instrument verhalf.

Zwei Schlüssel verdeutlichten, dass nicht jedes Erlebnis in eine offene Schatzkiste gehört. Erlebtes kann sich tief eingraben, braucht manchmal Schutzräume. Wer es aufdecken will, muss um den Schlüssel bitten.

Unsere Liebe Frau von Mainz

Sie werden sich daran erinnern, dass ich Sie bei einem vergleichbaren Anlass als »Neandertalerin« begrüßte. Ich weiß nicht, ob Sie es als angenehm empfanden, von mir zurückversetzt zu werden in die Steinzeit.

Das korrigiere ich heute und heiße Sie in einer modernen und doch geschichtsträchtigen Stadt willkommen. »Unsere Liebe Frau von Mainz«.

Der Titel »Unserer Lieben Frau« wird auch anderweitig verwandt. Der Dom »Zu Unserer Lieben Frau« in München wird so genannt. Im Volksmund die »Frauenkirche«, Kathedralkirche des Kardinals von München und Freising und Wahrzeichen der bayerischen Landeshauptstadt.

In Mainz haben sich Mainzelmännchen und Mainzelfrauchen um Sie geschart. Nicht wegen der Altstadt mit ihren Fachwerkhäusern und den Marktplätzen, sondern Ihretwegen.

Die Stadt, in der Sie zu Hause sind, ist auch eine wohnliche Adresse. Sie wollten zeigen, dass zum besonderen Anlass eine besondere Atmosphäre gehört. Mainz bleibt Mainz mit seinem Charme und Flair.

Zu Fassaden haben Sie persönliche Beziehungen. Einerseits sorgten Sie und Ihr Mann dafür, dass in Gestalt Ihrer Söhne junge Fronten das Familienbild prägen. Andererseits weist ein Blick in die Runde Ihrer Geburtstagsgäste auf eine große Zahl bewunderungswürdiger, älterer Baudenkmäler hin.

Dass viele gut erhalten und rüstig sind, verdanken sie auch ärztlicher Restaurierungskunst. Als Arzttochter wissen Sie, Liebe Frau von Mainz, wozu diese imstande ist. Möge Ihre eigene Substanz noch lange intakt bleiben.

Ein Rundgang durch die Stadt führt zum Dom mit seinem roten Sandstein und dem achteckigen Turm. Ich weiß nicht, warum die Bauleute einen Turm mit vielen Ecken konstruierten, vielleicht als Abbild des Lebens.

Jemand sagte, es sei besser, ein eckiges Etwas zu sein als ein rundes Nichts. Das schätzen wir an Ihnen. Sie sind keine geometrische Figur ohne Ecken und ohne Kanten. Die gehören zu Ihnen.

Ich erinnere an das indische Elefanten-Gleichnis, die Parabel von den blinden Männern und einem Elefant. Ein Fürst versammelte blind geborene Männer um sich, die einen Elefant untersuchen sollten. Nachdem alle ihn befühlt hatten, sagte er: »Ihr habt einen Elefant erlebt. Erklärt mir jetzt, was ein Elefant ist.«

Einer antwortete, ein Elefant wäre ein Kopf. Ein weiches Ohr, ein Stoßzahn, ein Rüssel, ein Bein, ein Schwanz urteilten die Nächsten. Jeder hielt ein Körperteil für den ganzen Elefanten.

So geht es uns auch mit Ihnen, Liebe Frau von Mainz. Jeder erlebte ein Stück von Ihnen. Jetzt wird aus den Einzelerfahrungen ein Gesamtbild.

Wir möchten unser Sehen noch lange mit Ihnen fortsetzen dürfen.

Kein lustiges Zigeunerleben

»Ja, das Schreiben und das Lesen ist nie mein Fach gewesen. Schon von Kindesbeinen befasste ich mich mit Schweinen.« »Der »Zigeunerbaron«, Operette von Johann Strauss, fußt auf Klischees. Amouröse weibliche Schönheiten verstärken den Eindruck.

In einem Universallexikon des 18. Jahrhunderts sind »Zigeuner« Leute mit »Merkmalen der Delinquenz«, »ohne ortsfeste Lebensweise«, »dreckig und gefährlich«, »Landstreicher, die betteln, stehlen und betrügen.« Zielscheiben sozialer Ächtung.

»Zigeuner«, die sich in Europa vor sechshundert Jahren ansiedelten, waren in England »Gypsies«, im französischen Sprachraum »Bohemiens« bzw. »Manouches«, in den Niederlanden »Heiden«, in Spanien »Gitanas«.

Die Bezeichnung »Zigeuner« sieht der »Zentralrat Deutscher Sinti und Roma« als Beschimpfung. Sie unterstütze Vorurteile der Rassenforschung in der NS-Zeit.

In Rumänien ist »Cioara, Rabe« Schimpfwort für Roma-Angehörige. Kinder, die andere ärgern wollen, wippen mit den Armen und imitieren den Flügelschlag des Raben. Das soll heißen: Ihr seid Kinder von Rabeneltern. Die vernachlässigen ihre Kinder.

In »Deutsch« sprechenden Ländern sind »Roma«

Menschen, die vor rund zweihundert Jahren als Handwerker, Geigenbauer oder Musiker nach Mitteleuropa kamen. Wie soll man auftreten ihnen gegenüber?

Liedermacher Reinhard Mey widmete ihnen indirekt sein Lied »Musikanten sind in der Stadt«. Es beginnt mit gängigen Vorurteilen: Haus und Hof vorsichtshalber verriegeln, Frau und Kind in Sicherheit bringen. Sie seien wie eine Epidemie. »Was geklaut wird, bleibt ewig vermisst.« Er zitiert Barnabas, der in der »Apostelgeschichte« der Bibel erwähnt wird. Er stritt mit Paulus wegen der Verbindlichkeit jüdischer Normen.

Dann vollzieht Reinhard Mey eine überraschende Wende: »Lass mich mit ihnen ziehen.«

Eine rumänische Reiseleiterin hatte ihre eigenen Vorstellungen und erzählte von Papan Chilibar, in den man große Hoffnungen setzte. Er scheiterte aber. Nicht weil nicht alle Träume in Erfüllung gehen, sondern »weil er ein Zigeuner war«. Als Hauptdarsteller in dem rumänischen Film »Wenn ich pfeifen will, dann pfeife ich« gewann der Zwanzigjährige beim Berliner Filmfestival den »Silbernen Bär«. Zwei Jahre vorher saß er noch im Gefängnis.

Der abschätzige Tonfall in der Stimme der Reiseleiterin verriet, dass die Geschichte nicht positiv enden würde. »Natürlich« wäre er in sein altes Leben zurückgefallen. Er kehrte zurück zu jenen, mit denen er vorher zusammen gewesen war, und suchte Halt in der Haltlosigkeit seines Lebens. Er kam hinter Gitter und starb.

»Typisch Zigeuner«, mussten wir uns anhören. Daran könnte keine Kultur, keine Bildung etwas ändern.

Wenn jemand Erfolg hätte, würde die Sippe profitieren. Der Anfang vom Ende eines Aufsteigers. Hilfe von außen vergeblich. Mitleid unangebracht. Typische Zigeunerwelt. Saubere Scheinwelt. Schmutzige Realität.

Kein lustiges Zigeunerleben. Ich konnte kein Streitgespräch führen. Reinhard Meys Lust, »mit ihnen zu ziehen«, ihnen seine Stimme zu geben, verhallte. Papan Chilibar hätte es sich bequem machen und seine Erfolge genießen sollen. Jeder gehört dorthin, wo das Leben ihn hinspült. Kometenhafter Aufstieg. Abrupter Fall. Auch Gutwillige scheitern. Der wahre Charakter lässt sich nicht verbergen, höchstens verschleiern. Kitt, der verbindet, bröckelt. Roma sind und bleiben anstößig.

Ein Artikel in der »FAZ Sonntagszeitung« von Rainer Merkel aus seinem Buch »Das Unglück der anderen« scheint das zu bestätigen. Roma seien Meister der Maskerade. Der Autor bezieht sich auf eine Familie, die er im Kosovo kennenlernte. Roma beherrschen das »Versteckspiel mit Waffen erlernter Hilflosigkeit«, schreibt er. Die Familie habe eine Odyssee hinter sich zwischen Deutschland, der Schweiz, Luxemburg und dem Kosovo. Die Tochter besuche keine Schule und fliehe vor der Wirklichkeit.

Das letzte Wort war für mich nicht gesprochen. Nicht alle Geschichten konnten so enden. Lassen sich verkrustete Denkmuster nicht auflösen?

Die Roma. Gegen eine Vorverurteilung

Im Oktober 2012 wurde im Berliner Tiergarten zwischen Reichstagsgebäude und Brandenburger Tor ein Denkmal für ermordete europäische Sinti und Roma eingeweiht. Ein rundes Wasserbecken mit schwarzem Grund.

In der Mitte des Beckens eine dreieckige Stele, die an den Winkel auf der Kleidung der KZ-Häftlinge erinnern soll. Der Bildhauer Dani Karavan schuf die Erinnerungsstätte. Es dauerte viele Jahre, ehe deutsche Roma als Opfer der Nazi-Zeit gesehen wurden. Gleichgültigkeit?

Der ehemalige Bundespräsident Roman Herzog mahnte: »Der Völkermord an Sinti und Roma wurde aus demselben Motiv des Rassenwahns, mit gleichem Vorsatz, mit gleichem Willen zur planmäßigen und endgültigen Vernichtung durchgeführt wie an den Juden.«

Für mich gibt es keine Berlinreise, ohne am Roma- und am Holocaust-Denkmal innezuhalten. Dass bei den Nürnberger Prozessen niemand für die Verbrechen an den Roma belangt wurde, ist schwer verständlich.

Auf einem Friedhof in unserer Stadt befinden sich Grabstätten verstorbener Roma. An bestimmten Tagen im Jahr treffen sich Familienangehörige und Freunde an den Gräbern und »besuchen« ihre Toten, die in ihren Herzen weiterleben.

In lockerer Stimmung werden Geschichten erzählt. Man raucht und prostet sich mit einem Schnaps oder Glas Wein zu. Tote und Lebende bilden eine Gemeinschaft, die nicht beendet ist mit dem Sterbetag.

Hin und wieder war ich bei einem Treffen dabei. Mich beeindruckte das Lebensgefühl, das hier offenbar wurde. Ein Feld, auf dem die Asche Verstorbener anonym verstreut wird, wäre für Roma-Angehörige nicht vorstellbar.

Dass ihr Anderssein und ihr Lebensstil Distanz und Misstrauen auslösen, ist bekannt. Viele sehen in ihnen immer noch die schillernden Mitglieder einer unverstandenen Gesellschaft und kommen Vorurteilen über sie kaum nach.

Roma müssen zum gelingenden Miteinander beitragen, ohne die eigene Lebensgeschichte zu verleugnen. Dann könnte das Andockmanöver gelingen.

Ein Erlebnis während einer Donaureise steht im Widerspruch dazu. Auf meine Frage, warum bulgarische Roma-Kinder im schulpflichtigen Alter tagsüber auf der Straße anzutreffen seien, erhielt ich zur Antwort: »Jungen brauchen keine Schule. Sie können Musiker werden. Mädchen sind klüger und gehen in die Schule.«

Dass miserable Lebensbedingungen zu tun haben mit mangelnder Schulbildung, scheint nicht allen einzuleuchten. Ein Viertel der bulgarischen Roma ist angeblich ohne Bildungsabschluss. Bei Frauen sei Analphabetismus dreimal höher als bei den Männern.

In der Siedlung »Belvil« in Serbiens Hauptstadt Belgrad leben nach Angabe einer Reiseführerin etwa zehntausend Roma. Sie kampieren zwischen Schrott und Abfall in Wellblechhütten. Im Müll sammeln sie Verwertbares und verkaufen es auf Flohmärkten.

Warum nutzen sie nicht ihre Position, fragte ich, da

sie in der Mehrzahl sind? Sind viele machtlos und können keinen Druck ausüben auf jene, welche die Macht in Anspruch nehmen? Die deprimierende Antwort: Den Roma fehle es an Solidarität. Geld würden sie für Geburtstage oder große Hochzeiten sparen, nicht, um vorzusorgen für die Ausbildung der Kinder oder eine bessere Wohnung. Getto-Dasein präge die Mentalität.

Es gibt dennoch Roma, die es geschafft haben:

Coco Chanel, die Tochter eines französischen Straßenhändlers, quälte sich durch ihre Kindheit. Mit Disziplin und Willenskraft schaffte sie es, Unternehmerin und Modedesignerin zu werden, trotz bedrückender Kindheitserlebnisse. Sie gründete das Modeimperium »Chanel«.

Der ungarische Pädagoge József Choli Daróczi verließ mit seinen Eltern die Roma-Siedlung und absolvierte ein Hochschulstudium. Herausgeber einer Roma-Zeitung wurde er und verfasste ein Lehrbuch für die Roma-Sprache »Romanes«. Als Abgeordneter vertrat er die Roma-Minderheit in Ungarn und erhielt ein Verdienstkreuz.

Das Ambedkar-Gymnasium im Nordosten von Ungarn ist ein Gymnasium für Roma-Kinder. »Schule für Europas Unberührbare«. Man nimmt den Kampf auf für bessere Bildung der Roma-Minderheit und nährt die Hoffnung auf Aufstieg durch Bildung.

Die Vielgestaltigkeit der Welt und des Lebens müsste eine Chance, kein Verhängnis sein. Ein Wasserbecken darf nicht noch einmal modelliert werden, weil Menschen für einander unerreichbar waren.

Ich weiß, dass ich nichts weiß

»Testen Sie Ihr Wissen. Unterstützen Sie Ihre Hirnaktivität. Auf los geht's los. Am laufenden Band.« Denksport mit Erfolgszusage. Alles oder nichts. Belohnung mit Einsicht und Wissen.

Ist das eine über jeden Zweifel erhabene Bildung, die Irrtümer ausschließt? Inbegriff sinnerfüllter Freizeitbeschäftigung? Mahnmal gegen mein Nichtwissen? Wer mustert meine Schwächen? Weiß ich nicht, was gut für mich ist? Weiß ich weniger, als ich mir eingestehe?

»Bildung« käme nicht von »Buch«, sondern von »Bildschirm«, ulkte Dieter Hildebrandt. Da ich nicht regelmäßig vor dem Bildschirm hocke, kann es mit meiner Bildung nicht zum Besten bestellt sein. Bilder malen, ein Buch schreiben, Lieder komponieren sind kein quiztaugliches Wissen und Können.

Meine Welt bleibt, wie sie ist. Das ist fatal, weil ich während der Schulzeit »für die Schule«, nicht »für das Leben« lernen musste. Das Lernen lernte ich, unabhängig davon, ob und wofür Erlerntes einmal nützlich sein würde. Ich habe keinen Überblick auf die Überall-Präsenz der Quiz-Zirkus-Aktivitäten mit ihren vorgestanzten Fragen und Antworten. Die Denk- und Wissens-Athleten und Bildungspropheten bemitleiden mich mit ihren neuen Wahrheiten.

Wer es sich vor dem Bildschirm bequem macht, ist ruhiggestellt. Er konsumiert sofakompatible Bildungsangebote. Sich davon befreien könnte man, wenn man sich verhält wie Groucho Marx, Wortführer der Marx

Brothers: Flimmert ein Bildschirm auf, verlässt er das Zimmer.

Unwissend, wie ich bin, aber mit dem Mut des Nichtwissens, hege ich den Verdacht, dass es mehr um Meinungsmache als um Information geht. Auf dem Unterhaltungsdampfer werden Botschaften transportiert mit dem Ziel, Umsätze zu steigern.

Herakles, in der griechischen Heldensage mit göttlichen Ehren bedacht, markierte mit »Non plus ultra« das geografische Ende der damals bekannten Welt zwischen Nordafrika und Gibraltar. Jenseits davon war nichts.

Er irrte. Es gibt mehr als das Nonplusultra. Mich beruhigt das ebenso wie der Kernsatz eines anderen berühmten Griechen, Sokrates: »Ich weiß, dass ich nichts weiß.« Abendländischem Denken verlieh er wichtige Impulse. Er sagte, nichts zu wissen, obwohl er klug war. Wer ihn kannte, ahnte, wie klug er war.

Dass er noch immer gegenwärtig ist, verdanken wir auch seiner Xanthippe. Das zänkische Weib, das jeder Einsicht zuwider handelte, sicherte sich einen geschichtsträchtigen Platz als keifende Frau und wütende Furie. Ihrem nichts wissenden Ehemann verhalf sie zu unsterblichem Ruhm.

»Mit dem Wissen wachsen Zweifel.« Goethe wusste das. Was ist, wenn Neues ins Alte führt? »Wenn andere klüger sind als wir, macht uns das selten nur Pläsire. Doch die Gewissheit, dass sie dümmer, erfreut uns immer.« Wilhelm Busch durchschaute seine Mitmenschen.

Fantasie sei wichtiger als Wissen, tröstet Albert Einstein. Darauf setze ich und lasse mein Nichtwissen nicht testen. Wenn es Wahrheiten nur im Plural gibt, halte ich dagegen, dass wichtig für mich ist, was ich für wichtig halte.

»Was muss ich wissen. Was kann ich tun?« Das fragte Immanuel Kant. Ich bin kein Automat, in den man Münzen einwirft und das gewünschte Ergebnis erhält. Ich lasse mich nicht entmutigen. Ich habe ein Recht, etwas nicht zu wissen. Dennoch besitze ich etwas, das Bildung nahekommt: Ich kann auf andere zugehen und sie an mich heranlassen. Ich leiste einen Beitrag zum Gedeihen des Ganzen. Trotz Nichtwissens bin ich nicht unwissend und ahnungslos.

Noa. Eine Familiengeschichte

Das jugoslawische Vielvölker-Staat-Modell zerfiel in den Balkankriegen zwischen 1991 und 1999.

Nachfolgestaaten entstanden: Kroatien, Serbien, Kosovo, Slowenien, Montenegro, Mazedonien, Bosnien-Herzegowina.

Aus Nachbarn wurden Feinde.

Ich bin mit Isa verabredet. Er kommt aus dem Kosovo. Die allgemeine Unkenntnis beklagt er. Leidvolle Erfahrungen machte er. Nicht alle Wunden vernarbten.

»Wo ist mein Vater?«, fragt er. Wenn er im Kosovo zu Besuch sei, hoffe er, die Tür öffne sich und der Vater komme herein. Seit 1997 wisse man nichts von seinem Verbleib, weder Isas Mutter noch Familie und Freunde.

Tausende tot. Tausende vermisst. Unbewältigte Traumata.

War der Krieg nicht genug? Die Frage stelle er, wenn von ethnischen Spannungen in Bosnien-Herzegowina berichtet werde. In der Grundschule würden die Kinder nach Volksgruppen getrennt unterrichtet.

»Wer hatte etwas von diesem Krieg?« Isa blickt auf seine Tochter: »Sie weiß es nicht.« »Und die es wissen, sagen es nicht. Auch diejenigen nicht, die uns befreit haben, wie sie es nennen.«

Ich höre zu, mache mir Notizen. Noa sitzt auf meinem Schoß. Sie kritzelt mit einem Stift in meinem Notizbuch herum. Spürt sie, was in ihrem Vater vorgeht?

1993 machte er seinen Schulabschluss. Die Zukunft sah er zunächst im Kosovo. »Welche Zukunft?« nimmt er das Gespräch wieder auf. Sein Bruder wohnte inzwischen in Hamburg. Dort hatte er Fuß gefasst und ein Restaurant eröffnet. Isa machte sich auf den Weg zu ihm.

Nach »Wie?« frage ich nicht. Es gibt Fragen, die man nicht stellt. Familiäre Bindung ermöglicht Unmögliches. Isa engagierte sich beim Bruder und übernahm dessen Restaurant, als der sich neu orientierte.

Das klingt einfach, ist es aber nicht. In einem fremden Land schlagen Albanisch sprechende »Ausländer« Wurzeln, werden heimisch. Ich bewundere ihn.

»Wir schauen nicht auf jene, denen es gut geht und die Annehmlichkeiten genießen«, nimmt Isa mein Erstaunen wahr, »sondern auf Menschen, die sich ein besseres als ihr bisheriges Leben wünschen.«

Nicht den Atem anhalten, vielmehr handeln. Isas Erfolgsrezept.

Seit 2012 ist er verheiratet. Statt aufwendiger Hochzeitsfeier zeigte Isa seiner Braut die Glitzerwelt am Persischen Golf. Sie kehrten enttäuscht und geläutert zurück. Das war nicht ihre Welt, nicht Ort ihrer Sehnsucht und Zukunft. »Nicht Geld und Wohlstand brauchen wir. Wir wollen zufrieden sein.« Was Isa sagt und wie er es sagt, ist stimmig.

Zufrieden hat mit »Friede« zu tun. In seinem Herkunftsland herrscht offiziell Friede. Dennoch bestehen zwischen den Volksgruppen Hass und Unfriede. Ein Beispiel die Europameisterschaft 2016 im Fußball. Politisch brisante Partien wie ein Spiel »Kosovo gegen Bosnien-Herzegowina« vermied man. Der serbische Fußballverband legte gegen eine Aufnahme des Kosovo in die UEFA und FIFA Einspruch ein.

Ein englischer Fußballklub bestritt ein Spiel in Belgrad ohne den Spieler Xherdan Shaqiri. Der Klub fürchtete Anfeindungen seitens Belgrader Fans. Xherdan hat kosovo-albanische Eltern.

Für Serbien ist das Kosovo »nicht existierende Fiktion«. Im Kosovo blendet man aus, was mit Serben zu tun hat. Niemand interessiert sich für serbisch-orthodoxe Klöster im Kosovo, die zum Weltkulturerbe gehören.

»Zufriedenheit muss man erarbeiten«, sagt Isa. Wahrheit werde erst Wahrheit, wenn man sie verwirklicht. Ich pflichte ihm bei. Auch wenn die Welt auf dem Kopf stehe, sei das kein Grund zu verzweifeln. Er sagt das, als habe es nie Probleme gegeben.

Zusammen mit seiner Frau eröffnete er ein Restaurant. Speisekarte mit »Balkan-Charakter«. Man speist auch »typisch Kosovo«. »Noa« heißt ihr Restaurant. »Noa«? »Wie unsere Tochter.« Mit Noa und »Noa« planen sie die Zukunft. Nicht als »Gastarbeiter«. Sie wollen zur hiesigen Gesellschaft gehören.

»Deutsch« sprechen die Eltern mit Noa. Wenn sie ihre Oma im Kosovo besucht, wird sie ein paar Wort »Albanisch« beherrschen. »Aber«, betont Isa, »unsere Heimat ist Deutschland. Zurück geht es nicht.«

Welche Wehmut sich dahinter verbirgt, lässt er offen. Isa und seine Familie hoffen Freunde zu finden, auf die sie zählen können.

Wenn Gesten mehr als Worte sagen

Mit der qualifizierten, in einem Seniorenheim tätigen Betreuerin bin ich zu einem Gespräch verabredet. Sie begleitet Menschen, die einen Verlust körperlich-geistiger Fähigkeiten erlitten haben und das quälende Verlöschen ihrer Persönlichkeit erleben.

Sie leiden, wie die Fachsprache sagt, an einem »dementiellen Syndrom«, dem Zusammentreffen von Symptomen, das die Erkrankung auslöst. Die Gegenwart ist entschwunden. Das Gefühl für Zeit haben sie in der Regel verloren. Vom Leben selbst haben sie sich nicht verabschiedet.

Wie geht ein gesunder Mensch, der Bedürfnisse wahrnimmt und ausdrückt, aufschiebt und einer Situation anpasst, auf eine Person ein, die ein Bedürfnis nicht wie gewohnt mitteilen kann?

»Menschen, um die ich mich kümmere«, sagt die Betreuerin, »haben Wünsche und Begierden nicht hinter sich gelassen, wenn sie in unserem Heim angekommen sind.« Es sei für pflegebegleitende Tätigkeiten hilfreich, in die »Vita« schauen zu können, die das Heim über Bewohner anfertigt: Welche Vorlieben wurden in die neue Umgebung mitgebracht? Was isst die betreffende Person gern oder nicht? Welche Kleidung trägt sie am liebsten? Wie war der bisherige Tagesablauf? Gab es ein Hobby, Lieblingsbeschäftigungen?

Es sind nicht Menschen ohne Geschichte, ohne Vergangenheit. Funktionen, die jemand ausübte, sollte man kennen. Erbrachte Leistungen sollten angesprochen werden.

Nicht immer können pflegebedürftige Personen selbst Auskunft geben. Dann erkundige man sich bei Angehörigen z. B. darüber, ob Frau A. bzw. Herr B. nachts auf dem Rücken oder auf der Seite liegen. Nicht nur für Pfleger, die beim An- und Ausziehen und Zubettgehen helfen, seien das hilfreiche Informationen. Auch für Betreuer sei es wichtig, um zum Wohlbefinden der betreffenden Person beitragen zu können.

Auf dem Tisch liegen Folienbilder. Ein Foto mit reifen roten Erdbeeren ist darunter. Ich glaube, das Aroma und den Duft wahrzunehmen, die sie von sich geben. Wenn Sprache verschüttet ist, müssen andere Wahrnehmungen nicht versiegt sein. Die Betreuerin machte sich kundig, dass Patient oder Patientin Erdbeeren vertraut sind. Daher ruft sie Erinnerungen wach und unterstützt sie mit lautem »mhmm«, »lecker«. Sie begleitet ihre Worte mit ausgeprägter Mimik: Weit geöffnete, auf die Person gerichtete Augen, Blickkontakt aufnehmen, Gebärden zeigen, die Freude und Esslust signalisieren.

Auf der Bildfolie zeichnet die demente Person mit dem Finger die Früchte nach. Vertrautes wird lebendig. Erweckungserlebnis. Hilfe anbieten und Hilfe empfangen. Kommunizieren »mit allen Sinnen«.

Informationen werden überwiegend »nonverbal« übermittelt. Bedürfnisse kommen öfter über die Körpersprache zum Ausdruck als mit Worten. Die Betreuerin grüßt mit »Hallo, Frau A. Heute schönes Wetter.« Wichtig, dass »schönes Wetter« mit Mimik und Geste verdeutlicht wird.

Meine Gesprächspartnerin schildert eine Dame, die seit Jahren von ihr betreut wird. Sie spricht nicht, transportiert alles, was in ihr und um sie herum vorgeht, mit lebhaften Gesten. Meistens sitzt sie auf einem Tripple-Stuhl, mit dem sie sich »trippelnd« fortbewegt. Auf dem Flur wartet sie auf die Betreuerin. Wenn sie sich wohlfühlt, trippelt sie mit offenen Armen auf sie zu und wird mit offenen Armen empfangen. Es kommt vor, dass sie ihren Stuhl nicht zum »Trippeln« nutzt und mit abwehrenden Gesten signalisiert, dass sie keinen Kontakt wünscht und auf niemanden zutrippeln möchte.

Demente treten keine Reise ins Ungewisse an, wenn kundige Personen an ihrer Seite sind. Dem versiegenden Leben kann sich keiner entziehen; aber es muss Würde behalten.

Entleeren. Erleichtern. Entwässern

Sperrmülltage werden selten angeboten. An ihrer Stelle Einzelaktionen, bei denen ich an die Straße stelle, was ich loswerden will. Kann das weg? Mehr gekauft, als ich konsumiere, mehr Hosen und Hemden, als ich anziehen kann. Ein Meer an Besitztümern. Ich lebe nicht in Saus und Braus, aber in Hülle und Fülle. Gerümpel, verkommene Schätze, unnützes Nichts haben sich angehäuft.

Wohin damit? Wildwuchs ausmisten. Das Urteil ist gefällt, obwohl ich Erinnerungen mit dem Krempel verbinde. Die halte ich auf Distanz. Ich hätte mich trennen sollen, doch es fiel schwer. Einen Schlussstrich hätte ich ziehen sollen. Mich zu verabschieden von überflüssigen Kilos und schlechten Gewohnheiten, ist einfacher.

Manche Dinge landeten in einer Ecke, wo ich sie für den Fall des Falles, man kann nie wissen, verstaut habe. Die Nutzungsdauer lief ab, Zweitnutzung unwahrscheinlich.

Was ist mit zu Entsorgendem, das ich loswerden will, ohne zu wissen, wo es bleibt? Was soll ich machen, wenn das Bedürfnis, etwas loszuwerden, so groß ist, dass ich jeden Ort, jede Gelegenheit nutzen möchte, sich aber keine anbietet? Nicht alle Bedürfnisse lassen sich unterdrücken. Der Realität kann ich nicht immer entkommen.

Auch der Stadt ist das bewusst. Sie will Abhilfe schaffen, auch auf die Gefahr hin, keine von allen akzeptierte Entscheidung zu treffen. Das bringt sie ins Grübeln.

Verordnungen herunterladen, genügt nicht. Die Notdurft des Losgewordenen duftet zum Himmel, mit unerwünschten Folgen. Stehenden Fußes wird etwas behoben, auch dort, wo Entsorgung nicht vorgesehen ist. Manchmal gibt es Zeugen des Loslassens. Angenehm ist das nicht, der Sache dienlich auch nicht.

Die Stadt hat Probleme angepackt und Ideen gesammelt. Sie lässt sich etwas einfallen. Sie bevorzugt Modelle mit wenig Wasserverbrauch. Hygienisch und umweltschonend müssen sie sein. Nicht alles lässt sich wegmodernisieren. Trotz Designs aus hochwertiger Keramik kommen einige Modelle nicht in Betracht, scheitern an ihrer Mittelmäßigkeit. Ungleiches muss ungleich behandelt werden.

Welche Gestaltungsmöglichkeiten und Varianten bieten sich an? Es gibt Platzprobleme. Was sich für Badezimmer eignet, muss nicht vor Rathaus oder Kirchenportal passend sein. Pflegeleicht. Robust und unscheinbar soll etwas sein, damit die Nutzer nicht alle Blicke auf sich ziehen.

Dass auch geschlechtsspezifische Objekte in Betracht kommen, mindert das Problem nicht. Zukunftsweisende Lösungen müssen her. Auf Wesentliches, auf ein positives Gesamtbild, sollen sie sich konzentrieren. Es geht nicht allein um Entleeren, Erleichtern und Entwässern. Es geht um Abläufe.

Die Stadt soll etwas verschwinden lassen, ohne dass jemand es bemerkt. Am Straßenrand lässt es sich nicht abstellen.

Kann Plastik Sünde sein?

Danke, liebe Post. Da Freitag ist, hast du mich wieder mit eingeschweißten Einkaufsangeboten bedacht. Unaufgefordert, betone ich. »Einkauf Aktuell«. »Gratiswoche«. »Sechzig Prozent gespart«. Millionen Haushalte werden beglückt.

Ich sage nicht, wie ich mit den Plastikpaketen verfahre, gestehe aber, dass ich keines öffnete, sondern dem nächsten Briefkasten anvertraute. Ohne Briefmarke und Zustelladresse. Meine Adresse, liebe Post, kennst du offenbar nicht. Mein Nachbar erhält das gleiche Glücksangebot wie ich. Was er damit macht, sagt er nicht.

»Die Post müllt Briefkästen mit Plastik zu«, beschweren sich Empfänger der Plastikflut. Sie ignoriere Widersprüche, beklagt einer, der »dem Werbeterror ein Ende machen« will. Wer nicht »Nein« sage, werde beliefert, erwiderst du, liebe Post.

Wem sage ich »Nein«, wenn die Gratisaktion bereits im Briefkasten ist? Zustellboten wären froh, Briefkastenmüll nicht quer durch die Stadt transportieren zu müssen und »Nein« sagen zu können.

Du verstehst, liebe Post: Es ist zu lästig, zwanzig Millionen eingeschweißte Plastikgeschenke in zwanzig Millionen postalische Boxen zu stecken. Ich schaffe das mit meinem Geschenk auch nicht immer.

Anscheinend weißt du nicht, dass eine zum UNESCO-Welterbe zählende Pazifikinsel im Plastikmüll zu versinken droht. In welchem Maß trägt meine, dir wieder zugestellte Plastikgabe dazu bei? Ich weiß es nicht. Du vermutlich auch nicht.

Vielleicht missverstehe ich alles. Kann Plastik wirklich Sünde sein? Du, liebe Post, sagst nicht laut, was du sagen willst: Plastikkunststoffe bei Fernseher, PC und Smartphone sind kein Problem oder nicht problematisch wie Plastikstrohhalme, welche die Meere füllen. Kilometer breite Folien, die auf den Feldern frühe Spargelernten sichern, sind ebenfalls unschädlich.

Ein Fünftel aller Autos besteht aus Kunststoff. Polyurethanschaum vom Armaturenbrett bis zu Karosserieteilen. Wenn demnächst E-Autos die Straßen kreuzen, sehen Kunststoffhersteller neue Absatzchancen. Das Gewicht eines Autos muss gesenkt werden, um Spritverbrauch und CO_2-Ausstoß zu senken. Wie macht man das? Mit Plastik.

Können wir uns ein Plastikvakuum leisten? Oder gilt die Überlegenheit eines nur scheinbar Unterlegenen? Müssen wir Plastikvorurteile aus der Welt schaffen?

Liebe Post. Kommende Woche ist wieder Plastiktag. Werde ich versorgt? Ich sage nicht, was ich vorhabe. Ich gehöre zu den Zweifelnden und Wankelmütigen, die mit der Brüchigkeit und Bedeutungsunsicherheit von Gewissheiten leben müssen.

Vertrauen Sie dem Geldautomat

Geldautomaten erleichtern Ihr Leben, sagt die Bank. 1968 wurde das erste Modell in Betrieb genommen. Zugang erhielten solvente Kunden. Mit einem Spezialschlüssel mussten sie eine gepanzerte Tür aufschließen.

Das war damals, wehrt die Bank ab. Jetzt hat jeder,

wenn er will, immer und überall Bargeld an Automaten zur Verfügung. Geldautomaten sind auf Ihre Bedürfnisse zugeschnitten, versichert die Bank. Inbegriff von Normalität und neuzeitlicher Vernunft.

Dass ich einen überschaubaren Geldbetrag griffbereit im Portemonnaie habe, sei nicht zeitgemäß, sagt die Bank. Vernunftwidrig und unnötig. Fest installierte Geldautomaten gebe es überall.

Regelmäßig füllen wir Geldscheine nach, sagt die Bank. Führen Sie Ihre Karte ein. Dann weiß der Automat, wer Sie sind. Er entziffert Ihre Daten. Er erkennt Kontonummer und Finanzinstitut. Unfehlbar.

Geldautomaten sind sicher. Sie funktionieren einfach und sind leicht zu bedienen. Bisherige Systeme können Sie als überholt ansehen. Meine Bank geht mit der Zeit.

Dennoch hatte ich Probleme. Mir fiel die PIN-Nummer nicht ein, ohne die meine Plastikkarte nicht reagierte. Ein anderes Mal fand ich meine Karte nicht, die sich in Luft aufgelöst hatte. Keine Karte, keine PIN, kein Geld.

Andere lösen solche Probleme anders. Sie warten nicht, bis der Automat ausreichend viele Scheine in den Ausgabeschacht transportiert. Sie beachten keine Automatenregeln. Die Medien berichten von Sprengstoffanschlägen auf Geldautomaten durch Einleitung von Gas. Ohne Karte. Ohne PIN. Scheiben zersplittern. Deckenteile stürzen herab. Fassaden werden beschädigt.

Es geht nicht um ein paar Scheine, sondern um gut gefüllte Geldkassetten. Wir füllen regelmäßig Geldscheine nach, garantiert die Bank und bürgt dafür, dass keine leeren Kassetten den Weg ins Freie finden.

Geldautomaten sind sicher. Wir rüsten sie mit Sprengschutz aus, bestätigt die Bank. Unser Sicherheitssystem weiß von Versuchen mit Gas und wehrt sie ab. Der Automat bleibt intakt. Ihr Geld bleibt da, wo es sicher ist.

»Unbekannte sprengten den Geldautomaten und verursachten großen Schaden am Gebäude. Die Täter flüchteten mit einem Auto. Die Höhe der Beute unbekannt. Die Polizei sucht Zeugen.«

Keine Mitteilung meiner Bank, sondern Notiz in der Tagespresse. Ihr Geld wurde nicht entwendet, beruhigt mich die Bank. Wer Schaden verursacht, müsse dafür aufkommen. Sie entschuldigt sich für die Unannehmlichkeiten. Lassen Sie sich nicht irritieren, ermuntert sie mich. Meine Bank ist eine Meisterin selektiven Wahrnehmens.

Kürzlich wurde der Automat in meiner Bank ein weiteres Mal gesprengt. Geldautomaten sind leicht zu bedienen. Vor wem sind sie sicher?

Prosit Neujahr

Ein Jahreswechsel steht wieder an. Alles soll neu und anders werden, vor allem besser. Unbelastet wie frisch gefallener Schnee. Ratschläge, die Erwartungen schüren.

Dass die Stinkmorchel zum Pilz des neuen Jahres gekürt wurde, trübt die Erwartungen nicht. Prosit. Auf ein gutes Neues Jahr.

Meistens verschlafe ich das Ereignis und nehme mir

vor, mir nichts vorzunehmen. Was wird sich ändern? Das Datum. Das ändert sich täglich. Das neue Jahr wird sich nicht anders anfühlen als das alte. Was sich in zwölf Monaten zutrug, wird nicht wieder lebendig.

Ich wache nicht mit neuem Leben auf. Es gibt kein neues Leben, sondern die Fortsetzung des bisherigen mit dem einen oder anderen neuen Impuls. Ereignislosigkeit und Gleichförmigkeit vergangener Tage werden sich fortsetzen. Ohne mein Zutun entschwindet die Zeit. Ich nehme es kaum wahr.

Schaurige Geschichten und Prognosen überhöre ich. Ängste, Befürchtungen und trübe Aussichten irritieren mich nicht. Der Nebel des Ungewissen wird sich nicht lichten. Pessimismus ist keine Bürgerpflicht.

»Bleibe, wie du heute bist. Der Himmel dir dann sicher ist.« Ein Schild mit diesem Spruch hing über der Haustür, als ich zur Erstkommunion ging. Was machte meine Vorfahren so gelassen und zukunftssicher?

In ihrem Weltbild nach dem Krieg galt es, Leid zu vergessen, Unsicherheiten zu beseitigen, auf Zukunft zu setzen. Strategien wurden entwickelt, trotz widriger Zeitumstände, verbunden mit dem Wunsch nach sicheren Verhältnissen. Geräuschpegel, Veränderungsstress, dauererregte und laute Medien, unablässige Suche nach Neuem wären nicht vorstellbar gewesen.

Nicht »Bleibe, wie du heute bist« ist Leitmotiv unserer Tage, sondern Wechselfieber. Sicher Geglaubtes ist nicht sicher. »Nur wer sich ändert, bleibt sich treu«, verkündete Liedermacher Wolf Biermann.

Dennoch rückt die Sehnsucht nach Beständigkeit wieder ins Blickfeld: gesicherte Zugehörigkeit zur

Firma, soziale Sicherheit, partnerschaftliche Treue. Althergebrachtes und Vergangenes bergen Potenzial für die Zukunft. Andererseits lässt die demokratische Verfassung Änderungen zu, auch Grundgesetzänderungen. Selbst Gesetze haben ihre Zeit. »Das Leben gehört dem Lebendigen an.« »Wer lebt, muss auf Wechsel gefasst sein.« Goethe schrieb das und plädierte indirekt für den Wertewandel. Die Welt ist weniger berechenbar als der Ausschnitt, in dem wir uns eingerichtet haben.

»Das Alte stürzt, es ändert sich die Zeit, und neues Leben blüht aus den Ruinen.« Friedrich Schiller beschrieb in »Wilhelm Tell«, dass es Vorstellungen gibt, die wir hinter uns lassen müssen. Das Leben verläuft nicht immer so, wie erhofft. Nicht wünschenswert für den, der auf Unverrückbares setzt. Die Ängstlichen werden ängstlicher, Gläubige nicht gläubiger.

Möge das neue Jahr Bewährtes und Erprobtes für uns bereithalten. Möge es uns auch ermutigen, Neues zu wagen.

Prosit Neujahr.

Von denen, die kreativ, und jenen, die planlos sind

Hamster aktiv

»Vorräte anlegen, horten.« Lösungswort mit acht Buchstaben. »Hamstern«. Hamster sammeln Futter. Sie verstauen es in den Backentaschen und bringen es zum Nest. Sie legen Vorräte an.

Es wird gehamstert, sagt die Verkäuferin im Supermarkt. »Wir kommen mit Nachfüllen kaum hinterher.« Aus unauffälligen werden auffällige Kunden. Sie verhalten sich so, weil sie nicht wissen, was sie wissen müssten.

Die Situation kommt mir bekannt vor, obwohl sie viele Jahre zurückliegt. Hungerjahre prägten das Leben in unserem Dorf am Ende des Zweiten Weltkriegs. Leute aus der Stadt unternahmen Hamsterfahrten und boten Privatleuten und Bauern Tauschgeschäfte an. Die Reichsmark war wertlos geworden. Milch und Butter gegen Schmuck, Kartoffeln gegen Kunstgegenstände, Güter des täglichen Bedarfs gegen handfestes Hab und Gut. Schwarzhandel blühte. Saubere und andere Aktionen nicht immer zu unterscheiden.

Wenn ich beim Bauern, mit dem unsere Familie in verwandtschaftlicher Beziehung stand, um Milch, Butter oder Kartoffeln bettelte, hatte ich Aussicht auf Erfolg, wenn ich im Tausch dafür Zigaretten anbot, die wir von den amerikanischen Soldaten ergatterten, die sich im Dorf einquartiert hatten.

Ohne zu hamstern wären Menschen verhungert. Sie überließen ihr Leben nicht dem Zufall. Sie sicherten ihr Überleben. Gelassenheit half nicht. Sie handelten. Jeder für sich, keiner für alle. Im Bahnhof drängten sich Menschen, mit Taschen und Paketen bepackt, und warteten auf einen Zug zurück in die Stadt.

Unsterblich machte sich der Kölner Erzbischof Josef Frings mit seiner Predigt über die »Zehn Gebote« am Silvesterabend 1946 in einer Kölner Kirche. Zum Gebot »Du sollst nicht stehlen« wies er auf Notzeiten hin, in denen man nehmen dürfte, was zur Sicherung von Gesundheit und Leben nötig und durch Arbeit oder Bitten nicht erhältlich wäre. Das »Fringsen« war geboren. Es ging um Grundbedürfnisse, um Essen, Trinken, Heizen. Leute »versorgten« sich mit Kohle von Güterwaggons und Lastwagen. »Kohlenklau« wurde vom Bischof nicht für gut, aber erlaubt befunden wegen der Zeitumstände.

Meine Mutter erinnerte sich an den Hunger-Winter 1916/17. »Steckrübenwinter«, der während des Ersten Weltkriegs die Menschen heimsuchte mit Krankheit und Tod. Steht das wieder bevor? Vermutlich nicht. Regale werden leergekauft aus Sorge, es könne außergewöhnliche Maßnahmen geben, um die Ausbreitung des Corona-Virus einzudämmen.

Vor dem Bau der Berliner Mauer 1961 empfahl das Bundesernährungsministerium Vorsorge zu treffen für Krisenzeiten. »Aktion Eichhörnchen« setzte auf dringend benötigte, dauerhafte Nahrung und Konserven.

Meine Mutter legte Vorräte an, deren Verfallsdaten unwichtig waren.

Hamstern scheint ein Urtrieb zu sein, zumindest eine verlässliche deutsche Charaktereigenschaft. Menschen fühlen sich verunsichert, wenn auf dem Meinungsmarkt etwas anfängt und nicht aufzuhören scheint. Sie befürchten, dass etwas nicht lange gut geht, oder, dass es lange so geht, aber nicht gut. Alle dementieren alles, verwickeln sich in Widersprüche. Die Menschen sind kein Wachsfiguren-Kabinett. Erfahrungen aus der Vergangenheit hinterlassen Spuren.

»Im nächsten Leben werde ich Hamster«, plant jemand seine Zukunft. »Ich habe dann immer die Backen voll.« Was wäre dagegen einzuwenden?

Große Gereiztheit. In aufgeregten Zeiten

Ich bin zufrieden. Der Raketen-Bauer Wernher von Braun war es nicht immer. Sein Job wäre es gewesen, nie zufrieden zu sein, formulierte er. Und das, obwohl er mit der Wunderwaffe V-2 Weltruhm erlangte.

Zum Glück muss ich nicht Raketen bauen. Ich lebe in einer insgesamt guten Welt, erlebten Aufgeregtheiten zum Trotz. Ähnlich dachte der amerikanische Autor James Branch Cabell vor hundertfünfzig Jahren, der nur positive Eindrücke in seinen fantastischen Romanen beschrieb.

Solche Zeiten seien vorbei, klagen Pessimisten. Schon im Jahr 1540 habe es kaum geregnet. Es herrschte extreme Hitze. Der Boden war so trocken, dass er aufbrach wie Knäckebrot. Elbe, Rhein und Seine verkümmerten zum Rinnsal. Man spazierte durch das Flussbett. Vergangenes Jahr ähnlich, wenig Regen, Sonne wie selten. Am schlimmsten freitags. Kinder fanden viele Gründe, nicht zur Schule zu gehen.

»Unzufriedene finden keinen bequemen Stuhl.« Benjamin Franklin, Mitbegründer der Vereinigten Staaten von Amerika, mahnte das an. Er hielt nichts von Schwarzmalerei. Desgleichen nicht Mahatma Gandhi, indischer Pazifist und Asket: »Was für ein herrliches Leben hatte ich. Hätte ich es doch früher bemerkt.«

Skandale und Entrüstungsstürme, Hysterie und Panik, Mutmaßung und Verdacht, Polit-Spektakel und Börsencrash bestimmen die Schlagzeilen. »Blitz und Donner« bei geringstem Anlass. Wie »Jüngstes Gericht«. Man stellt Rechtsansprüche und sieht sich unter Rechtfertigungszwang. Was nicht der eigenen Meinung entspricht, gilt als Diskriminierung. Von sogenannten Fans ins Stadion geschmuggelte Schmäh-Plakate vergiften die Atmosphäre im Fußballstadion. Andere Menschen werden davon infiziert wie von der Seuche, welche die Welt in Aufruhr versetzt. Absurdes ist normal, Normales absurd.

»Die große Gereiztheit«: Unter der Regie von Karin Henkel inszenierte das Schauspielhaus in Zürich das vorletzte Kapitel von Thomas Manns Roman »Der Zauberberg«. Er provoziert mit absurdem Szenario. In einer Gesellschaft mit lungenkranken Patienten auf dem Zauberberg herrschen Zanksucht und Bösartigkeit. Eine »Große Gereiztheit« endet mit »Donnerschlag«.

Mögen uns »Donnerschläge« in der Erregtheit unserer Tage erspart bleiben. Möge unbedachtes Gerede im Mund stecken bleiben.

Dass wir »in einer geglückten Demokratie leben«, wie Richard von Weizsäcker formulierte, scheint vergessen. »Du kannst dir Sorgen machen, bis du tot bist, oder aber das bisschen Ungewissheit genießen.« Eine Empfehlung des amerikanischen Schriftstellers und Regisseurs Norman Kingsley Mailer. »Es gibt überall Blumen für den, der sehen will«, würde der französische Maler Henri Matisse ergänzen.

Das »Kölner Grundgesetz« ist davon überzeugt: »Et kütt, wie et kütt.« Es kommt, wie es kommt. »Et hätt noch immer jot jejange.« Es ist immer gutgegangen.

Ob wir verstehen?

Geister, die ich rief

Goethes »Zauberlehrling« bedient sich der Zaubersprüche seines Meisters. Der Zauber gelingt: Der Besen wird lebendig und in einen Knecht verwandelt, der Wasser vom Fluss holt. Der Lehrling vergisst leider das Zauberwort, das dem Besen Einhalt gebietet. »Die ich rief, die Geister, werd' ich nun nicht los.«

Der Besen ahnt, wessen Geist der Lehrling ist. Der deutsch-schweizerische Schriftsteller und Schauspieler Curt Goetz erzählt von Leuten, die so in ihren Geist verliebt sind, dass sie darüber den Verstand verlieren.

In der australischen Stadt Sydney soll es ein Geisterhotel geben, in dem es spukt. Wie von Geisterhand getrieben, fallen Weinflaschen um. Geisterstunden auch in Theatern, Opernhäusern und Kinos. Die Bayerische Staatsoper inszeniert Geisteraufführungen. Wie aus einem anderen Universum.

Geisterinszenierungen finden ohne Zuschauer statt. Die machen sich außerhalb ihren Reim auf den Budenzauber. Leere Sitzschalen. Niemand feuert die Mannschaften an. Stille Nacht. Stell dir vor, es ist Fußball, und niemand geht hin.

Bisher waren Friedhöfe und alte Herrenhäuser, Kirchen und Klöster vorzugsweise Geisterorte. Den Vorrang müssen sie mit neuen Lokalitäten teilen. Fanden die Geisteraktivitäten in dunkler Nachtzeit statt, klammert man jetzt keine Zeit mehr aus.

Geister, die man rief, wird man nicht schnell los.

»Angst fressen Seele auf.« Wenn ein Virus lähmt

Rainer Werner Fassbinders Film aus dem Jahr 1974 zielte auf eine andere Thematik, die Angst vor dem Fremden. Im Kern betrifft sie auch die Unsicherheit, die in der Corona-Pandemie den Menschen Angst einflößt. Kollektives Burn-out schnürt, bildlich gesehen, Kehlen zu und nagt an Seelen.

Die Bundeskanzlerin spricht vom »Gegner, den man nicht kennt«. Ein Ministerpräsident hat den Eindruck, es gehe um Leben und Tod.

Nichts ist wie sonst. Drohung oder Versprechen? Die Welt scheint stillzustehen. Sehnsucht nach neuer Normalität. Alles soll sein wie vorher. Das kann dauern. Wie lange? Unbekannt.

Wir wissen, woher wir kommen, nicht, wohin wir gehen. Kühlen Kopf zu bewahren ist nicht leicht, wenn die Orientierung verlorenging.

Jeder müsse Freiheiten aufgeben, sagt eine deutsche Staatsbürgerin, die in China lebt, von wo das Virus sich ausbreitete. Ist es Verlust an innerer und äußerer Freiheit, der Angst auslöst? Darf man Freiheiten beschneiden, die wir in Anspruch nehmen und uns zustehen? Politiker, Virologen, Ärzte sagen »Ja«. Wir seien nicht allein für uns verantwortlich, sondern auch für andere. Gewusst haben wir es, aber in seiner Tragweite nicht realisiert. Das Recht auf eine persönliche Lebensgestaltung hielten wir für selbstverständlich.

»Was du liebst, lass frei. Kommt es zurück, dann gehört es dir.« Eine Volksweisheit mahnt uns zu prüfen, ob alle Freiheiten, derer wir uns bedienen, immer und überall notwendig sind.

»Wir haben uns zu sehr gewöhnt an Wohlstand und Einkommen.« Ein ehemaliger Daimler-Chef spricht aus Erfahrung. »Etwas selbstverständlich erachten, ist der beste Weg, es zu verlieren.« Auch eine Volksweisheit. Manchmal entgeht uns, wie wertvoll etwas ist, was wir genießen.

Vielleicht entdecken wir in Tagen, aus denen Wochen oder Monate werden könnten, dass die Angst auch ihr Gutes hat. Sie bewahrt vor unnötigen Risiken. Sie ermutigt zu Leistungen, die wir uns nicht zutrauten.

Das Virus lähmt. Es verdeutlicht aber auch, dass wir

eine Seele haben, mit der wir fühlen, was mit uns geschieht. Wir sind kein gefühlloses Etwas. Ängste wollen diese Seele vereinnahmen. »Lasst das nicht zu«, signalisiert sie.

Eine Szene, die Singende und Musizierende auf Balkonen zeigte, beeindruckte viele. Auch andere holten ein Musikinstrument heraus oder sangen gegen die Einsamkeit an. Das Land »sollte für einige Minuten ein großes Konzert sein«.

Ängste dürfen wundgewordene Seelen nicht auffressen.

»Aus tiefer Not schrei ich zu dir.« Martin Luthers Kirchenlied

Luthers Aufruf zur Jahreswende 1523/24. »Auf Gott will ich hoffen und seiner Güte trauen.« Nicht jedem wird das etwas sagen. Auch das Sprichwort »Not lehrt beten« hilft aufgeklärten Menschen nicht, wenn es um die Bewältigung von Krisen geht. Notzeiten und Pleitewellen bekämpft der Staat mit Hilfspaketen.

»Aus tiefer Not schrei ich zur dir.« Nachdichtung eines Psalms aus dem Alten Testament der Bibel. Felix Mendelssohn Bartholdy, aus gut situiertem Elternhaus stammend, vertonte Luthers Choral. Einundzwanzig Jahre jung. In Italien unterwegs. Es ging ihm gut.

Dennoch war er nicht taub für die Nöte vieler Mitmenschen. Die beginnende Industrialisierung brachte eine Verarmung der Arbeiterschicht mit sich. Auch Felix Mendelssohn erlebte Nöte als jüdisch-deutscher

Bürger. Richard Wagner verfasste 1850 seinen antisemitischen Aufsatz »Das Judenthum in der Musik«: »Hören wir einen Juden sprechen, dann verletzt uns der Mangel menschlichen Ausdrucks in seiner Rede.« Den Gesang eines Juden hielt er für »unausstehlich«.

Wagner spricht Juden die Befähigung zur Kunst ab. Dennoch, so klagt er, hätten Juden in der Musik die Beherrschung des öffentlichen Geschmacks erlangt. Antisemitismus war ein bedrängendes Problem für Mendelssohn.

»Aus tiefer Not schrei ich zur dir.« Was fällt einer Bistumsleitung dazu ein? Sie ist in »Sorge um den Gesundheits- und Arbeitsschutz sowie die Gewährleistung der Arbeitsfähigkeit im täglichen Dienstbetrieb«. Ein Krisenstab wird eingerichtet, in direkter Unterstellung zum Generalvikar. Die Führungskräfte sind gehalten, ihn zu unterstützen. Vespern, Andachten und Eucharistiefeiern finden nicht statt. Das gilt auch für Kar- und Ostertage, Gottesdienste, Prozessionen und Veranstaltungen von Palmsonntag bis Ostermontag. Verschoben werden Taufen, Erstkommunion, Firmungen und Trauungen.

So weit, so klar.

Fällt einer kirchlichen Behörde sonst nichts ein? Vor allem ältere Menschen leiden: Noch mehr soziale Kontakte brechen weg.

»Die Gläubigen sind von der Sonntagspflicht befreit.« Generalvikar und Bischof machen sich unglaubwürdig. Da es an Personal fehlt und die Kirchenoberen nicht bereit sind, neue Wege zum Priestertum zu ebnen, entfallen Gottesdienste seit Jahren. Stattdessen der unsinnige Hinweis auf das Kirchengebot »Am Sonntag und an gebotenen Feiertagen sollst du die Heilige Messe mitfeiern.«

Menschen sind in Sorge, dass die Welt aus den Angeln gehoben wird. Sie suchen Fluchtburgen, um der Sinnlosigkeit eines bedrohten Daseins zu entkommen. Sie wünschen sich jemanden, der ihnen hilft, festen Boden unter den Füßen zu haben. Stattdessen hören sie: »Rühr mich nicht an.«

In »normalen« Zeiten fallen geschlossene Türen nicht immer auf. Jetzt herrschen andere Zeiten. Glaubende und Nichtglaubende rütteln an Türen und begehren Einlass. Mit »Leider geschlossen« finden sie sich nicht ab. Das Gebot der Stunde heißt »Ermutigung«. Martin Luthers Kirchenlied ist hoch aktuell.

Sterntaler. Eine Geschichte in Corona-Zeiten

Das Mädchen kann nicht normal sein. Wer gibt nach und nach alles ab, selbst das letzte Hemd? Kann man soziales Engagement übertreiben? Blanke Taler fallen vom Himmel? Wir leben nicht im Märchen. Güte ist kein lohnendes Geschäft. Hilfsbereite Menschen stehen nicht an jeder Ecke. Sie sammeln keine Pluspunkte für die Ewigkeit.

Dennoch gibt es sie.

Der Chef des Instituts für Virologie der Berliner Charité erhielt einen Preis für die herausragende Kommunikation der Wissenschaft in der Covid19-Pandemie. Er habe gezeigt, wie verständliche Kommunikation wissenschaftlicher Fragen und Forschungsergebnisse gelingen könne.

Seit sieben Wochen schon konnte Lisa aus einer englischen Grafschaft ihre Tochter nicht in die Arme nehmen. Wegen der Corona-Pandemie war die Pflegerin vor eine schwierige Wahl gestellt. Sie musste sich entscheiden zwischen dem Job und ihrer kleinen Tochter.

Silke arbeitet als Reinigungskraft in einer Klinik. Ihre Station wurde als Isolationsstation festgelegt. Vor den Krankenzimmern steht ein Rollwagen mit Desinfektionslösungen und Schutzkleidung. Ein Merkblatt informiert Elke, wie die Kleidung anzulegen ist. Diese lässt kein Lüftchen an die Haut. Wenn die Pflegerin das Patientenzimmer verlässt, zieht sie alles aus und kleidet sich neu ein für das nächste Zimmer.

Als der Mitarbeiter eines Supermarktes an der Kasse eine Schlange Wartender bemerkte, bewies er, was ihm Mitmenschlichkeit bedeutet. Die EC-Karte einer Dame funktionierte nicht, genügend Bargeld hatte sie nicht dabei. Als sie verzweifelt in der Tasche kramte und Kunden bereits genervt reagierten, kam der Mitarbeiter zur Kasse und bezahlte die Rechnung.

Ein italienischer Priester rettete einem ebenfalls erkrankten Mitpatient das Leben. Er überließ ihm sein Beatmungsgerät und starb kurz darauf. Ein Kommentar in den sozialen Netzwerken: »Andere würden keine Rolle Klopapier hergeben.«

An einigen Grenzen, so nach Rumänien und Ungarn, müssen Lkw-Fahrer lange Wartezeiten in Kauf nehmen. Versorgung mit Sanitäranlagen, Wasser und Lebensmitteln sind oft nicht gegeben. »Wenn sich Fahrer nicht vorher etwas zu essen besorgten, wird es schwierig«, sagt einer. Oft werde der Gang auf die Toilette wegen Angst vor Ansteckung mit dem Virus verwehrt. Besonders unangenehm sei das, wenn man dort übernachten müsse.

Sterntaler sind sie. Menschen, denen man nicht zutraut, was sie sich zutrauen. Menschen, auf deren Fähigkeiten wir nicht verzichten können. Menschen, die sich einen Funken Hoffnung bewahrt haben.

Mit dem »letzten Hemd« hatte ich Probleme. Jetzt nicht mehr.

Das tut meiner Seele gut

Weil das öffentliche Leben teilweise stillsteht, engagieren sich Menschen für Menschen, für jene vor allem, die besonders Hilfe brauchen.

Solidarität als Signal in der Corona-Krise. Der Zusammenhalt der Gesellschaft ist wichtig. Wertschätzung und Hilfsbereitschaft rücken in den Vordergrund. Etwas erledigen für jene, deren Leben sich in den eigenen vier Wänden abspielt. Nachbarn unterstützen, die sich nicht mehr nach draußen wagen. »Ich möchte helfen, weil ich es kann.« »Das tut meiner Seele gut.«

Virologisch schlechte Nachrichten stülpen Alters- und Gefährdungsgruppen das Etikett »Risiko« über. Gesunden Menschen schreibt man Quarantäne vor. Bedrohungen, die kein flüchtiges Tagesereignis sind.

Ungewöhnliche Maßnahmen in ungewöhnlichen Zeiten: Menschen mit verlorenen Hoffnungen und

Geschichten nicht vergessen. Zerbrechliches schützen. Die Welt jenseits des eigenen Horizonts entdecken. Lichtblick in der Finsternis sein.

Ob man den Richtigen hilft, wer den Helfern hilft, wer die Rettungsprogramme finanziert, wird nicht vorrangig debattiert.

In einer aufgewühlten Welt, deren Tage dahin kriechen, in der nicht alle Türen offenstehen, müssen Menschen mit Isolierung und sozialer Distanz fertig werden. Abstandsreflexe bilden sich. Belastungsgrenzen werden getestet. Viren des Misstrauens breiten sich aus. »Vierzehn Tage allein daheim zu sein ist nicht einfach«, gesteht die Bundeskanzlerin nach ihrer freiwilligen Quarantäne.

Auch volle Tage können leer sein. Sie haben Überlänge, wenn keine Hände geschüttelt werden und niemand Trost spendet. Es sind Tage, in denen Fragen ohne Antworten bleiben. Tage, die in Gleichförmigkeit vergehen. Wer allein ist, bleibt lange allein.

In norddeutschen Kirchen läuten mittags die Kirchenglocken. Appell der Hoffnung.

Alltägliches, vertrautes Leben nimmt ungewohnte Formen an. Regierung und Parlamente schnüren Rettungspakete. Milliarden Euro für Schulden werden aufgenommen und Schuldenbremsen gelockert. Die Europäische Union will in den kommenden Jahren zwei Billionen Euro ausgeben und Kredite aufnehmen, die wieder zurückgezahlt werden müssen.

Rechnet sich das? Gab es das schon einmal? Besitzstände rücken in den Hintergrund. Ein Arzt unterbricht seinen Ruhestand und setzt sich dem Infektionsrisiko aus. Neue Zeitrechnung. Neue Weltordnung.

»Verzichten verhindert, dass wir dauerhaft verlieren.« Mahnung des Bundespräsidenten.

Sportler und Prominente, die in der Medienwelt gern vordere Plätze einnehmen, helfen mit ihren Spenden. Ein Fußballspieler spendiert Personen, die mit ihrer Arbeit »das öffentliche Leben in seinem Landkreis hochhalten«, ein warmes Essen.

Gleichzeitig werden Verbote erlassen. Auf unbestimmte Zeit werden Bewegungsfreiheit, Selbstbestimmungsrechte, Versammlungsfreiheit, Religionsfreiheit eingeschränkt.

Die Maßnahmen bleiben nicht ohne Widerspruch. Wann kehren die Freiheiten zurück? Sich der Staatsräson fügen, auf Vermutungen basierende Beschränkungen akzeptieren, entspricht nicht jedermanns Rechtsverständnis. Nicht für alle ist es daheim am schönsten.

Wenn übereifrige Regelwächter Vorschriften durchsetzen, deren Sinn man nicht versteht, hat sich der Sturm eventuell schon gelegt, obwohl man ihn noch zu spüren glaubt. Werden Gefahren überschätzt? Lassen wir uns von gegenwärtigen Zuständen blenden?

Es gehe darum, sagt der Gesundheitsminister, öffentliches Leben wieder möglich zu machen. Sein Ziel: Zueinander finden und beieinander bleiben.

Der Seele werden viele Anordnungen und die Hilfsbereitschaft der Menschen guttun. Der Leib insgesamt verspürt Probleme. Die wird er noch einige Zeit verkraften müssen.

Zum Haare raufen

»Wir befinden uns in einer Eineinhalb-Meter-Gesell-schaft.« Kommentar von Mark Rutte, niederländischer Ministerpräsident. »Blijf thuis«, riet er. »Bleib zuhause.« Das tat auch ich. Meiner Haarpracht gefiel das. Mir weniger.

»Kontaktberufe« öffnen wieder. Auch Friseure, mit Terminvereinbarung. Zwischen den Kunden einein-halb Meter Abstand. »Ihre Haare muss ich waschen, ehe ich sie schneide«, belehrt mich die deutsche Fri-seurin. Eine bundesweit einheitliche Regelung gibt es nicht.

Ich möchte meine Haare lieber vorher zu Hause wa-schen. Auf dem Weg zum Friseur könnten sich Viren einnisten, werde ich gewarnt. Die Friseurin kennt nicht nur Paragrafen, sondern auch ihre Kunden. Wir ver-stehen uns. Wann wusch mir zuletzt jemand die Haare?

In Niedersachsen sollen Kinder Friseurbesuche vor-erst unterlassen. Kindern unter sechs Jahren seien die aktuellen Verordnungen schwer zu vermitteln. Wer ih-nen jetzt die Haare schneiden darf, steht nirgendwo.

Auch Kinderhaare wachsen. In die Niederlande fah-ren dürfen sie nicht. »Haare werden von einem Mit-arbeiter geschnitten, der einen Mundschutz trägt.« In einem Ferienpark wird so verfahren. Das gilt auch für Kinder. Die hiesige Polizei warnt vor Friseur-Reisen nach dort.

Kundinnen und Kunden müssen sich nach dem Be-treten des Friseursalons die Hände waschen oder des-infizieren. Beschäftigte, Kundinnen und Kunden haben

Mund-Nase-Bedeckung anzulegen und einen Umhang, der mögliche Kontaktpunkte abdeckt.

Ein Bekannter erzählte, der von ihm besuchte Friseursalon hätte sich dem Operationssaal eines Krankenhauses samt dem vermummten Personal angepasst.

Die Friseursalon-Kultur ist im Wandel begriffen. Zum Haareraufen, wenn Kunden daheim das Haareschneiden ausprobiert haben und jetzt Schadensbegrenzung vonnöten ist. Meine Friseurin sieht und übersieht. »Wann waren Sie das letzte Mal bei mir?« Frage und Antwort.

Der Mehraufwand hat seinen Preis. Das kenne ich vom Service an der Tankstelle. Autowäsche ist nicht kostenlos, wenn ich die Waschanlage nutze. Und mehr Zeit muss ich einplanen. Zeit für besondere Dienste ist unbezahlbar.

Wird alles gut?

Wir wünschen uns, dass alles gut wird. Indirekt bemängeln wir gegenwärtige Verhältnisse als nicht gut. Jammern wir nur, oder leiden wir wirklich?

Das Café hat keine Tische weggeräumt, um die vorgeschriebenen Abstände einzuhalten, sondern sie durch Plastikfolien abgeschirmt. Dass dies weder optisch noch hygienisch angemessen ist und der Situation nicht gerecht wird, scheint unerheblich zu sein.

»Alles wird gut« steht in großen Buchstaben auf einer Folienwand. »Alles«? Was konkret soll »gut« werden? Aus der Ankündigung geht das nicht hervor.

Wünschenswertes, Denkbares zu formulieren, fällt nicht schwer. Es ist leicht, sich daran zu begeistern. Auch zu viel ist nicht genug. Eine heile Vergangenheit wiederherstellen, kann nicht gemeint sein, da es sie nicht gab.

Haben wir Bereitschaft und Fähigkeit verloren, uns auf das einzulassen, was möglich ist? In der Ode »An Leukonoe« regt der römische Dichter Horaz an, die zur Verfügung stehende Lebenszeit zu nutzen und zu genießen. »Carpe diem.«

Verfügen wir nicht trotz Beschränkungen über Möglichkeiten, derer wir uns bedienen können? Niemand kann erwarten, dass etwas immer so ist wie bisher und nicht anders. Alles unterliegt der Vergänglichkeit. Es kann etwas gut sein, ohne wie vorher zu sein. Wir müssen uns nicht auf Sinnsuche begeben, wenn wir lebenswillig sind.

Wir sollten nicht vergessen, dass Widersprüche und Unsicherheiten zum Leben gehören. Oder hindern uns von der Realität eingeholte, alte Geschichten und Traditionen daran, sie durch neue zu ersetzen?

Auch den Siegern gelingt nicht alles. Nicht jede Geschichte hat ein Happy End. Nicht alles ist gut, nicht alles endet wie gewünscht. »Den Bösen sind sie los; das Böse ist geblieben.« Goethe erinnert daran in der »Faust-Tragödie«.

Nicht alle Freunde sind Freunde für ein ganzes Leben. Dennoch ist es wichtig, Freunde zu haben. Mit ihnen verändern wir unsere Welt, wenn sie anders oder besser werden soll. Wenn uns das nicht gelingt, bleibt sie dennoch lebenswert.

Kürzer treten

Eine Gewerkschaft klagt, immer mehr Menschen seien auf einen Zweitjob angewiesen. Indirekt der Vorwurf: Sie müssen Mehrarbeit leisten, um über die Runden zu kommen.

Andere warnen dagegen, wer zu viel Zeit in Beruf und Arbeit investiere, der werde unglücklich. Die staatliche »Agentur für Arbeit« beschwichtigt: Besser zeitweise Kurzarbeit als auf Dauer ohne Arbeit.

Krisen zwingen neue Maßstäbe auf. Wenn ein Virus die Autoindustrie lahmlegt, Zulieferer die Produktion einstellen, Branchen Gewinneinbruch melden, hat das Auszeiten zur Folge. »Kürzer treten.« Ob man will oder nicht.

Bisher schien das in einer Wohlstandsgesellschaft undenkbar zu sein. Dass Verzicht den Charakter stählt, glauben wenige. Viele fragen, ob sie sich ihr bisheriges Leben noch leisten können. Wenn es um Erfolg, Anerkennung in Beruf und Freizeit, sicheres Einkommen und Konsum geht, kommt »weniger« nicht schnell infrage.

Die Zielfrage lautet in der Regel: »Wo geht es nach oben?« Wir sind ins Gelingen verliebt, auch wenn uns überzogene Maßlosigkeit antreibt. Wir baden im Meer der Begehrlichkeiten.

Alles muss groß, größer, schneller, höher, weiter, mehr werden. Aus dem Blumenladen an der Ecke wurde ein Gartenbaubetrieb. Der Schlüssel zum Glück. Hektik, Stress, wenig Freizeit nimmt man in Kauf. Dass ein wichtiger Teil des Lebens dafür geopfert wird, verdrängt man.

Die durch das Virus entstandene Krise zwingt uns umzudenken. Wenn im Nicht-Ferien-Monat März zweihunderttausend deutsche Touristen auf dem Globus festsitzen, weil Reiseveranstalter sie nicht heimholen können, macht das sprachlos.

Es ist wohltuend, dass es uns gut geht. Die meisten haben es sich verdient. Man kann sein Glück aber herausfordern und feststellen, dass eigenes Wohlergehen vom Verhalten anderer abhängt. Wir sind nicht allein unseres Glückes Schmied.

Die Wende zum Weniger gelingt nicht ohne Mühe und Rückschläge. Es ist nicht einfach, einen Gang zurückzuschalten, Ansprüche zu reduzieren, den Gürtel enger zu schnallen, eine weniger verantwortungsvolle oder vergütete Position zu akzeptieren.

In Zeiten, in denen kein Stein auf dem andern zu bleiben droht, in denen nach dem Klima-Wahn der Gesundheits-Wahn Blüten treibt, könnte die Einsicht reifen, dass »weniger« auf Dauer »mehr« ist.

Wenn man sich zumindest vorübergehend mehr auf Familie, Partner oder Freunde ausrichtet, mehr Zeit hat wofür auch immer, kann »kürzer treten« sinnvoll werden. »Schlechte« Nachrichten könnten dann »gute« Nachrichten werden.

Von Reisen und der letzten Reise

Reise nordwärts. Einstimmung

Er gilt als erster Europäer, der mit einer Flotte auf dem Seeweg um Afrika herum Indien erreichte. Dort will ich nicht hin, obwohl das Schiff seinen Namen trägt. Fünfhundert Jahre nach der Reise des portugiesischen Edelmanns steuert der Kapitän nicht die Gewürz-Inseln an. Er entführt erlebnishungrige Touristen in den Nordatlantik.

»Staunt, was es hier alles gibt.« Per Smartphone werden die Lieben daheim mitgenommen auf die Reise. Mit unbekannten Gewürzen wird man nicht zurückkehren, aber mit der Nachricht, dass man auf unsicheren Aussichtsplattformen tolle Fotos gemacht und einem Eisbären Aug in Aug gegenüberstand.

Brauche ich das?

Muss ich dorthin, wo brodelnde Geysire und Vulkane auf der größten Vulkaninsel der Erde aktiv sind, und ein Ausbruch überfällig ist?

Muss ich Lavalandschaften betreten, in denen weit und breit kein Baum wächst?

Muss ich neuntausend Kilometer zurücklegen, um reißende Wasserfälle zu bestaunen?

Muss ich steinige, schlammige, rutschige Wege ohne entsprechendes Schuhwerk betreten?

Muss ich den ungewohnten Tag-Nacht-Rhythmus auf mich nehmen, wenn nachts die Sonne scheint und ich nicht schlafen kann?

Warum warnte mich niemand? Jetzt ist es zu spät, um auszusteigen.

Zum Glück braucht das Schiff ein paar Tage, ehe es die erste Station der Reise erreicht. Wenn ich meinen Koffer ausgepackt habe und durch die Bullaugen in der Kabine auf das Meer blicke, schlafe ich wahrscheinlich ein und denke nicht an die Widrigkeiten, die mich erwarten.

Vielleicht macht mir »Der Kleine Prinz« von Antoine de Saint-Exupéry Mut. »Du musst sehr geduldig sein«, antwortete der Fuchs dem Kleinen Prinzen, der Freundschaft mit ihm schließen wollte. »Du wirst dich zunächst mit kleinem Abstand zu mir ins Gras setzen. Ich werde dich aus den Augenwinkeln anschauen; du wirst schweigen. Sprache ist eine Quelle für Missverständnisse. Aber jeden Tag setzt du dich ein wenig näher.«

Wenn ich zum ersten Mal an Land gehe, hatte ich vorher Zeit, mich Schritt für Schritt an das zu gewöhnen, was auf mich zukommt. Alles könnte anders aussehen als meine und fremde Utopien.

Reise nordwärts. Nordsee-Geschichten

Ich schnuppere Nordsee-Luft. Zu der Inselgruppe im Südwesten Islands, die erste Station der Reise, sind wir nicht per Schnellboot unterwegs. Das Schiff nimmt sich Zeit. Auch bei mir stellt sich ein neues Zeitgefühl ein. Und neue Sichtweise. Wir fahren über ein Meer, das zur Reise gehört. Hinfahren ist Teil des Ankommens.

Der südliche Teil der Nordsee war festes Land. Doggerland. Vor vielen tausend Jahren siedelten Menschen hier. Leben gab es lange vor unserer Zeit.

Als sich die Gletscher zurückzogen, stieg der Meeresspiegel. Klima-Aktivisten warnten nicht. Das Meer löschte aus, was ihm im Weg war. Küstenlinien verschoben sich dorthin, wo sie im Augenblick sind. Bleiben sie dort?

Die Geschichte der Nordsee ist eine Geschichte der Naturgewalten, Aufeinanderfolge von Fluten und Stürmen. Die Weihnachtsflut 1717 brachte über Küsten Skandinaviens, der Niederlande und Norddeutschlands Verwüstung und Tod. »Statt das Fest der Geburt Jesu zu feiern, hörte man Geschrei und Klagen, Heulen und Weinen.« Schilderung des Pastors einer Gemeinde in Ostfriesland.

Heinrich Heine fasste solche Ereignisse in Worte in seinem »Buch der Lieder«:

Der Sturm spielt auf zum Tanze,
Er pfeift und braust und brüllt;
Heisa, wie springt das Schifflein!
Die Nacht ist lustig und wild.
Ein lebendes Wassergebirge
Bildet die tosende See;
Hier gähnt ein schwarzer Abgrund,
Dort türmt es sich weiß in die Höh'.
Ein Fluchen, Erbrechen und Beten
Schallt aus der Kajüte heraus;
Ich halte mich fest am Mastbaum
Und wünsche: wär' ich zu Haus.

Die tobende See mit orkanartigen Stürmen ist »Der Blanke Hans«, das wütend gewordene, personifizierte Meer. Detlev von Liliencron beschrieb ihn in einem Gedicht und schildert darin, wie auf einer Nordseehallig eine Stadt von den Sturmfluten überrollt wird.

In der Novelle »Der Schimmelreiter« schildert Theodor Storm die unberechenbare Macht des Meers. Geboren 1817 in Nordfriesland am Meer, wusste er von dessen Faszination, aber auch von seinem Bedrohungspotenzial. Obwohl Menschen hinter Deichen lebten, waren sie Naturgewalten ausgeliefert. Größter Widersacher für Deichgraf Hauke Haien ist nicht die konservative Haltung der Dorfgemeinschaft, sondern das Meer. Hauke Haien will einen Deich bauen für die Ewigkeit. Am Ende versinkt menschliche Uneinsichtigkeit in den Fluten.

Nicht nur mit Meeres-Gewalten kämpften die Menschen. Seit Ende des achten Jahrhunderts beherrschten norwegische Wikinger den Handel im Nordseeraum. Sie waren gefürchtete Plünderer und Eroberer, Freibeuter und Piraten.

Klaus Störtebeker, berüchtigter Anführer der Vitalienbrüder, einer Seeräuberbande. Sie nannten sich »Likedeeler«, die »zu gleichen Teilen« Beute aus Raubzügen teilten und auf Märkten in Friesland zum Kauf anboten.

Der norddeutsche Städtebund »Die Hanse« setzte sich mit »Friedenskoggen« zur Wehr. Störtebeker soll 1401 festgenommen, nach Hamburg gebracht und hingerichtet worden sein. In der Hansestadt mauserte er sich aber zum Anti-Heros. In der Hafencity entdeckt man die Bronzestatue des »berühmten Freibeuters«, bewundert die neue »Störtebeker Elbphilharmonie« und speist im »Störtebeker-Restaurant«.

Die Insel Rügen preist »Störtebeker-Festspiele« an. Besucher blättern in der »Störtebeker Zeitung«, stöbern in der »Störtebeker butik«, kehren im »Restaurant zum Störti« ein.

An der Nordsee war und ist vieles anders als anderswo. Vor vierhundert Jahren war die Zeit der Walfänger. Matthias Petersen von der Insel Föhr kommandierte Walfangschiffe auf seinen Eroberungszügen nach Norwegen und Grönland.

Ein Glück für ihn, dass es keine Tierschützer gab, die ihm und seinen Jagdgenossen die Harpunen entrissen hätten. Glück für uns, die »Whale-Watching-Expresstour mit einem großartigen und schnellen Boot« buchen zu können. »Entdecken Sie von den Aussichtsplattformen aus vielfältige Meerestiere. Erfahren Sie spannende Infos über Wale.«

Beste Zeit für eine Wal-Beobachtung sollen die Sommermonate zwischen Juni und August sein. Dann sind Wale rund um Island unterwegs. Sie fressen tagsüber und tauchen dann an der Meeresoberfläche auf. Das nährstoffreiche Meer lockt sie an.

Mehr als dreißig verschiedene Arten soll es hier geben, Zwergwale und Buckelwale, seltener Blauwale und Schwertwale bzw. Orcas. Sollte ich achtzig Euro ausgeben, um Buckelwale zu sehen, die ihren dreißig Zentner schweren Körper in die Luft katapultieren und wieder ins Meer plumpsen lassen? Waren Tierschützer an Bord, die ich fragen konnte?

Der Fang von Zwergwalen ist den Fischern als

Nebenerwerb gestattet. Ein japanisches Walfang-Unternehmen will, dass Kinder Walfleisch essen. Das Fleisch habe ähnliche Eigenschaften wie Meeresfrüchte. Einzelhandel und Restaurants sollen versorgt werden.

Ob das alle gut finden? Ich frage nicht und bleibe auf dem Schiff.

Reise nordwärts. Papageientaucher und Vulkane

Heimaey, Hauptort der gleichnamigen Insel. Sie zählt zu den Westmännerinseln, Vestmannaeyjar. Erste Station der Reise. Unser Schiff »auf Reede«, Ankerplatz weit vor dem Hafen.

Als 1973 der Eldfell, Feuerberg, ausbrach und Lavamassen Richtung Stadt und Hafen strömten, drohten diese abgeschnitten zu werden. Es hätte das Ende von Stadt und Fischerei bedeutet. Mit Pumpen und Rohrleitungen wurde Meerwasser auf den Lavastrom geleitet, um ihn bändigen zu können. Isländer lassen angeblich viele Dinge geschehen. Manche Vulkanausbrüche führen sie auf den Zorn von Trollen zurück. Hier griffen sie ein.

Mit Tender-Booten sollten Mitreisende, die einen Inselbesuch gebucht hatten, an Land gebracht werden. Starker Wellengang ließ das Auslaufen der Boote nicht zu.

Ist hier das »natürliche« Island ohne Besucherströme, in die auch ich mich einreihen wollte? Wenn eineinhalb Millionen Touristen im kurzen isländischen Sommer die »Insel aus Feuer und Eis« aufsuchen, gibt es keinen Geheimtipp, wo man niemanden antrifft.

Dennoch wollte ich die viel gepriesene Insel erkunden. Die Westmännerinseln sollen zu den schönsten Landschaften Islands gehören.

Eine »Rundfahrt zu Hauptsehenswürdigkeiten« hatte ich gebucht, obwohl die Ankündigung ein Problem verbarg: Was allen sehenswürdig ist, gibt es vermutlich nicht. Die Tour entfiel.

Der Bus wäre an der Westküste entlanggefahren, eine atemberaubende Steilküste. Hier tummeln sich im Juli Orcas. Auch die »größte Kolonie Papageientaucher« in den Felsklippen hätte Fotomotive geliefert. Aber jetzt war keine Brutzeit. Die Vögel jagten auf dem Meer. Zehn Millionen Paare dieser schwimm- und tauchtüchtigen Vögel mit weißem Bauch und leuchtendem Schnabel soll es hier geben. Islands heimliche National-Vögel.

Man darf sie nicht jagen. Dass dennoch Eier und Fleisch der bunten, »Puffins« genannten Vögel bei Verbrauchern ankommen und als Delikatesse auf dem Teller landen, gehört zu den unerklärten, isländischen Geschichten.

Zwischen den Vulkanen Helgafell und Eldfell verläuft die Busroute. Der Schlackenkegel des Eldfell hat die Inseln durch seine Entstehung 1973 bekannt gemacht. Zwanzig Minuten lang wären wir über rotbraune Steine und erkaltete Lava gestolpert. Geröll aus Lavabrocken links und rechts der Wege. Gedenksteine, welche auf die unter der Lava verschütteten Häuser hinweisen. Der Feuerberg Eldfell ist eine Attraktion und fördert

Katastrophentourismus. Mit Wallfahrtsorten macht man überall auf der Welt Geschäfte. In isländischen Drogerien kann man schwarze »Lava-Zahnpasta« erwerben.

An einem der höchsten Punkte der Insel hätte ich mich gefragt, ob dem fauchenden, polternden Vulkan zu trauen ist und deshalb nur Tagesgäste kommen.

Am Rande des Lavafeldes entstand das Vulkan-Museum Eldheimar, ein würfelförmiger Bau mit Rostfassade. Es soll Eindrücke von der Zeit vor, während und nach dem Ausbruch vermitteln. Vom »Pompeji des Nordens« erzählt es und zieht Vergleiche mit dem Vesuv. Noch immer liegt ein Drittel der Häuser begraben unter Lava und Asche.

Man baute Kraftwerke auf dem Lava-Feld. Sie liefern Energie für Insel-Haushalte. Die Isländer arrangieren sich. Trotz Katastrophen sind sie risikofreudig, überraschungsfähig, eigenwillig, wie die Vulkane.

Surtsey. »Jüngste Insel der Welt«, 1963 durch Vulkan-Eruption entstandene Westmännerinsel. Sie ist für Biologen reserviert, die untersuchen, wie auf vulkanischem Ödland Leben entsteht.

In der Umgebung der Westmännerinseln und auf den Inseln ist mit Vulkanausbrüchen zu rechnen. Die Inseln gehören zu einer Zone, die sich mit den Vulkanen »Katla« und »Hekla« fortsetzt. Die Hekla, »Tor zur Hölle«, zählt zu den aktivsten Vulkanen. Katla ist schlafender Riese. Ausbruch überfällig, mahnen Experten.

»Die Erde lebt«. Einheimische sind unbesorgt. Islands ehemaliger Fußballtrainer Hallgrímson ist sich sicher, einen Verkehrsunfall nicht zu überleben sei wahrscheinlicher, als bei einem Vulkanausbruch umzukommen.

Die Einwohner von Heimaey vertrauen einer Zeitrechnung »vor und nach der Katastrophe«. Urvertrauen stärkt. Ob Islands Eisberge Zukunft haben oder dem Klimawandel zum Opfer fallen werden, weiß niemand. Die Insel war einst von Eis-Giganten bedeckt. Zukünftige Reisende werden es erfahren.

Reise nordwärts. Reykjavík macht sprachlos

Eine Skulptur aus Eisen, einem alten Kriegsschiff ähnlich, empfängt uns, als wir in der Bucht von Reykjavík an Land gehen können. Jón Gunnar Árnason, isländischer Bildhauer, schuf »Sólfar«, das stilisierte »Sonnenschiff«. Erzählt es, dass Reykjavíks Geschichte mit den Wikingern, mit dem Atlantik, mit der Fischerei zu tun hat? Die Einwohner lebten von Schafzucht und Fischfang. Politisch und wirtschaftlich war das Land abhängig von Dänemark.

Oder lädt das symbolisierte Schiff uns ein, auf Entdeckung zu gehen? Ist es mehr als Erinnerung an gestern? Reykjavík erwacht aus seinem Dornröschenschlaf. Das sei besonders an den Wochenenden der Fall. Feiern, feiern, nochmals feiern laute die Devise, sagt man uns. Ansonsten beschauliche Gassen würden zum Party-Treff.

Der Reykjavíker Autor Hallgrímur Helgason beschreibt »die Stadt, die gerade aufwacht« und die wilden Nächte. Nur am Wochenende gab es Alkohol. Erst

1989 endete das Starkbierverbot. Zehn Jahre später fielen die Sperrstunden in den Kneipen. Die überschaubare Bevölkerung der Stadt kam sich dadurch nicht nur räumlich näher.

Der hohe Turm der Hallgrímskirkj ist nicht zu übersehen. Wenn weder Gottesdienst noch Konzerte stattfinden, kann man den Fahrstuhl nutzen und von oben einen Blick über die Stadt werfen.

Die evangelisch-lutherische Pfarrkirche der Isländischen Staatskirche wurde nach dem Pastor und Poeten Hallgrímur Pétursson benannt. Die eindrucksvolle Architektur orientiert sich am Wasserfall Svartifoss im Südosten des Landes, der über eine Felskante stürzt, eingerahmt von Basaltsäulen. Sie ähneln Orgelpfeifen.

Die Kirche ist ein Wahrzeichen Islands. Drinnen betritt man ein Foyer mit moderner Kunst, nicht »göttliche«, sondern weltliche Kunst. Islands Himmel ist weit.

Etwa achtzig Prozent der Einwohner gehören der Staatskirche an. Das hindert niemanden, Bräuche aus Wikinger-Zeiten hochzuhalten und ihnen mit Traditionen und Symbolen zu huldigen. Für die alten Götter Thor und Odin wird ein Tempel errichtet. Göttersagen, germanische Götter, das »Huldufólk« der Trolle, Feen und Elfen sind in Lebensvollzug und Glaube lebendig geblieben.

Lava- und Felsformationen lenken die Fantasie auf Tummelplätze undurchsichtiger Gestalten. Elfen und ruhelos umherirrende Verstorbene treiben ihr Unwesen. Trolle sind unterwegs und verwandeln sich in Stein, wenn sie bei Tageslicht entdeckt werden.

Wikinger-Erbe ist allgegenwärtig. Die Straßen im

»Wohnviertel der Götter« tragen Namen von Göttern im nordischen Pantheon:

Ódinsgata. Odin, Vater der Götter, Hauptgott der nordischen Mythologie und Gott des Krieges, des Todes, der Weisheit und der Poesie. Sein Name ist enthalten im »Mittwoch« und im englischen »Wednesday«.

Thórsgata. Thor, Donar, Namengeber für den Donnerstag. Gott des Donners. Beschützer von Göttern und Menschen. Bei den Römern mit »Jupiter« vergleichbar.

Lokastígur. Lokis Weg. Loki, Gott des Feuers.

Freyjugata. Freya. Göttin der Liebe und des Frühlings, der Fruchtbarkeit und des Zaubers.

Unterschiedliche religiöse Strömungen bestehen nebeneinander her. Jeder entscheidet, an wen oder was er glaubt. Endgültige Antworten gibt es nicht. Man kann nach heidnischem Brauch heiraten und sich beerdigen lassen, dennoch Christ sein. Getauft und konfirmiert werden ist traditioneller Brauch, auch wenn man nicht an Gott glaubt. Religiöse Relativitätstheorie.

Dómkirkja. Die im neuklassischen Stil erbaute Domkirche des Architekten Laurits Winstrup. Kirche des evangelisch-lutherischen Bischofs. Nach einem Vulkanausbruch verlegte man den Bischofssitz nach Reykjavík. Die Stadt hatte dreihundert Einwohner.

Welche Gedanken einen Bischof bewegen, wenn er vor leeren Kirchenbänken predigt, würde ich ihn gern fragen.

Von der Kirche aus erreicht man schnell die Stadtmitte mit ihren bunten Häusern und Straßen. Ausgefallene Mode, Artikel von morgen und übermorgen, quirlige Geschäfte. Reykjavík bekommt nicht schnell genug den technischen Fortschritt und die Zukunft in den Griff.

Um die Straßennamen verstehen zu können, müsste ich mich mit der isländischen Sprache vertraut machen. Sie zählt zur indogermanischen Sprachfamilie. Ihr Schriftbild änderte sich kaum seit der Wikingerzeit.

Das geschriebene Wort hat Bedeutung. Jährlich erscheinen ca. 1,5 Millionen Romane für eine schreib- und lesefreudige Bevölkerung. Dazu noch umfangreiche Kinder- und Jugendliteratur. Die Verbundenheit mit der eigenen Kultur ist ein Wesensmerkmal. Im Saga- und National-Museum stellt sich isländische Wikingervergangenheit dar. Die UNESCO-Literaturstadt unterstreicht die Bedeutung der Literatur mit einem halbjährlich stattfindenden Literatur-Festival. Die Namen von Herta Müller und Günter Grass findet man auf der Gästeliste.

»Street-Kunst« verblüfft. Viele Hauswände sind Kunstwerke mit großformatigen Graffiti und Fantasiefiguren. Die Künstler ließen sich von aktuellen Ereignissen, Liedern und Gedichten sowie Szenen aus der Literatur inspirieren. Sie orientierten sich an Landschaft und Natur. Die Stadt ist ein Tummelplatz von Designern für Designer.

Das trifft auch zu auf das Konzerthaus mit der Glasfassade. Natur und Technik gehen eine Symbiose ein. Licht und Glassäulen verwirren die Sinne. Das Ganze ist wie ein großes Orchester und fügt zusammen, womit sich Menschen hier auseinandersetzen.

Meine Verweildauer beträgt ein paar Stunden. Tage

und Wochen müsste ich bleiben, um die Vielseitigkeit und Kreativität der Stadt kennen und verstehen zu können. Vielleicht komme ich zurück.

Reise nordwärts. Wenn es nicht dunkel wird

Es ist Mitternacht auf Spitzbergen. Taghell. Die Sonne steht über dem Horizont. Für mich ist es Nacht, draußen heller Tag. Knut Hamsun schreibt in seinem Roman »Pan«: »Es begann, nicht mehr Nacht zu werden. Die Sonne tauchte kaum die Scheibe ins Meer und kam wieder empor, rot und erneuert, als sei sie unten gewesen, um zu trinken.«

Am 23. Juni, längster Tag des Jahres, ist die Sonne fast vierundzwanzig Stunden sichtbar. Man feiert »Mittsommer«, »Sankt-Hans-Fest«, da es vor dem Gedenktag von Johannes dem Täufer stattfindet. »Juhannus« heißt das Fest in Finnland, »Jani« in Lettland, »Janines« in Litauen.

In Norwegen begeht man das Ereignis mit Tanz, Musik, Spiel, Bootsfahrten und Freudenfeuern. An der Küste fahren Menschen mit Booten in die Fjorde, entfachen auf den Inseln Feuer und sitzen zusammen mit Familie und Freunden.

Von Mai bis Ende Juli geht die Sonne nördlich des Polarkreises nicht unter. Unser Schiff hat ihn passiert. Die über dem Meer stehende Sonne scheint vom wolkenlosen Himmel herab in meine Kabine. Ich stehe am Fenster, erlebe den nicht enden wollenden Tag und warte vergeblich auf den Sonnenuntergang. Das Licht muss keine nächtlichen Schatten vertreiben. Helligkeit streitet nicht mit Dunkelheit, sondern hat sie besiegt. Am Himmel beginnt ein Farbenspiel. Gut, dass ich nicht schlafe.

Weshalb bin ich wach? Der Schlafrhythmus scheint außer Kraft gesetzt. Die Sonne weckt meine Lebensgeister. Mein Schlafbedürfnis verringert sich.

Ich kann die Helligkeit im jetzt ewig hellen Spitzbergen nicht ignorieren und muss lernen, mit ihr umzugehen. Wenn ich Dunkelheit brauche, um zu schlafen, muss ich den Vorhang zuziehen am Kabinenfenster. Eine Schlafmaske habe ich nicht dabei. Sie würde ihren Zweck verfehlen und mich ins Wachkoma fallen lassen.

Es soll Menschen geben, die in hellen Nächten nicht ins Bett gehen, da sie den Zeitunterschied von Tag und Nacht nicht wahrnehmen. Das teste ich nicht. Aber Hell und Dunkel sind Vorgänge, die sich auf mein Zeitempfinden auswirken.

Medien berichteten, die nordnorwegische Insel Sommarøy hätte beschlossen, in den Sommermonaten die Zeit abzuschaffen. Uhren hätte man medienwirksam an einer Brücke aufgehängt und mit Fotos dokumentiert. Zeitlos-Dasein auf einer Zeitlos-Insel. Es war eine PR-Aktion, um »den ausländischen Gästen die Mitternachtssonne zu erklären«.

Schadet viel Helligkeit? Wirkt sie sich negativ auf den Wachstumsprozess der Pflanzen aus? Die Flora hat sich den klimatischen Verhältnissen und Bedingungen angepasst. Die Pflanzenwelt wird zusätzlich geschützt. Man darf nichts abpflücken. Ähnliches gilt für die Fauna. Tiere sollen nicht berührt, nicht gefüttert werden.

Im Sommer landen täglich Linienmaschinen auf der Hauptinsel des aus vierhundert Inseln und Schären bestehenden, zu Norwegen gehörenden Spitzbergens. Kreuzfahrtschiffe legen an. Bis zum Nordpol sind es 1300 Kilometer. Hamburg ist 2700 Kilometer entfernt. Für Touristen keine Entfernungen. Lange bleiben sie nicht. Sie fahren nicht erst heim in der bald beginnenden, dunklen Jahreszeit.

Die Bewohner sind vermutlich froh, wenn die Fremden abreisen, obwohl es taghell ist. Aber es wird ja bald dunkel. Die hellen Tage werden sich den langen, dunklen Nächten zuneigen. Vom 14. November bis 29. Januar verschwindet die Sonne hinter dem Horizont. Drei Monate lang herrscht an der »kalten Küste« Nacht.

Belasten Dunkelheit und nachtschwarzer Himmel in Winternächten die hier lebenden Bewohner? Ist es ein Problem, monatelang nicht »behelligt« zu werden? Dunkelheit ist für die meisten kein gefürchtetes Phänomen. Sie lieben die dunklen Wintermonate mit den tiefen Polar-Nächten. Endlich kämen sie zur Ruhe, sagen sie. Endlich sei weniger los.

Verstehen kann das jemand, der hier lebt.

Reise nordwärts. Auf Spitzbergen

Spitzbergen. Bizarre Eislandschaft aus Fjorden und Gletschern. Eisige Schönheit. Gefrorene Tundra. Sie habe auf ihren Expeditionen ins Eis »Gott gespürt«, beschreibt Monica Kristensen, norwegische

Schriftstellerin und Polarforscherin, das »magische Land«.

Die Inselgruppe liegt neunhundert Kilometer nördlich des norwegischen Festlandes. So weit im Norden war ich noch nie.

Longyearbyen auf Spitzbergen. Kleine Geschäfte, Fußgängerzone, Bank, Poststelle. Zweitausend Einwohner. Jeder kann sein Glück oder bisher nicht Erlebtes suchen. Für ein paar Tage kommen Menschen aus aller Welt, sammeln Eindrücke, machen sich auf den Heimweg und starten das nächste Kurzzeit-Erlebnis.

Wer mehrere Tage auf »Svalbard« verbringen will, kann sich in einem Hotel einquartieren. Es wirbt mit einer »atemberaubenden Aussicht auf den Adventfjord«. Wir müssen weiter. Auch viele Bewohner leben zeitweise hier, um zu arbeiten. Kein Ort, an dem man sein Leben verbringt.

Die Anzahl der Gäste, die nach dem Amerikaner Longyear fragen, der den Ort 1906 gründete, um Kohle abzubauen, hält sich in Grenzen. Stadt, Tal, Fluss und Gletscher tragen seinen Namen. Kohle baut man nicht mehr in großen Mengen ab. Das Café »Busen«, norwegisch »Bergarbeiter«, hält die Erinnerung aufrecht. Es gab eine Kantine für die Arbeiter.

Auf Spitzbergen studiert man Arktische Biologie, Geophysik und Geologie. Dozenten werden vom norwegischen Festland eingeflogen. Und die »nördlichste Kirche der Welt« steht hier, offen für alle christlichen Gemeinschaften und eine der norwegischen Seemanns-Kirchen.

Der Perma-Frostboden erschwert es, die Toten zu

bestatten. Kranke und alte Menschen können nach Oslo gebracht werden und dort den Lebensabend verbringen. Man richtet sich nach der Natur, statt sie zu bezwingen.

Die Namen großer Polarforscher bringen sich in Erinnerung: Roald Amundsen, Fridtjof Nansen, Robert Falcon, Knud Rasmussen. Ich reise nicht auf deren Spuren. Dennoch ist es reizvoll, in einer Gegend verweilen zu dürfen, wo Männer und Frauen aus Liebe zur Natur und aus Entdecker-Drang zu Expeditionen ins Eis aufbrachen. Nicht alle kehrten zurück.

Von Spitzbergen aus unternahm man 1928 den Versuch, den verschollenen italienischen Arktis-Forscher und Luftschiffpionier Umberto Nobile und sein Team aufzuspüren, die auf ihre Rettung warteten. Amundsen, den man nicht hinzuzog, mobilisierte eine eigene Crew, um sich an der Suche zu beteiligen. Nobile konnte gerettet werden. Amundsen und seine Leute blieben verschollen.

Reise nordwärts. Bei den Eisbären

Das von einer Schweizerin gegründete Svalbard-Museum in Longyearbyen vermittelt Einblicke in Vergangenheit und Geschichte des Spitzbergen-Archipels. Es erzählt von den Bedingungen und Umständen, unter denen Menschen hier lebten und noch leben.

Und es stellt uns den »König der Arktis« vor, den Eisbären. Ein ausgestopftes Exemplar. Spitzbergen-Besucher träumen angeblich davon, einem Eisbären zu begegnen, ohne daran zu denken, dass es die größten Landraubtiere der Erde sind. Niemand möchte den dreieinhalb tausend Eisbären auf Spitzbergen wirklich zu nahe kommen. Walrosskälber, Ringelrobben, auch Menschen stehen auf deren Speiseplan.

Eisbär-Warnschilder sind kein Touristen-Gag, auch nicht einer analogen Kategorie »Achtung Krötenwanderung« entnommen. Auf Spitzbergen besteht außerhalb von Ortschaften die Gefahr, auf Eisbären zu treffen. Man darf sich ohne Gewehr oder bewaffneten Führer nicht nach draußen wagen.

Ich habe es nicht getestet. Kinderspielplätze sind jedenfalls eingezäunt. Ein Warnsignal. Statt eines Gewehrs habe ich das Portemonnaie dabei, wenn ich unterwegs bin.

Neuerdings werden Eisbären auch am Ufer der arktischen Tschuktschensee gesichtet, meldet eine Umweltschutzorganisation. Bären kommen den Bewohnern eines Dorfs gefährlich nahe. Eine Ursache: Das Meer bleibt länger eisfrei. Die zunehmende Klimaerwärmung verursacht Probleme bei der Nahrungsfindung. Patrouillen verjagen die Tiere. Zum Ende des Sommers zieht es die Bären an die Küsten. Dort warten sie, bis sich Eis auf dem Meer bildet, um auf Robbenjagd zu gehen.

Wenn ich daheim bin, steht ein Besuch im Zoo an. Der Tiergarten hat leider keinen Platz für Eisbären. Im Zirkus sind in Zukunft vielleicht nur noch ausgestopfte Tiere zu sehen. In Europa ist Deutschland führende Eisbären-Nation. Mehr als einhundert lebende Eisbären finden in Zoos Rückzugsorte. Vermutlich fühlen sie sich dort wohl. Ohne bewaffnet zu sein, kann man sie beobachten.

Gewarnt wird vor Walrossen, größte Robbenart in der Arktis. Ihre bis zu ein Meter langen Eckzähne sind gefürchtet. Sie ernähren sich von Sandklaff-Muscheln, die am Meeresgrund Plankton filtern.

Weniger gefährlich scheinen Hundeschlittenfahrten zu sein. Kenntnisse braucht man beim Umgang mit Schlittenhunden angeblich nicht. An der Trapper-Station werde man »von neunzig fröhlichen Alaskan Huskies« empfangen, die nicht erwarten könnten, auf Tour zu gehen. Das behauptet die Werbung, der viele Mitreisende nicht widerstehen können. Zwei Personen teilen sich einen Schlitten. In den Sommermonaten verläuft die Schlittentour ohne Schnee auf Rädern.

Wie fröhlich die Teilnehmer von den fröhlichen Hundetouren zurückkehrten, habe ich nicht erfahren.

Reise nordwärts. Am Nordkap

Mehr als hundert Kreuzfahrtschiffe steuern Jahr für Jahr Honningsvåg an, Verwaltungssitz der Gemeinde Nordkap an der Südseite der Insel Magerøya. Größter norwegischer Fischereihafen. Fischfang prägt das Leben der Menschen, die in den kleinen Fischerdörfern wohnen.

Um altes, sämisches Ansiedlungsgebiet handelt es sich. Samen sind Ureinwohner des Nordens. Ungefähr siebzigtausend leben in Norwegen, Schweden, Finnland, Russland. Sie ernährten sich von den Rentieren und zogen mit den Herden zwischen den Weidegebieten hin und her. Die meisten Samen haben ihren Lebensstil der Gegenwart angepasst. Weniger als zehn Prozent sind noch Rentierzüchter. Wenn sie für ein Foto mit Rentier und Tracht vor der »Kote« posieren, ist das kein Bild aus ihrem Leben jetzt. Dennoch legen sie Wert auf kulturelle Eigenständigkeit, auf die alte Gesangs-Tradition »Joik« beispielsweise.

Unser Schiff hat angelegt. Mehrere Hundert Passagiere steigen in die Busse zum »Nordkap«, fünfunddreißig Kilometer entfernt von hier an der Nordseite der Insel. Für viele der Höhepunkt ihrer Norwegen-Reise. Die Abfahrt der Busse erfolgt zwischen 22.30 Uhr und 23.00 Uhr, am späten Abend. Mitternachtssonne will man erleben.

Am Ziel ist das Besucher-Zentrum »Nordkap-Halle« geöffnet. Ein Kino zeigt »atemberaubende Bilder über den hohen Norden«. Die Skulptur »Kinder der Erde«, hergestellt von Kindern aus verschiedenen Ländern, darf bestaunt werden. »Die Wichtigkeit von Freundschaft« stellt sie dar. Ein Restaurant mit integriertem Café gewährt Schutz vor den oft stürmischen Winden in der Barentssee. Nicht wenige Ausflügler verbringen dort die Zeit bis zur Rückfahrt der Busse. Sie hätten in Honningsvåg bleiben können. Die Stadt wirbt mit »aufregenden Aktivitäten und Einkaufsvergnügen am Ende der Welt«.

Nur wenige interessieren sich für die Geschichte der Nordkap-Gemeinde. Als deutsche Besatzer im Herbst 1944 den Bezirk »Finnmark« aufgeben mussten, hinterließen sie »verbrannte Erde«. Die Bewohner evakuierte man in südlich gelegene, norwegische Gebiete. Auf der Insel Magerøya blieb nur die Kirche in Honningsvåg stehen.

Die Busse »acht« und »neun« starten zu einer »Panoramafahrt Insel Magerøya«. Seit 1929 steht die Insel unter Naturschutz. Während des Polarsommers grünen und blühen Gräser, Moose, Pflanzen und Flechten. Rentierflechte ist die Hauptnahrung der viertausend Rentiere, die hier weiden. Im Frühjahr bringt man die Tiere mit Lastwagen und Booten von der norwegischfinnischen Grenze her auf die Insel. Im Herbst schwimmen sie die zwei Kilometer lange Strecke zurück.

Die Rückkehr der Busse erfolgt zwischen 01.15 Uhr und 02.30 Uhr. Auf dem Schiff erwartet sie die »Willkommen Zurück-Party« mit nächtlicher Gulaschsuppe. »Genießen Sie das nette Ambiente mit Live-Musik«, lockt das Nachtprogramm. Ende offen. Teilnehmer finden es faszinierend, wie großzügig mit der Zeit umgegangen wird. Als die Bord-Uhr wegen der Zeitverschiebung um eine Stunde vorgestellt und »eine Stunde Schlaf gestohlen« wurde, klang das anders.

Als ich vor zwanzig Jahren auf der »nördlichsten Klippe Europas« stand, waren andere Eindrücke für mich faszinierend: die Magie »am Ende der Welt«. Die Stille. Das Licht, obwohl sich die Sonne hinter einem Grauschleier verbarg. Und die Erfahrung, dass der Planet Erde auf jenseitige Welten hinausweist, auf jenseitiges Leben, auf ein nicht erfahrbares Jenseits.

Seit 1997 lebt die aus Nürnberg stammende Eva Schmutterer in einem kleinen Fischerdorf in der Nähe des Nordkaps. »Die Zeit, nach der wir uns am meisten sehnen, ist Ende Januar, wenn die Sonne nach langer Polarnacht wieder über dem Horizont steht. Eine viertel Minute lang dauert das zuerst. Danach geht sie Tag für Tag zehn Minuten früher auf und zehn Minuten später unter.« Eine Kostbarkeit, die in Minuten gezählt wird. Nachzulesen in einem ihrer Bücher.

Eva Schmutterer trifft man in ihrer Galerie »East of the Sun. Östlich der Sonne« an. Sie schreibt und malt. Eigene Techniken hat sie entwickelt. Auf Landschaftsskizzen klebt sie buntes Papier und lässt Kollagen entstehen, angefertigt mit Messer und Leim. Die Mitternachtssonne, die steil ins Meer abstürzende Landschaft, der rote Mohn, der Leuchtturm in den Felsen sind Motive ihres Schaffens. Die Vielfalt beeindruckt.

Die Bilder interpretieren das Leben auf der Insel, fangen die mystisch wirkende Landschaft ein. Das sich wandelnde Licht spiegelt sich in den Bildern wider. Eva erlebt die Natur, ist Teil davon.

Interessieren sich Einheimische oder Touristen für ihre Kunst? Überraschende Antwort: »Viele.« Manche erfahren von ihr über das Internet. Es gebe Leute, die gezielt in die Galerie kommen, um ein Bild zu kaufen, erzählt sie. Stammkunden seien Einheimische, nicht Kunstliebhaber aus Europa oder Amerika. Es gebe nicht viele Häuser auf der Insel, in denen kein Bild von ihr hänge.

Einige Bilder möchte man mitnehmen. »Der ferne Horizont«, eine Frau blickt in weiter Landschaft auf das Meer. Die »Kirche in Honningsvåg« mit einem Mond im blauen Licht.

Die Teilnehmer an den Nordkap-Touren kehrten mit vollen Einkaufstüten und ungezählten Fotos auf Kamera und Smartphone zurück. Was wird sie an Magerøya und das Nordkap erinnern? Welche Eindrücke außerhalb der Nordkap-Halle nehmen sie mit heim?

In Evas Galerie und Büchern sind »kleine« Dinge zu entdecken und bewundern. Touristen-Busse fahren nicht hierher. Es wird keine Gulaschsuppe serviert. Dennoch nimmt man etwas mit, das an das Nordkap auf der Insel Magerøya erinnert.

Reise nordwärts. Das Schiff

Eine fünfzigtägige »Reise zu neuen Ufern« nach Sri Lanka, Malaysia und Thailand hatte das Schiff hinter sich, als es uns Nordsee-Reisende an Deck nahm. Eine »maßgeschneiderte Kreuzfahrt« mit »stilvollem Zuhause« versprach man. Dazu individuelle Erlebnisse; kein Massentourismus. Wann ist nicht »Masse«? Wann ist ein Schiff »stilvolles Zuhause«?

Das Schiff bot Platz für tausend Passagiere und fünfhundert Bord-Angestellte. Meine Kabine war keine Premium-Unterkunft. Für die neunzehn Kreuzfahrt-Tage war Unterwegssein wichtiger, hatten Stationen der Reise Vorrang. »Premium« war daheim.

Andererseits war unverkennbar, dass dem Schiff nach der zurückliegenden Reise nicht viel Zeit zur Verfügung gestanden hatte, die Spuren zu beseitigen, welche Reisende vor uns hinterlassen hatten. Tausend neue Reisende verbinden tausend Bedürfnisse und Erwartungen mit stilvollem Zuhause, um sich daheim zu fühlen, ohne daheim zu sein.

Dass meine Kabine nicht überprüft worden war auf ihre Daheim-Tauglichkeit, konnte fünfhundert Bordangestellten nicht entgangen sein. Gab es eine Alternative? Im Premium-Bereich. Jedoch mehrkostenpflichtig. »Sie haben Verständnis, dass wir einen Preisaufschlag berechnen.«

Trotz »Premium daheim« rang ich mir ein Schiff-Premium-Verständnis ab. Mir wurden »219 Meter Komfort vom Bug bis zum Heck« in Aussicht gestellt und Passagierbereiche mit viel Raum für Lieblingsplätze. Stilvoll konnte ich speisen und im Fitnesscenter entspannen. Niemand fragte, wofür ich das brauchte.

Anfangs verirrte ich mich im Premium-Ambiente. Ich betätigte falsche Knöpfe für richtige Ziele. »Ich war schon auf größeren Schiffen«, bot jemand Hilfestellung an. Mein Orientierungs-Defizit blieb nicht unbemerkt. »Darf ich Sie ins Spa-Center begleiten?« »Nein.« Einen Getränkeautomat suchte ich. Ich konnte einen Kaffee vertragen.

Freie Platzwahl im Restaurant gehörte zum Premium-Angebot. Dass überall bedient wurde, wo ich Platz nahm, sah das Angebot nicht vor. Dass ich vor Antritt der Reise Kurse in Serbisch, Indisch und Malaysisch hätte belegen sollen, um den Kellnern den Unterschied zwischen hart und weich gekochtem Ei definieren zu können, stand nicht in den Reiseunterlagen.

Wenn ich mich irgendwo niederließ, stieß ich auf neue Tischnachbarn und beantwortete Fragen, die mir gestern schon gestellt wurden. »Wie viele Kreuzfahrten haben Sie schon unternommen?« »Welche Landausflüge haben Sie gebucht?«

Ich hätte antworten können; unterließ es aber. Für die Buchung ließ ich mir Zeit. Dass es ein Fehler war, stellte sich bald heraus. Der Reisetermin wäre eine Ausnahme gewesen, informierte der Vertriebsinnendienst der Reederei mich nach meiner Rückkehr. Die Freigabe der Landausflüge wäre vier Wochen vor Reisebeginn eingetroffen, die Kapazität der buchbaren Ausflüge geringer als erhofft ausgefallen. Man hätte »viel Tadel unserer Kunden einstecken müssen«.

Die Erkundung der örtlichen Gegebenheiten, um derentwillen ich die Reise angetreten hatte, sollte wohl per Fernglas von der Reling aus stattfinden. Immerhin durfte ich Lauras Dienste in Anspruch nehmen. Die »Guest Service Managerin« war »jeden Tag für mich da«, damit mein Urlaub »so angenehm wie möglich« verbracht würde.

Auch der Hoteldirektor stand zur Verfügung. »Unvergessliche Momente an Bord« versprach er. Sollten sie nicht buchbare Landgänge ersetzen?

Ob der »aus der schönen Ukraine« kommende Kapitän aus ähnlichen Gründen sein Heimatland verlassen hatte? Eigentlich zöge er »Urlaub in der Ukraine vor, um die Natur seines Landes und die Abende mit seinen Verwandten und Freunden zu genießen.« Das las ich im Schiffs-Journal. Jetzt war es ihm ein Vergnügen, »uns eine fantastische Kreuzfahrt zu wünschen«.

Obendrein konnte ich »exklusive Blicke hinter die Kulissen des Schiffs« werfen. Küche, Brücke und Show-

Bühne waren zu inspizieren. Ein Foto mit dem Kapitän, Getränke und Kanapees wären vermutlich interessanter gewesen, als Fußmärsche durch die isländische Lava-Landschaft zu starten.

Das »Entdecker-Magazin« war vollgepackt mit Aktivitäts-Vorschlägen: 7 Uhr Walk & Talk. 12 Uhr Grillparty. 13 Uhr Puzzle-Ecke. 14 Uhr Nachmittags-Quiz. 15 Uhr Ringe werfen. 16 Uhr Sprechstunde mit Frau Elsbeth. Wann hätte ich Zeit gehabt, Landgangswünsche einzuplanen?

Zudem erwarteten Lido-Bar, Oasis-Bar, Blue Room, Captain's Club, Show Lounge meinen Besuch. Ob auch Disco-Nacht und Nachtklub infrage kamen, hing davon ab, ob ich Nachtruhe eingeplant hatte. Ich weiß nicht, ob jemand, der sich auf sämtliche Angebote einließ, bemerkt hätte, wenn das Schiff den Ankerplatz im Hafen nicht verlassen hätte.

Für das leibliches Wohl war umfänglich gesorgt. Der »Executive Chef« bot »köstliche Mahlzeiten mit kulinarischen Erlebnissen« an. Es gab den »Cocktail und Mocktail des Tages« und einen »Kaffee wie bei Muttern«. Kostenlos waren die Angebote allerdings nicht. Abhilfe versprach die Taschengeldaufbesserung im Bord-Casino: »Kommen Sie ins Casino. Freuen Sie sich auf unvergessliche Pokerabende. Die Casinomitarbeiter informieren Sie über alle Gewinnkombinationen.«

Warum hatte ich nicht Pokern gelernt? Warum hatte ich nicht die verführerischen Angebote in der Altstadt daheim gebucht, sondern die Reise?

Als ich das Schiff verlassen wollte, versuchten tausend Mitreisende das ebenfalls. Zum Glück gehörte ich zu denen, deren Abschied von Bord nicht zur Tagesveranstaltung geriet.

Wenn Sehnsucht übermächtig geworden ist, lässt man sich dazu verleiten, Außergewöhnliches entdecken zu wollen. Wenn sich Träume und Gewissheiten dann in Luft aufgelöst haben, stellt man fest, dass Ähnliches ganz nah daheim zu finden ist.

Die Wienerin

Sie saß in der ersten Zuhörerreihe, wenn ich Geschichten erzählte, die den Strom rühmten. Sie wäre gebürtige Wienerin, keine Österreicherin, betonte sie.

Wollte sie an Gregor Auenhammer erinnern, der von Österreichern berichtet, die in die Ferne gehen, um der Heimat verbunden zu bleiben? Seine Mitbürger nennt er obrigkeitsgläubige Steigbügelhalter. Er hält sie für lethargisch und veränderungsresistent.

Derartige Schimpfkanonaden prallten an der Dame ab. Ihre Vorfahren wären in Wien nicht erst seit drei Generationen heimisch, fügte sie eine nicht von mir erbetene Auskunft an. Ein Seitenhieb. Ich hatte einem Handbuch den Hinweis entnommen, die meisten Bewohner Wiens wären erst in dritter Generation gebürtige Wiener.

Dass man Landsleuten der Dame nachsagt, sie würden von Vereinbarungen nichts wissen wollen und sich durchmogeln, konnte auf sie nicht zutreffen.

Eine Wienerin ließe sich in den Mantel helfen und wäre dankbar, wenn man ihr die Tür aufhalte. Die

Dame fand Gefallen daran, mir Nachhilfe in Wiener Lebensart zu erteilen. Da sie regelmäßig anwesend war, was sie bestätigt wissen wollte, hatte ich sie entsprechend zu schätzen.

Eine Wienerin küsst ihren Gesprächspartner zur Begrüßung zwei Mal auf die Wange; einmal links und einmal rechts. Das hatte sie bei mir bisher nicht praktiziert und ersparte mir, ihr als Demuts- oder Anerkennungsgeste ein zärtliches »Küss' die Hand, gnä' Frau« zuzuraunen, wenn sie wieder einen Redebeitrag zu leisten wünschte.

Ich wollte keinem weiblichen Charme erliegen, mich auch nicht in ihr Herz graben. Ehe ich mich auf Verehrungsformen einließ, musste ich zudem mit meiner Frau Rücksprache nehmen, die nicht unkritisch den Vorgang verfolgte.

Der ungarische Komponist Emmerich Kálmán empfiehlt in seiner Operette »Gräfin Mariza«: »Grüß mir die süßen, die reizenden Frauen im schönen Wien.« Durchführungsbestimmungen legte er klugerweise nicht fest.

Es beständen viele Möglichkeiten, sich einer Wienerin zu nähern. Man wäre einer Wienerin nie ganz gewachsen. Den Rat hatte mir jemand erteilt, der sich auskannte mit Wien und den Frauen.

Es überraschte nicht, dass gnä' Frau von Tag zu Tag stärker auf sich aufmerksam machte. Je mehr Beachtung man ihr entgegenbrachte, desto wohler fühlte sie sich. Eine Drohung, wie sich zeigen sollte. Sie hatte stets ein passendes Gedicht dabei, wenn ich unmaßgebliche Gedanken über Kultur und Kaffeehaus-Traditionen vortrug. Die Wiener hätten Kaffeetrinken zum Lebensgefühl erhoben und es zur Kultur gemacht, schaltete sie sich ein. Die Information stand auch in meinem Konzept. Aber ich sah ein, dass sie alles bereits wusste, ehe ich mir spärliches Wissen aneignen konnte.

Die Wienerin und ich mussten miteinander auskommen, da wir nicht voneinander loskamen und nicht voneinander lassen konnten. Was nicht vereinbar schien, musste vereint werden. Sie zu ignorieren, war nicht angemessen. Wir pflegten höflichen Umgang miteinander, ohne dass wir uns sympathisch waren. Jeder hatte seine Insel der Glückseligkeit. Wir taten unser Bestes, wenn das Beste auch der kleinste gemeinsame Nenner war.

Anna Sacher, legendäre Königin von Wien und Hotelbesitzerin, zählte zu den einflussreichsten Frauen ihrer Zeit. Die Wienerin, eine Trutschn, wie die Wiener sagen, hätte ihr den Rang streitig gemacht.

Niemand dachte daran, ihr Unfähigkeiten zu unterstellen. Sie wartete auf ein Eingeständnis meiner Hilflosigkeit, das mir keine andere Wahl ließ, als ihr meine Vortragstätigkeit für die noch verbleibende Zeit zu überlassen. Sie befand sich schon im Aufwärmmodus. Ihr Mitleid-Reservoir mir gegenüber war erschöpft. Nachsicht und freundliche Komplimente waren eindeutiger Skepsis gewichen.

Es war unschwer zu erraten, was in der silbergrau frisierten Dame vorging. »Küss' die Hand, gnä' Frau.« Sie wollte mir den Blackout ersparen und ihr Sehnsuchtsland Arkadien betreten. Walzerseligkeit. Damit hätte ich mich abfinden müssen. Leider war ich durch einen Vertrag gebunden. Was kann man machen, wenn nichts zu machen ist?

Einem Mitreisenden blieb das Geschehen nicht verborgen. Er kommentierte es mit einer Wiener Anekdote. »Herr Ober, bitte bringen Sie mir das, was der Herr dort drüben isst.« »Ich glaube nicht, dass er sich das nehmen lässt.«

Von der Stunde an sah ich die Wienerin nur bei den Mahlzeiten.

So ein Wetter

Dieses Wetter ist kein Wetter. Es gibt besseres Wetter. Die Hafenrundfahrt lohnt nicht bei so einem Wetter. Soll ich den Hafen, die Schiffe, die Werft bei dem Wetter erkunden?

Ich rief den Betreiber der Rundfahrten an und fragte nach. »Wir fahren bei jedem Wetter.« Dass ich nichts davon habe, wenn ich bei dem Wetter fahre, bestreitet er, wider besseres Wissen.

Was sehe ich bei dem Wetter? Nichts. »Erleben Sie das besondere Flair des Containerhafens«, wird versprochen. Für den Betreiber plötzlich nicht wichtig. Je lauter er bestreitet, dass sich alles, was zu sehen wäre, im Regendunst verliert, desto sicherer ist es. Verantwortlich bin am Ende ich, wenn ich nichts sehe, und er empfiehlt mir einen Termin beim Augenarzt.

Ich fahre nicht, sondern warte, bis anderes Wetter ist. Zum Glück habe ich nicht im Voraus gebucht.

Schlechter Verlierer wäre ich in ihren Augen. Auf meine Anwesenheitspflicht würden sie pochen.

Muss das Wetter sein wie heute? Wochenlang war schönes Wetter. Warum jetzt nicht? »Regen bringt Segen.« Solche Sprüche machen mich nervös. Der Computer ist vom Regenwurm-Virus befallen.

Das Wetter ist mies, die Sonne verdrückt sich. Heute Nacht ist Mondwechsel. Dann ändert sich das Wetter, behaupten die Wetterpropheten. Es soll morgen nicht regnen. Daher könne ich die Hafentour starten. Das Beladen und Löschen der Güter im Containerhafen sei zu bestaunen.

Wer garantiert das? Beruhigungsrituale und Prognosen sind das. Zusammenhänge von Mond und Wetter erfinden, um mich zu überreden. Wenn es nicht so kommt, wie behauptet, sitze ich triefend nass auf dem Schiff und ärgere mich, weil ich nichts sehe. Von vagen Versprechungen halte ich nichts.

Strahlt der Himmel blau und klar, wird das Wetter wunderbar. Der Innenhafen ist sehenswert bei trockenem Wetter, steht im Prospekt. Was mache ich, wenn ich nur trockene Füße behalte, wenn ich zu Hause bleibe? Bei ihrer Denkweise ist es leicht, gutes Wetter vorherzusagen statt schlechtes. Ihre Angaben stimmen immer, nur nicht das dazugehörige Datum.

Was mache ich, wenn es regnet und ich nicht fahren kann? Im Bett bleiben und beobachten, ob es regnet, will ich nicht. Wenn jemand anruft, gebe ich nicht zu, im Bett zu liegen. Ein Freund könnte am Telefon sein und mir Glück wünschen zur Hafenrundfahrt. Er kennt alle Häfen der Welt. Wenn ich sage, wegen des

Wetters nicht gefahren zu sein, hält er mich für unglaubwürdig. Bei jedem Unwetter fahre er, sagt er. Oft komme er aus den nassen Klamotten nicht heraus, da sie nicht trocknen konnten.

Ich werde mich drinnen aufhalten und warten, bis sich das Wetter ändert. Es kann nicht bleiben, wie es jetzt ist. Ewig warten kann ich aber auch nicht. Sonst muss ich doch bei diesem Wetter fahren.

Eine andere Welt

»Wir kommen in eine andere Welt«, kündigt der Reiseleiter an. Stehen ungewöhnliche Risiken bevor? Die andere Welt befindet sich nicht in unerforschten Gegenden unseres Planeten. Sie ist einige Fluss-Kilometer von unserem momentanen Standort auf einem Donauschiff entfernt.

Die Zollstation Mohács ist gemeint. Das Schiff verlässt den Zuständigkeitsbereich der EU und erreicht serbisches Hoheitsgebiet. Europa ist noch nicht überall angekommen. Reisende müssen eine Zolldeklaration unterzeichnen und bestätigen, nur begrenzte Mengen an Alkohol, Zigaretten und Bargeld mitzuführen.

Das Ereignis, dass grimmig dreinschauende Zöllner eines nahen und doch fernen Landes das Schiff betreten werden, lässt auf sich warten. Die Zöllner nehmen sich Zeit. Ihre Verantwortung für die verordnete Tätigkeit muss sorgfältig geplant werden. Die Reisenden sind ebenfalls nicht in Eile, da sie das Schiff nicht verlassen dürfen.

Irgendwann sind sie da. Der Reiseleiter bittet zur Gesichtskontrolle. »Ein Lächeln hilft.« »Zum wichtigsten Reisegepäck gehört ein fröhliches Herz.« Hermann Löns gab den Rat. Er wusste wahrscheinlich, dass Kontrollen keine Gedanken lesen und das Innere des Herzens nicht unter die Lupe nehmen können.

Die Crew-Mitglieder werden als Erste gebeten. Sie müssen sich Zöllner-Blicken stellen und die Personalien prüfen lassen. Es könnte jemand an Bord sein, der nicht zum Küchenpersonal zählt. Es werden die Kabinennummern 100 bis 110 aufgerufen. Ich bin dabei. Ohne Dauerlächeln lächele ich dem Prüfer zu. Der vergleicht das in die Jahre gekommene Konterfei im Pass mit meiner aktuellen Physiognomie und entdeckt Übereinstimmungen. Kein abschätziger Blick. Er lässt mich wortlos von dannen ziehen.

Der Dame, die sich schlafen gelegt hatte, fehlt das Quäntchen Glück. Mit lautem Protest und weiblicher Erregungsroutine erscheint sie vor »gnadenlosen Gesetzes-Augen eines Landes mit Steinzeit-Regeln«, schimpft sie. Sie beklagt sich über die »außer Kontrolle geratene Kontrolle«. Demonstrativ tritt sie im Pyjama auf, da sie sich nicht die Zeit nahm für ein terminangemessenes Outfit. Sie hat Glück. Nicht das Nachtgewand wird kontrolliert, sondern das von Zorn errötete Gesicht.

Nach einer Stunde ist der gefürchtete, dennoch harmlos verlaufene Spuk vorbei. Spät begonnen, früh beendet. Die Mehrzahl der Reisenden nimmt die Formalitäten hin, auch wenn sie der Kategorie »Kontrollwut« zugeordnet werden und ihr Nutzen zweifelhaft ist.

Das Leben gerät nicht aus dem Lot. Oft sind Kontrolleure Kleindarsteller, ohne persönliche Vollmacht. Nach Schlupflöchern zu suchen und Anordnungen umgehen, lohnt nicht.

»Die Bürokratie gleicht einem gigantischen Mechanismus, der von Zwergen bedient wird.« Vom französischen Schriftsteller Honoré de Balzac soll diese Weisheit stammen.

Die Freundschaftsbrücke

Wenn ein Strom Völker trennt, könnte man Brücken bauen. Sie ermöglichen Kooperation und führen Menschen von beiden Seiten des Stroms zusammen. Absurdität der Geschichte an diesem Strom: siebenhundert Kilometer ohne Brücken.

Jetzt passierte unser Schiff bei einer Donau-Flusskreuzfahrt zum Schwarzen Meer die »Brücke der Freundschaft« zwischen Ruse, der bulgarischen Donaustadt auf der einen, und dem rumänischen Giurgiu auf der anderen Seite. Auf zwei Ebenen der Brücke werden Straßen- und Eisenbahnverkehr geregelt.

Freundschafts-Brücken gibt es auch anderswo. Einige blicken auf eine wechselvolle Geschichte zurück. So die Görlitzer Stadtbrücke über die Neiße. Sie wurde »Brücke der Freundschaft« zwischen der DDR und Polen. Es war eine »Freundschaft unter Verschluss«. Obwohl ein offizieller Grenzübergang, durfte jemand nach Polen nur einreisen, wenn er ein Visum oder eine Einladung vorlegen konnte.

Katja Ebstein, in Schlesien geborene Sängerin und Schauspielerin, blieb der Übergang verwehrt. »Nur der Wind kennt meine Träume«, heißt eines ihrer Musik-Alben. Kam die Brücke in ihren Träumen vor?

»Brücken bauen, wo kein Wasser ist.« Ein Zitat, das sich skeptisch zu der Möglichkeit äußert, ob Menschen einander immer näherkommen. Nicht alles wird überbrückt. Nicht jede Brücke führt an Ufer.

Seit der politischen »Wende« ermöglicht die Neiße-Brücke Begegnungen zwischen Menschen in Polen und Deutschland. Beide Länder sind Mitglied der Europäischen Union. Der zur Versöhnung beitragende Charakter der Brücke wird durch den Beinamen »Papst-Johannes-Paul II.-Brücke« bestätigt, den sie 2006 erhielt. Der aus Polen stammende Papst Woytila trug zum Versöhnungsprozess bei. »Freunde im Rücken sind stärkste Brücken«, schrieb Johann Nepomuk Vogl, österreichischer Schriftsteller und Publizist.

Was ist mit der Brücke zwischen Giurgiu und Ruse? Zwei rumänische Bedienstete der Schiffs-Crew reagierten zurückhaltend, als ich sie auf die Freundschaftsbrücke ansprach. Bei dem einen bestanden familiäre Beziehungen zwischen der rumänischen und bulgarischen Seite. Der andere hatte eine Freundin im rumänischen Giurgiu.

Die ehemaligen sozialistischen Bruderstaaten Rumänien und Bulgarien waren durch die Brücke formell verbunden. Ressentiments zwischen den Ländern würden die Freundschaftsbrücke jedoch zur »Brücke verordneter Freundschaft« machen, bedauerten die Crew-

Angehörigen. Alte Machtpositionen und Misstrauen hätten weiterhin Bestand.

Für Familien und Freunde wäre es nicht die »Freundschaftsbrücke«, sondern einfach die »Donaubrücke«. Ein Treffen, für das die Brücke passiert werden müsste, würde viel Geld kosten. Wenn die rumänische Freundin zur bulgarischen Seite hinüberwollte, wären sechs Euro für die Pkw-Überfahrt fällig. Die Gebühren für Busse und Lastwagen lägen weit darüber. Für Bulgarien ein gutes Geschäft. Rumänen würden die Brücke als Passage nutzen zum Einkauf im preiswerteren Bulgarien. In Ruse gebe es etliche Filialen großer Supermarktketten, die profitieren würden vom Ansturm rumänischer Kunden.

Inzwischen wurde eine zweite Brücke, »Neues Europa«, zwischen Vidin auf bulgarischer Seite und dem rumänischen Calafat für den Verkehr freigegeben. Der wirtschaftliche Boom, den man erhoffte, bleibt aus. Weder auf bulgarischer noch auf rumänischer Seite Geschäfte, Hotels oder Industrieanlagen in Brückennähe. Neuerungen würden hinausgeschoben, bedauert man, bis sie nicht mehr notwendig wären. Mit den Millionen, die in den Bau der Brücke investiert wurden, hätte man die Lebensqualität links und rechts der Donau verbessern sollen.

Kreuzfahrtteilnehmer traf das Problem nicht. Crew-Angehörige hatten für das Wohl der Passagiere zu sorgen. Es war nicht ihre Aufgabe, über Streitigkeiten zwischen Ländern am Strom zu reden. Die Reederei hätte den Mitteilungsdrang zweier Angestellter als Verletzung von Dienstgeheimnissen eingestuft.

Fremdwahrnehmung entspricht nicht automatisch der Selbstwahrnehmung. In dem heißen Sommer durfte die heitere Stimmung an Bord nicht in eine frostige umschlagen.

Ein bulgarisches Höhlenkloster

Das Höhlenkloster Erzengel Michael bei Ivanovo und das des Heiligen Dimitar Basarbowski bei Basarbovo wurden als lohnende kulturelle Ziele empfohlen. Sie liegen von der bulgarischen Stadt Ruse an der Donau zehn bzw. zwanzig Kilometer entfernt im Naturpark »Russenski Lom« mit den vielen Karsthöhlen. Leider war aus Zeitgründen nur ein Abstecher nach Ivanovo möglich.

Die bulgarische Professorin für Kunstgeschichte und Literatur, die perfekt Deutsch sprach und unsere Gruppe führte, erwies sich als Glücksfall. Wir wussten nicht viel über Höhlenklöster in der bulgarischen Geschichte und hatten kaum von ihnen gehört.

Elena verzieh uns unser Nichtwissen. Überrascht wäre sie, dass die westlichen Besucher wenig informiert wären über bulgarische Kunst- und Kulturschätze. Sie überfrachtete uns nicht mit Wissen. Sie begleitete uns über Treppen und durch Gänge mit kleinen Kapellen und Kirchen. Sie waren in Felsen gehauen oder in Karsthöhlen eingebettet und hüteten großflächige Malereien.

Das Kloster »Erzengel Michael« besteht aus zwanzig kleinen Kirchen, Kapellen und Zellen. Es trug im Mittelalter zur Entwicklung religiöser und geistiger Kultur in Bulgarien bei. Felshöhlen wurden zu Mönchszellen. Die Muttergottes-Kirche zählt zum UNESCO-Kulturerbe. Bis zur Mitte des 16. Jahrhunderts lebten Mönche hier. Danach verfiel sie.

Dass der Weg vom Busparkplatz hierher über mehr als hundert unförmige, in die zerklüftete Karst-Landschaft gehauene Steinstufen führte, fanden nicht alle gut. Es wäre vorher erfolgten Informationen zu entnehmen gewesen, dass der Aufstieg nicht rollatorkompatibel war.

Dann standen wir vor den gut erhaltenen Fresken der Kirche der »Heiligen Gottesmutter«. Sie gelten als Krönung mittelalterlicher, bulgarischer Kunst. Sie illustrieren zentrale Ereignisse aus dem biblischen Neuen Testament. Neben Szenen aus dem Leben Johannes des Täufers werden die Tage vor Jesu Tod dargestellt. »Drei Frauen am Grab«, »Fußwaschung« und »Verklärung Christi« hinterließen bei mir den nachhaltigsten Eindruck.

Elena hatte oft Besucher nach hier geführt. Sie ließ sich dennoch von den Darstellungen so erfassen, als sei es ihre erste Begegnung mit ihnen. Die harmonischen Pastellfarben, die ausdrucksstarken Gebärden und die angedeuteten Landschaften weckten Bewunderung. Elenas Erleben wirkte ansteckend und übertrug sich auf ihre Zuhörer.

Dennoch vereinzelt skeptische Blicke. »Ist das echt?« Elena entgingen sie nicht. Kein strafender Professoren-Verweis. Behutsam hätte man die Malereien konserviert, ging sie auf die Skeptiker ein. Restaurierungen wären nicht erfolgt.

»Wer hat das gemalt?« Ein nicht zur Gruppe gehörender junger Mann forderte Elena heraus. »Das weiß niemand. Wie die Meister der Ikonenmalerei traten Künstler hinter ihr Werk zurück. Sie signierten es nicht wie später üblich.«

Auch Dombaumeister aus vergangenen Zeiten sind namentlich nicht immer bekannt. Mit dem Steinmetzzeichen verdeutlichten sie, dass ein kreatives Miteinander das Werk schuf.

Zar Iwan Alexander, vorletzter bulgarischer Herrscher vor der Osmanen-Herrschaft, war am Haupteingang der Kirche abgebildet. Mögliches Zeichen der Dankbarkeit der Mönche gegenüber dem Stifter.

Die Klosteranlage ist Ziel für Touristen und Kunstkenner und wird so mit Leben gefüllt. Dass sie wie auch andere Klöster ihren ursprünglichen Zweck nicht mehr erfüllt, ist keine Schuld der Türken. Sie wurden vernachlässigt. Man nutzt sie jedoch nicht »zweckentfremdet« wie Kirchen bei uns, in denen kein Gottesdienst mehr stattfindet. Als ich das ansprach, fragte Elena zurückhaltend, ob die Kirchen keine kulturellen Objekte wären. Sie schien mich nicht verletzen zu wollen. Unsere Reisegruppe wäre Beleg dafür, dass Geschichte und Gegenwart miteinander verflochten wären trotz unterschiedlicher Inhalte. Man dürfte nicht das Gestern und Vorgestern vergessen.

Mönche würden nicht mehr in die ehemaligen Klöster einziehen. Das wäre nicht das Ende der Geschichte der Klöster und ihrer Spiritualität. Sie blieben Zeugnisse der Orthodoxie für heute.

Elenas Worte klangen lange in mir nach.

Das Budapester Felsenkrankenhaus

Auf das Felsenspital am Fuß des Budapester Burgbergs war ich noch nicht hingewiesen worden. Der überwiegende Teil der Höhlen ist militärisches Sperrgebiet. »Lagerstätte voller Qualen« seien sie während der Belagerung im Zweiten Weltkrieg gewesen. So beschreibt eine Augenzeugin den Ort.

Der Reiseführer pries das im Jahr 2008 in ein Felsenkrankenhaus-Atombunker-Museum umfunktionierte Spital als touristische Attraktion.

Zu Beginn des Zweiten Weltkriegs baute die Stadt in dem Höhlensystem einen Luftschutzbunker, um gegen Luftangriffe geschützt zu sein. Deutsche Besatzer, auch ungarische Zivilisten, fanden Unterschlupf. In einem Teilbereich wurde 1944 ein Notfall-Krankenhaus eröffnet. Deutsche und ungarische Soldaten, auch andere Patienten, konnten behandelt werden. Zeitweise täglich siebenhundert Personen.

Jetzt stellen Wachsfiguren das Geschehen von damals dar. Sie simulieren tote und verwundete Soldaten auf Trümmern, um sie herum Waffen, Munition, Sandsäcke. An den Wänden hängen Schutzhelme und Waffen, Erkennungsmarken deutscher, ungarischer und sowjetischer Soldaten.

Nach Kriegsende wurde aus dem Krankenhaus ein Impfzentrum zur Abwendung von Seuchen.

Als sich der ungarische Volksaufstand von 1956 gegen die Regierung der kommunistischen Partei und die sowjetische Besatzungsmacht richtete, erhielten die Operationsräume neue Bedeutung. Der Aufstand forderte viele Opfer. Die Herkunft der Verwundeten spielte keine Rolle. Ungarische und russische Soldaten, auch Zivilisten, wurden medizinisch versorgt.

Als in der Zeit des »Kalten Krieges« der Konflikt zwischen den Westmächten unter Führung der USA und dem Ostblock unter dem Kommando der Sowjetunion zu eskalieren drohte, wurde das Felsenkrankenhaus erweitert. Es sollte Schutz gewähren bei Chemie- und Atomwaffenangriffen. Lange Zeit blieb die Umrüstung geheim. Ob es unter den Felsen des Burgbergs einem atomaren Angriff standgehalten hätte, ist aus heutiger Sicht fraglich, deutete der Reiseleiter an.

Jetzt befanden wir uns nicht im Krankenhaus, sondern im Museum. Ort der Erinnerung an die leidvollen Erfahrungen in den Jahren 1944/45 und 1956, sagte der Student, der uns durch lange Tunnel zu den medizinischen Räumen und dem Atomschutzbereich führte. Er hoffe, vergangenes Leid nähre die Hoffnung auf Frieden zwischen den Völkern.

Besonders erwähnenswert für ihn der Schweizer Wirtschaftsdiplomat Friedrich Born, 1944/45 Delegierter für das Internationale Komitee des Roten Kreuzes in Budapest. Krankenhäuser, Kinder- und Waisenhäuser und die Ausstellung von Schutzpapieren unterstützten die jüdische Bevölkerung der Stadt.

Tausende ungarische Juden bewahrte Friedrich Born vor Deportation.

Im Jahr 1987 wurde er als »Gerechter unter den Völkern« in die Holocaust-Gedenkstätte Yad Vashem in Jerusalem aufgenommen. Jetzt ist er als Wachsfigur in der Wachsfigurensammlung in Lebensgröße verewigt.

In den Sälen stehen oder sitzen Verwundete und Krankenschwestern, Ärzte und Krankenhaus-Personal als Wachsfiguren. Steril, gespenstisch wirkten die Figuren in den Uniformen auf mich. Die sauberen, lichtdurchfluteten Gänge und die blank geputzten Räume lassen nicht das Leid ahnen, das sich in der »Lagerstätte voller Qualen« abspielte.

Dennoch war es wichtig, die geschichtsträchtige Stätte kennenzulernen. Sie fordert auf, uns an Vergangenes heranzuwagen, auch wenn wir es nicht selbst erlebten. Lasten der Vergangenheit kann man nicht auf Schultern anderer Menschen abwälzen.

Ohne Zeitgefühl

»Heute ist Montag, der 4. Mai. Es ist neun Uhr. Die Außentemperatur beträgt achtzehn Grad.«

Ich frühstücke im Bord-Restaurant und genieße das. Muss mich eine Durchsage an Uhrzeit und Datum erinnern? Bin ich zu spät aufgestanden? Frühstücke ich zu lange? Wird das Buffet bald abgeräumt oder daran erinnert, dass es Butter, Marmelade und Brot am Buffet gibt, statt nach Brötchentüte und Kühlschrank zu suchen?

Ich habe mich vom Zeitgefühl gelöst, von der Welt der Vorschriften und dem täglichen Muss. Meine Uhr ließ ich zu Hause. Ich verlasse mich auf mein Urlaubsgedächtnis. Ich bin mit mir und der Welt zufrieden.

»Bitte achten Sie auf die Durchsagen«, fordert die Bord-Information auf. Ich warte nicht auf den Wetterbericht. Übliche Reglementierungen und Informationen brauche ich nicht. Ich bin nicht in Sorge, Unwichtiges zu verpassen. Diszipliniert und kontrolliert werde ich daheim. Ich lasse mir keine Ordnung nach fremdem Gusto aufbürden und wühle auch nicht in fremden Nestern.

Ich habe keine Lust, jedem mein Woher? und Wohin? erklären und Unergründliches begründen zu müssen. Ich schätze zufällige Verknüpfungen von Ereignissen. Dem Alltag entkomme ich am schnellsten langsam. Ich bin froh, wenn ich nichts tue.

Ich weiß, dass meine Zeit an Bord von Tag zu Tag abnimmt. Ich kann sie nicht festhalten. Ich gehöre nicht zu denen, die nicht ertragen, dass der Himmel über dem Schiff hoch, der Horizont weit ist und nichts passiert. Daher erspare ich mir den Ausflug mit Schlossbesichtigung. Täuscht mein Eindruck, dass wir nirgends ankommen, weil wir sofort wieder aufbrechen?

Auch den Jubiläumstreff habe ich ignoriert. »Wir laden die Jubilare um achtzehn Uhr zum Umtrunk in die Lounge-Bar ein.« Ich war noch nie auf einem Schiff, das zu so etwas einlud. Welche Jubilare waren gemeint? Ich kenne Jubilare. In meiner Firma arbeitet jemand, der seit zwanzig Jahren dasselbe Auto fährt. Ein anderer macht stets mit derselben Freundin Urlaub. Was habe ich verpasst?

Eine Nachricht, die ich in meiner Kabine vorfand, irritierte mich. »Am Freitag wollen wir Sie mit einem Exklusiv-Menü verwöhnen. Wir bieten im Nebenraum ein Spezial-Menü als Alternative zum Buffet an.«

So schlecht ist das Essen nicht, dass als Ausgleich oder Wiedergutmachung ein kulinarisches Menü serviert wird. Von Klagen hörte ich nichts, wohl von drohender Übersättigung. Mit Tischnachbarn verstehe ich mich gut. Warum also ins Separee? Als ich sie auf das Angebot ansprach, zeigten sie sich ungehalten. Wer teilnehme, müsste vierzig Euro zahlen trotz gebuchter Vollpension.

Wem Kartoffelsalat schmeckt, fragt nicht nach Weinbergschnecken. Jedoch gebe ich zu, mehr zu essen, als ich Hunger verspüre. Koteletts gibt es nicht als Hundert-Gramm-Portion. Was ich bezahlt habe, esse ich. Ich lebe nicht im Schongang.

Am besten frage ich nicht, was mit den Salaten, Koteletts und Gemüsebergen geschieht, die sich am Buffet türmen und nicht verzehrt werden. Zum Frühstück bietet man sie nicht an. Ob sie entsorgt werden, obwohl sie noch für etliche Mahlzeiten reichen würden? Ich will nicht mit schlechtem Gewissen heimfahren.

»Um 16 Uhr will Sie ein Magier verzaubern.« Zauber streichelt meine Seele. Der Magier kann mit mir rechnen. Er muss mich nicht verzaubern, aber einen Zauber von der Reise nehme ich mit heim. Dort stellt sich auch das Zeitgefühl wieder ein.

An der Bar

nur Auwald am Ufer, der Himmel wie gestern, Wasser
vor und hinter dem Schiff

was mache ich heute? wen treffe ich an Deck?

ich setz mich einmal an die Bar, weil ich dort bisher
nicht war

Short-behoste Senioren, Badeschlappen ziehen vorbei

das Sonnendeck ist mir zu heiß, ich habe keine Lust
zum Lesen, walken bin ich schon gewesen

ich bleibe lieber an der Bar, weil ich gestern schon dort
war

Leiber-volle Whirlpool-Wanne, Plansch-Vergnügen,
nichts für mich, auch bei Fitness bin ich skeptisch, für
das Trimmrad viel zu hektisch

es gibt hier eine schöne Bar, an der ich heute noch
nicht war

Mückenschutz im Angebot, könnte ich im Delta brauchen

lieber geh ich eine rauchen beim Aschenbecher an der
Reling, beim Brettspiel mir die Zeit vertreiben

am besten geh ich in die Bar, lange her, weil's gestern war

Yoga garantiert Entspannung, ich aß zu viel, ich sitz zu viel

der Doktor sagt, ich sei zu dick, der Küchenchef hält das für chic

ich weiß, was gut stets für mich war und setz mich wieder an die Bar

die Lounge ist ein bequemer Ort, ich mag am liebsten gar nicht fort, ich kann dort flirten mit der Nanni, obwohl ich meistens bleib bei Mami

was heut geplant ist, ist wohl wahr, das Schiff hat eine schöne Bar

Letzte Reise

Fragen nach den »letzten Dingen« und Antworten darauf verdrängen wir lieber. Dem Leben sind wir verbunden, nicht dem Tod. Nachdenken über Altwerden und Sterben drängt sich nicht auf.

Dennoch wissen wir, dass unsere Lebensjahre begrenzt sind. Zeit, um zu erreichen, was wir geplant haben, steht nicht endlos zur Verfügung. Lebensreserven sind irgendwann verbraucht. Die Schwelle vom Leben zum Tod überschreiten wir, wenn die Lebensgeschichte beendet ist. Das Ende ist der Preis, den wir für den Beginn des Lebens zahlen.

Dennoch schieben wir dieses Wissen von uns weg. Wenn Altenheim-Bewohner Auskunft über ihre Sterbewünsche geben sollen, erweckt das den Eindruck, man rechne mit ihrem baldigen Tod.

»Völlig unerwartet« wird es konkret.

Ein Bestatter erlebt, was geschieht, wenn der Abschied gekommen ist. Er treffe das Ereignis meistens als Ausnahmesituation an, sagt er, auch wenn es vorhersehbar war. Selten wisse er, was auf ihn zukomme, wenn er zu einem Todesfall gerufen werde. Er könne erst vor Ort entscheiden, was zu tun sei und welche Hilfe erwartet werde.

Dass Sterben zum Leben gehört, die Sterberate bei hundert Prozent liegt, ist nicht neu. »Bedenke, Mensch, du bist Staub.« Jeder Moment kann der letzte sein. Dennoch hofft man, dem Tod ein Schnippchen schlagen und Sterben als Leer-Taste bedienen zu können.

Ein Beitrag im »Zeitmagazin« der Wochenzeitung DIE ZEIT beschreibt ein anderes Verhalten. Im Himalaja-Staat Bhutan sei es üblich, sich täglich an seine Sterblichkeit zu erinnern.

Wir fühlen uns eher angesprochen, wenn wir »auf der letzten Seite der Zeitung« den Namen eines Bekannten entdecken und erstaunt sind, dass er »das Zeitliche segnete« oder »den Löffel abgegeben hat«. Man besaß in vergangenen Zeiten einen Löffel, den man bei sich trug. Beim Tod wurde er an das jüngste Mitglied der Familie weitergereicht.

Sterben bedeutet Verlust. Verlieren ist eine Lebenserfahrung. Nachbarn, mit denen man Jahre zusammenlebte, ziehen in eine andere Stadt. Der Führerschein wird entzogen. Vom Partner muss man sich trennen. Wenn sich jedoch Abschied an Abschied reiht, wenn die Tage ihren Rhythmus verlieren, wenn das Leben »verloren geht«, sind viele hilflos. Trauern, wenn der Sarg das letzte Bett ist, hat man nicht gelernt. Freunde, die Rat und Hilfe anboten, sind selbst ratlos und machen sich unsichtbar.

Angehörige rufen den Bestatter und wenden sich Formalitäten zu, die zu erledigen sind: Bestattung auf einem Friedhof, unter Bäumen, anonym auf einer Wiese? Wenn auf der Wiese, wohin mit den Blumen, die man nicht ins Grab werfen kann? Was kostet das alles?

Wenn in meinem Heimatort jemand starb, gingen Nachbarn von Haus zu Haus und teilten es mit. Bis zur Beerdigung traf man sich zur Totenklage und betete in der Kirche den Sterbe-Rosenkranz.

Schwellenängste, Grenzübergänge fordern heraus. »Wer kümmert sich um meinen Hamster, wenn ich nicht mehr da bin?«, fragte ein Kind. Von Schlüsselerlebnissen spricht man. Schlüssel öffnen Türen zu Räumen, die man vorher nie betreten hat. Es fällt nicht leicht, an ein Jenseits zu glauben, wenn rastlose Jahre im Diesseits, nicht im Jenseits verhaftet waren. Man kennt sich aus mit dem Hier, weniger mit dem Dort. Niemand teilt mit, was geschieht, wenn die lange Nacht beginnt und letzte Lichter erloschen sind.

Trotz vielfach indifferentem Verhalten gegenüber Religion und Kirche wendet man sich an Kirchen oder entsprechende Organisationen. Sie gelten als zuständig, wenn Zurückbleibende geschieden werden von Davonfahrenden.

Für das Leben und Sterben bieten auch andere ihre Dienstleistungen an. Aber obwohl man Gott und Kirche hinter sich ließ, ruft man nach einem Gott. Ein Gott-loses, Trost-loses Ende will man nicht.

Wenn die Zeichen auf Abschied stehen, wenn man die letzte Reise antritt, sind Beistand und Unterstützung willkommen. »Bei uns stirbt niemand allein.« Unter diesem Motto betätigen sich Mitarbeiter eines Bochumer Krankenhauses ehrenamtlich als Sterbehelfer. Das Alleinsein ist erträglicher, wenn man es mit anderen teilt. »Das wäre nicht nötig gewesen«, sagt wahrscheinlich keiner.